花神

—徐訏文集—

小說卷

導言　徬徨覺醒：徐訏的文學道路

陳智德

「個人的苦悶不安，徬徨無依之感，正如在大海狂濤中的小舟。」[1]

——徐訏〈新個性主義文藝與大眾文藝〉

在二十世紀四、五十年代之交，度過戰亂，再處身國共內戰意識形態對立夾縫之間的作家，應自覺到一個時代的轉折在等候著，尤其在當時主流的左翼文壇以外，被視為「自由主義作家」或「小資產階級作家」的一群，包括沈從文、蕭乾、梁實秋、張愛玲、徐訏等等，一整代人在政治旋渦以至個人處境的去與留之間徘徊，最終作出各種自願或不由自主的抉擇。

1 徐訏〈新個性主義文藝與大眾文藝〉，收錄於《現代中國文學過眼錄》，台北：時報文化，一九九一。

一

一九四六年八月，徐訏結束接近兩年間《掃蕩報》駐美特派員的工作，從美國返回中國，直至一九五〇年中離開上海奔赴香港，在這接近四年的歲月中，他雖然沒有寫出像《鬼戀》和《風蕭蕭》這樣轟動一時的作品，卻是他整理和再版個人著作的豐收期，他首先把《風蕭蕭》交給由劉以鬯及其兄長新近創辦起來的懷正文化社出版，據劉以鬯回憶，該書出版後，「相當暢銷，不足一年，（從一九四六年十月一日到一九四七年九月一日），印了三版」[2]，其後再由懷正文化社或夜窗書屋初版或再版了《阿刺伯海的女神》（一九四六年初版）、《烟圈》（一九四六年初版）、《蛇衣集》（一九四八年初版）、《幻覺》（一九四八年初版）、《四十詩綜》（一九四八年初版）、《兄弟》（一九四七年再版）、《母親的肖像》（一九四七年再版）、《生與死》（一九四七年再版）、《春韮集》（一九四七年再版）、《一家》（一九四七年再版）、《海外的鱗爪》（一九四七年再版）、《舊神》（一九四七年再版）、《成人的童話》（一九四七年再版）、《西流集》（一九四七年再版）、潮來的時候（一九四八年再版）、《黃浦江頭的夜月》（一九四八年再版）、《吉布賽的誘惑》（一九四九再版）、《婚

[2] 劉以鬯〈憶徐訏〉，收錄於《徐訏紀念文集》，香港：香港浸會學院中國語文學會，一九八一。

事》（一九四九年再版），[3]粗略統計從一九四六年至一九四九年這三年間，徐訏在上海出版和再版的著作達三十多種，成果可算豐盛。

《風蕭蕭》早於一九四三年在重慶《掃蕩報》連載時已深受讀者歡迎，一九四六年首次結集成單行本出版，沈寂的回憶提及當時讀者對這書的期待：「這部長篇在內地早已是暢銷一時的名著，可是淪陷區的讀者還是難得一見，也是早已企盼的文學作品」[4]，當劉以鬯及其兄長創辦懷正文化社，就以《風蕭蕭》為首部出版物，十分重視這書，該社創辦時發給同業的信上，即頗為詳細地介紹《風蕭蕭》，作為重點出版物。徐訏有一段時期寄住在懷正文化社的宿舍，與社內職員及其他作家過從甚密，直至一九四八年間，國共內戰愈轉劇烈，幣值急跌，金融陷於崩潰，不單懷正文化社結束業務，其他出版社也無法生存，徐訏這階段整理和再版個人著作的工作，無法避免遭遇現實上的挫折。

然而更內在的打擊是一九四八至四九年間，主流左翼文論對被視為「自由主義作家」或「小資產階級作家」的批判，一九四八年三月，郭沫若在香港出版的《大眾文藝叢刊》第一輯發表〈斥反動文藝〉，把他心目中的「反動作家」分為「紅黃藍白黑」五種逐一批判，點名

3 以上各書之初版及再版年份資料是據賈植芳、俞元桂主編《中國現代文學總書目》、北京圖書館編《民國時期總書目，一九一一—一九四九》。

4 沈寂〈百年人生風雨路——記徐訏〉，收錄於《徐訏先生誕辰100週年紀念文選》，上海：上海社會科學院出版社，二〇〇八。

批評了沈從文、蕭乾和朱光潛。該刊同期另有邵荃麟〈對於當前文藝運動的意見——檢討·批判·和今後的方向〉一文重申對知識份子更嚴厲的要求，包括「思想改造」。雖然徐訏不像沈從文般受到即時的打擊，但也逐漸意識到主流文壇已難以容納他，如沈寂所言：「自後，上海一些左傾的報紙開始對他批評。他無動於衷，直至解放，輿論對他公開指責。稱《風蕭蕭》歌頌特務。他也不辯論，知道自己不可能再在上海逗留，上海也不會再允許他曾從事一輩子的寫作，就捨別妻女，離開上海到香港。」[5]一九四九年五月二十七日，解放軍攻克上海，中共成立新的上海市人民政府，徐訏仍留在上海，差不多一年後，終於不得不結束這階段的工作，在不自願的情況下離開，從此一去不返。

二

一九五〇年的五、六月間，徐訏離開上海來到香港。由於內地政局的變化，其時香港聚集了大批從內地到港的作家，他們最初都以香港為暫居地，但隨著兩岸局勢進一步變化，他們大部份最終定居香港。另一方面，美蘇兩大陣營冷戰局勢下的意識形態對壘，造就五十年代香港文化刊物興盛的局面，內地作家亦得以繼續在香港發表作品。徐訏的寫作以小說和新詩為主，

5 沈寂〈百年人生風雨路——記徐訏〉，收錄於《徐訏先生誕辰100週年紀念文選》，上海：上海社會科學院出版社，二〇〇八。

來港後亦寫作了大量雜文和文藝評論，五十年代中期，他以「東方既白」為筆名，在香港《祖國月刊》及台灣《自由中國》等雜誌發表〈從毛澤東的沁園春說起〉、〈新個性主義文藝與大眾文藝〉、〈在陰黯矛盾中演變的大陸文藝〉等評論文章，部份收錄於《在文藝思想與文化政策中》、《回到個人主義與自由主義》及《現代中國文學過眼錄》等書中。

徐訏在這系列文章中，回顧也提出左翼文論的不足，特別對左翼文論的「黨性」提出質疑，也不同意左翼文論要求知識份子作思想改造。這系列文章在某程度上，可說回應了一九四八、四九年間中國大陸左翼文論的泛政治化觀點，更重要的，是徐訏在多篇文章中，以自由主義文藝的觀念為基礎，提出「新個性主義文藝」作為他所期許的文學理念，他說：「新個性主義文藝必須在文藝絕對自由中提倡，要作家看重自己的工作，對自己的人格尊嚴有覺醒而不願為任何力量做奴隸的意識中生長。」[6]徐訏文藝生命的本質是小說家、詩人，理論鋪陳本不是他強項，然而經歷時代的洗禮，他也竭力整理各種思想，最終仍見頗為完整而具體地，提出獨立的文學理念，尤其把這系列文章放諸冷戰時期左右翼意識形態對立、作家的獨立尊嚴飽受侵蝕的時代，更見徐訏提出的「新個性主義文藝」所倡導的獨立、自主和覺醒的可貴，以及其得來不易。

《現代中國文學過眼錄》一書除了選錄五十年代中期發表的文藝評論，包括《在文藝思想

[6] 徐訏〈新個性主義文藝與大眾文藝〉，收錄於《現代中國文學過眼錄》，台北：時報文化，一九九一。

與文化政策中》和《回到個人主義與自由主義》二書中的文章，也收錄一輯相信是他七十年代寫成的回顧五四運動以來新文學發展的文章，集中在思想方面提出討論，題為「現代中國文學的課題」，多篇文章的論述重心，正如王宏志所論，是「否定政治對文學的干預」[7]，而當中表面上是「非政治」的文學史論述，「實質上具備了非常重大的政治意義：它們否定了大陸的文學史論述」[8]，徐訏所針對的是五十年代至文革期間中國大陸所出版的文學史當中的泛政治論述，動輒以「反動」、「唯心」、「毒草」、「逆流」等字眼來形容不符合政治要求的作家；所以王宏志最後提出《現代中國文學過眼錄》一書的「非政治論述」，實際上「包括了多麼強烈的政治含義」。這政治含義，其實也就是徐訏對時代主潮的回應，以「新個性主義文藝」所倡導的獨立、自主和覺醒，抗衡時代主潮對作家的矮化和宰制。

《現代中國文學過眼錄》一書顯出徐訏獨立的知識份子品格，然而正由於徐訏對政治和文藝的清醒，使他不願附和於任何潮流和風尚，難免於孤寂苦悶，亦使我們從另一角度了解徐訏文學作品中常常流露的落寞之情，並不僅是一種文人性質的愁思，而更由於他的清醒和拒絕附和。一九五七年，徐訏在香港《祖國月刊》發表〈自由主義與文藝的自由〉一文，除了文藝評論上的觀點，文中亦表達了一點個人感受：「個人的苦悶不安，徬徨無依之感，正如在大海狂

7 王宏志〈心造的幻影——談徐訏的《現代中國文學的課題》〉，收錄於《歷史的偶然：從香港看中國現代文學史》，香港：牛津大學出版社，一九九七。

8 同前註。

濤中的小舟。」[9]放諸五十年代的文化環境而觀，這不單是一種「個人的苦悶」，更是五十年代一輩南來香港者的集體處境，一種時代的苦悶。

三

徐訏到香港後繼續創作，從五十至七十年代末，他在香港的《星島日報》、《星島週報》、《祖國月刊》、《今日世界》、《文藝新潮》、《熱風》、《筆端》、《七藝》、《新生晚報》、《明報月刊》等刊物發表大量作品，包括新詩、小說、散文隨筆和評論，並先後結集為單行本，著者如《江湖行》、《盲戀》、《時與光》、《悲慘的世紀》等。香港時期的徐訏也有多部小說改編為電影，包括《風蕭蕭》（屠光啟導演、編劇，香港：邵氏公司，一九五四）、《傳統》（唐煌導演、徐訏編劇，香港：亞洲影業有限公司，一九五五）、《痴心井》（唐煌導演、王植波編劇，香港：邵氏公司，一九五五）、《鬼戀》（屠光啟導演、編劇，香港：麗都影片公司，一九五六）、《盲戀》（易文導演、徐訏編劇，香港：新華影業公司，一九五六）、《後門》（李翰祥導演、王月汀編劇，香港：邵氏公司，一九六〇）、《江湖行》（張曾澤導演、倪匡編劇，香港：邵氏公司，一九七三）、《人約黃昏》（改編自《鬼戀》，

[9] 徐訏〈自由主義與文藝的自由〉，收錄於《個人的覺醒與民主自由》，台北：傳記文學出版社，一九七九。

陳逸飛導演、王仲儒編劇，香港：思遠影業公司，一九九六）等。

徐訏早期作品富浪漫傳奇色彩，善於刻劃人物心理，如〈鬼戀〉、〈吉布賽的誘惑〉、〈精神病患者的悲歌〉等，五十年代以後的香港時期作品，部份延續上海時期風格，如《江湖行》、《後門》、《盲戀》，貫徹他早年的風格，另一部份作品則表達歷經離散的南來者的鄉愁和文化差異，如小說《過客》、詩集《時間的去處》和《原野的呼聲》等。

從徐訏香港時期的作品不難讀出，徐訏的苦悶除了性格上的孤高，更在於內地文化特質的堅守，拒絕被「香港化」。在《鳥語》、《過客》和《癡心井》等小說的南來者角色眼中，香港不單是一塊異質的土地，也是一片理想的墓場、一切失意的觸媒。一九五〇年的《鳥語》以「失語」道出一個流落香港的上海文化人的「雙重失落」，而在《癡心井》的終末則提出香港作為上海的重像，形似卻已毫無意義。徐訏拒絕被「香港化」的心志更具體見於一九五八年的《過客》，自我關閉的王逸心以選擇性的「失語」保存他的上海性，一種不見容於當世的孤高，既使他與現實格格不入，卻是他保存自我不失的唯一途徑。[10]

徐訏寫於一九五三年的〈原野的理想〉一詩，寫青年時代對理想的追尋，以及五十年代從上海「流落」到香港後的理想幻滅之慼：

10 參陳智德《解體我城：香港文學1950-2005》，香港：花千樹出版有限公司，二〇〇九。

多年來我各處漂泊，
唯願把血汗化為愛情，
遍灑在貧瘠的大地，
孕育出燦爛的生命。

但如今我流落在污穢的鬧市，
陽光裡飛揚著灰塵，
垃圾混合著純潔的泥土，
花不再鮮豔，草不再青。

海水裡漂浮著死屍，
山谷中蕩漾著酒肉的臭腥，
潺潺的溪流都是怨艾，
多少的鳥語也不帶歡欣。

茶座上是庸俗的笑語，
市上傳聞著漲落的黃金，

戲院裡都是低級的影片，
街頭擁擠著廉價的愛情。

此地已無原野的理想，
醉城裡我為何獨醒，
三更後萬家的燈火已滅，
何人在留意月兒的光明。

「原野的理想」代表過去在內地的文化價值，在作者如今流落的「污穢的鬧市」中完全落空，面對的不單是現實上的困局，更是觀念上的困局。這首詩不單純是一種個人抒情，更哀悼一代人的理想失落，筆調沉重。〈原野的理想〉一詩寫於一九五三年，其時徐訏從上海到香港三年，由於上海和香港的文化差距，使他無法適應，但正如同時代大量從內地到香港的人一樣，他從暫居而最終定居香港，終生未再踏足家鄉。

四

司馬長風在《中國新文學史》中指徐訏的詩「與新月派極為接近」，並以此而得到司馬長風的正面評價，[11]徐訏早年的詩歌，包括結集為《四十詩綜》的五部詩集，形式大多是四句一節，隔句押韻，一九五八年出版的《時間的去處》，收錄他移居香港後的詩作，形式上變化不大，仍然大多是四句一節，隔句押韻，大概延續新月派的格律化形式，使徐訏能與消逝的歲月多一分聯繫，該形式與他所懷念的故鄉，同樣作為記憶的一部份，而不忍割捨。

在形式以外，《時間的去處》更可觀的，是詩集中〈原野的理想〉、〈記憶裡的過去〉、〈時間的去處〉等詩流露對香港的厭倦、對理想的幻滅、對時局的憤怒，很能代表五十年代一輩南來者的心境，當中的關鍵在於徐訏寫出時空錯置的矛盾。對現實疏離，形同放棄，皆因被投放於錯誤的時空，卻造就出《時間的去處》這樣近乎形而上地談論著厭倦和幻滅的詩集。

六七十年代以後，徐訏的詩歌形式部份仍舊，卻有更多轉用自由詩的形式，不再四句一節，隔句押韻，這是否表示他從懷鄉的情結走出？相比他早年作品，徐訏六七十年代以後的詩作更精細地表現哲思，如《原野的理想》中的〈久坐〉、〈等待〉和〈觀望中的迷失〉、〈變

[11] 司馬長風《中國新文學史（下卷）》，香港：昭明出版社，一九七八。

幻中的蛻變〉等詩，嘗試思考超越的課題，亦由此引向詩歌本身所造就的超越。另一種哲思，則思考社會和時局的幻變，《原野的理想》中的〈小島〉、〈擁擠著的群像〉以及一九七九年以「任子楚」為筆名發表的〈無題的問句〉，時而抽離、時而質問，以至向自我的內在挖掘，尋求回應外在世界的方向，尋求時代的真象，因清醒而絕望，卻不放棄掙扎，最終引向的也是詩歌本身所造就的超越。

最後，我想再次引用徐訏在《現代中國文學過眼錄》中的一段：「新個性主義文藝必須在文藝絕對自由中提倡，要作家看重自己的工作，對自己的人格尊嚴有覺醒而不願為任何力量做奴隸的意識中生長。」[12]時代的轉折教徐訏身不由己地流離，歷經苦思、掙扎和持續的創作，最終以倡導獨立自主和覺醒的呼聲，回應也抗衡時代主潮對作家的矮化和宰制，可說從時代的轉折中尋回自主的位置，其所達致的超越，與〈變幻中的蛻變〉、〈小島〉、〈無題的問句〉等詩歌的高度同等。

＊陳智德：筆名陳滅，一九六九年香港出生，台灣東海大學中文系畢業，香港嶺南大學哲學碩士及博士，現任香港教育學院文學及文化學系助理教授，著有《解體我城：香港文學1950-2005》、《地文誌——追憶香港地方與文學》、《抗世詩話》以及詩集《市場，去死吧》、《低保真》等。

[12] 徐訏〈新個性主義文藝與大眾文藝〉，收錄於《現代中國文學過眼錄》，台北：時報文化，一九九一。

目次

花神

父親

一

這是一間朝南的房間，還附帶有一個浴室，雖是窗口靠馬路，有時候有點車聲，但家裡則很清靜。

房東李太太每天出去打牌，兩個孩子在讀書，家裡只有一個女佣人阿方。那時候我只在幾個學院裡擔任點功課，在家時候很多。因此，常同阿方有談談話的機會。

李太太是一個很愉快的女人，大概三十幾歲吧。她有時早晨打電話約牌手湊搭子，十點十一點左右，就出門了，常常到晚上兩三點鐘才回來。她的先生在船上工作，聽說要兩三個月才回來一趟，我搬進來住了兩星期，還沒有見過李先生。

據阿方說，我住的那間房子原來是打牌用的，賭友們天天來聚賭。李先生回來了，很不高興，怪家裡弄得亂七八糟，於孩子們不好。他不反對李太太打牌，但要她到外面去打，所以後來李太太不再在家裡打牌了，也索性把那間房子分租出去。

阿方常常對我誇說李太太福氣好，她說她本來是一個舞女，很紅。李先生與她同居了一個月，他在大陸的太太就去世了，李太太就成了他正式的太太。李先生自從娶了李太太以後，事業也很順利。他們有兩個孩子，一個十四歲，一個十三歲，都非常乖，用不著管，所以可以天天去打牌。

阿方是我第一個多接觸的人，其次則是李太太的兩個孩子，都是女的。她們回家後就做功課，接著阿方為她們洗澡，以後就到客廳來看電視。有時候我在客廳裡，就同她們講講故事。至於李太太，則只有早晨一段時間偶爾可見到，如果我起得晚，沒有出來，就常常三四天都不見一面的。

除了這四個人以外，我在她家住了三個星期，再沒有碰見過一個人。

於是，有一天早晨，李太太叫我聽電話。電話在客廳裡，我出來看見李太太已經穿得很整齊地坐在電風扇旁。

我用完電話，就對李太太招呼：

「對不起，你等用電話？」

「不，不，」李太太笑著說：「我等人。」

接著我就同她交際幾句話。

就在那時候，門鈴響了。我以為是郵差，但是阿方應門回來，帶進了一個白白胖胖像快化了的雪和尚一樣的女人。我從她眼睛與鼻子，看出她是一個中西混血的，大概有五十幾歲了吧，儘管臉上搽著厚厚的脂粉，但還是掩不去皺紋，兩頰的肉下垂，不斷地有點顫動。

李太太站起來迎客，接著就同我介紹：

「這位是魯茜，就是我們的大房東。這位是王先生。」

魯茜伸手同我握手，我看到她手指上發亮的鑽戒，同她手腕上的兩個手鐲，一個是金的，一個是玉的。

「王先生不會講廣東話，你們可以講英文。」李太太說。

但是我們只是禮貌地招呼了一下，沒有說什麼。李太太又說：

「我們約好，一起去打牌去。」

當時李太太並沒有招呼魯茜坐下來，就相偕出去了。

我望著魯茜的後影，她穿一件黃底紅花明綢西裝，扭動著一個大屁股。腳上穿一雙白色的高跟鞋，鞋口臃著一堆肥肉。沒有穿襪，臃腫的小腿露著青筋，浮一層疏疏的黃毛。

她們去了以後，我才從阿方地方知道，這房東就住在樓上。我們的房子一共三層，都是她的。她自己住三層樓，二層樓租給李家，地下則租給一位姓費的。費太太是學音樂的，她教鋼琴，收學生。阿方說：

「魯茜有一個外孫女就在樓下學琴。」

「她有丈夫麼？」

「聽說死了。」阿方說：「其實也不是正式的丈夫。」

「她是混血種，是不？」我說：「她父親是……」

「大概是英國人，同一個女傭人生的。」

「那麼現在樓上只有她一個人？」

「還有她的女兒，同她女兒的女兒，就是在樓下學琴的小孩子。」

「女兒也住在一起？那麼女婿呢？」我問。

「她女兒倒是頂好的，在一家外國學校教書。本來結了婚，有一個小孩，前兩年離婚了，就搬來同母親一起住。」

這是我從阿方地方所知道的魯茜。

二

以後很久很久沒有見到魯茜，但是從李太太那裡，陸陸續續地知道不少關於魯茜的事。原來魯茜姓酈，年輕時候很好看，還學過唱，以前是常常開音樂會的。她的父親是一個英國人，在香港很久，就同一個女傭姘居，養了魯茜。後來那個英國人回英國，他曾送她們母女不少錢，但是都讓她母親賭光了。

「那麼她現在的產業……？」

「那是後來她自己賺的。」

「她沒有丈夫？」

「她中學沒有畢業，母親死了，她就成了交際花。後來碰到一個商人，很喜歡她，在她身上花了不少錢，又帶她到英國去，在那邊住了兩年，養了一個女兒。回來就住在香港。」

「那麼為什麼沒有結婚？」

「那男的在上海有太太，有家。他把她們安頓在這裡，自己回上海去了。以後每年來兩三次，兩個人始終很好。」

「魯茜對他那麼忠心麼？」我笑著表示不相信。

「男人來的時候她自然很好。男人回上海，她還不是做交際花。」

「不過我實在看不出她那樣可以做交際花。」我說：「你說她年輕時候很漂亮？」

「真的，她年輕時候，真是一個美人。那天有機會你看看她年輕時候的照相。據她說，很多英國人對她瘋狂。」

「但是她只同一個中國人養一個女兒。」

「她說她真正愛的還是莉蓮的父親。」

「莉蓮的父親？」

「莉蓮就是他們的女兒。」

「就是那天門口看見的小女孩？」

「那是莉蓮的女兒，是魯茜的外孫女。你不要弄錯了，莉蓮在玫瑰女校教書。」

「她像她母親？」我問。

「有一點像，不過莉蓮更像是一個中國人。她母親年輕時候可比她還好看，你曉得，她的臉有東方西方的美。」

「我可見不出有一點點美。」

「現在老了，自然啦，你知道她多少歲？」

「我想她總有五十幾歲了吧？」

「六十三歲，你想想，女人到了六十三，自然你看不出她二十三歲是怎麼一回事了。」李太太說：「莉蓮有點像她，那天你看見莉蓮，也可知道決不是一個難看的母親養的。」

我始終沒有機會看見莉蓮。

但是有一天，我回家的時候，看見阿方帶一個小女孩在客廳裡，我馬上想到這是莉蓮的女兒，因為我曾經在門口同樓梯口看見過她，我說：

「是房東的小孩子吧？」

「叫伯伯。」阿方對她說。

「伯伯。」她張著大大的眼睛望著我。我摸摸她的頭，問：

「你叫什麼名字？」

「蘇珊娜。」她說。這時候我發現她真是一個眉清目秀的小女孩。她有一個高高的鼻子同一顆櫻桃小嘴。阿方說：

「她們家裡人都出去了。所以交給我看看她。」

「她長得很好看。」我說。

「像她母親。」阿方隨口說。

我打開冰箱，找出一個橘子給蘇珊娜。

「你陪伯伯玩玩。」阿方對蘇珊娜說：「我一會兒就來。」

但蘇珊娜很害羞，她牽著阿方的手，阿方就帶著她到廚房去了。

這是我第一次與蘇珊娜交際。我沒有看見她再出來，後來我知道是樓上的佣人回來，從後門把她帶走的。

樓上的佣人叫做柳姐，是一個胖胖的，常常面帶笑容的女人。據阿方說，她有五十五、六歲，可是看起來才四十幾歲，也是一個可靠的老佣人。她到鄺家來的時候，據說莉蓮才同蘇珊娜一樣大呢。

日子多了，我知道柳姐同蘇珊娜是常常來看阿方的，只是她們在後面樓梯上下，進出都是後門，所以我不常見到她們。

有一次我去買東西，順便買了一架自動的玩具汽車，我想有機會時送給蘇珊娜。

大概三天以後，蘇珊娜又同阿方在一起，我就把玩具汽車送她，陪她在客廳裡玩一會。後來阿方到廚房去，她就單獨同我在一起，我們就開始做朋友了。

蘇珊娜雖只有七歲，但她是很懂事的孩子，可惜的是我們只能用英文對話。我同她玩了一會汽車，又聽了一會音樂，她還唱歌給我聽，我也講故事給她聽。大概足足玩了半個鐘頭，等柳姐來領她，她才回去。

自從那天以後，我常常想念蘇珊娜。我有一個女孩子在大陸，留給了我離婚的太太，一直沒有消息。蘇珊娜使我想到我自己的孩子，而我也因我的孩子而想念蘇珊娜。我在外面看到玩具與糖果就常常想買一點給蘇珊娜，買回來以後就要期望她來。

蘇珊娜早上去讀書，下午就在家，但一星期有兩次到樓下去學琴。我知道了她學琴時間，有時候就去等她，接她到我們家來，把我買來留給她的玩具或糖果給她，同她講故事或聽音樂。那時候，我們房子裡常常沒有人。李家兩個孩子還在學校，李太太總在外面打牌，阿方自然在廚房裡有事。我們往往玩得很晚，有時等李家的孩子放學回來，大家還聚在一起笑樂一陣。這使我孤獨的心情有了一種歡樂的點綴。

有一天，大概也是蘇珊娜學琴的日子，我把她帶到我家裡來。那天我買了幾本兒童畫報留給她，她來了我就拿出來給她看，並且講給她聽。

就在那時候，有人按鈴了。我去開門。一看就知道是蘇珊娜的母親——我也知道她叫莉蓮。她有一個高高的身體，穿一件深棕色的西裝，頭髮也是黑裡帶棕色，前面很自然的蓬鬆著，頗見風致，後面梳一個髻，眼睛大大的，她一見我就露出藹然的笑容，用廣東話說：

「王先生，是不？蘇珊娜在麼？」

蘇珊娜這時已經奔過來叫媽媽，她手裡正捧著幾本兒童畫報。

「裡面坐一會兒吧？」我對莉蓮說。心裡想到她的母親魯茜，覺得她完全不像她母親。

莉蓮牽著蘇珊娜進來，一邊說：

「你常常送她東西，真是很對不起。」

「那裡，她是我的朋友，蘇珊娜，是不是？」我操生硬的廣東話說。

「王先生是上海人？」莉蓮坐下來，笑著說：「我們講上海話好啦。」

「你會上海話？」

「我父親是上海人。」

「但是……」我忽然想到她父親並不是常同她在一起的往事，但覺得我是不該說出來的。

「自然，我後來也忘了。到了十八歲，我在航空公司做事，我又學會了。」

「聽說你現在教書，很忙？」我說。

「我白天在玫瑰學校教書，學校出來，我還到一家家庭裡去為兩個孩子補習，所以回到家裡往往很晚，有時候常常還吃了晚飯回來。」

「啊，怪不得我一直沒有碰見你。我見過你母親，又是你的女兒的好朋友，獨獨沒有見過你。」我站著起來，打開冰箱，我開了一瓶可口可樂給莉蓮，開一瓶橙汁給蘇珊娜，我知道蘇珊娜是喜歡吃橙汁的。

「啊，我的母親，你一定……。年紀大了，你知道，一個人，神經有點……有的時候……」

她笑得很甜，露出白色的貝齒，接著說：「你要原諒她。」

我很奇怪她忽然這樣說她的母親，大概她以為我是常同她母親接觸的。所以我馬上說：

「我也只見過她幾次。」

「我本來住在北角，」她又看看蘇珊娜說：「因為我去做事了，蘇珊娜沒有人照顧，所以母親叫我搬在一起住。」

「這樣自然好些，你母親一個人也可以熱鬧些。」

「她天天出去打牌，也不會照顧小孩子，幸虧我們的佣人好，給我許多方便。」

「你也太忙些了，」我說：「學校出來，何必再去擔任家庭教師。」

「這也是暫時的，人家找我幫忙，不好意思推卻，而且回家也沒有事，忙些倒好。」

莉蓮喝了可口可樂，她從皮包拿出紙煙。我對女人常常忘記敬煙，看她拿出來，我想去取煙，她已經先遞給我了。我為她點火，我們吸著煙，又談了一會。最後我說：

「我一直要請蘇珊娜吃飯看電影，因為沒有得你同意，不敢造次。這星期天，我請你們母女吃中飯，看看戲好嗎？」

「你請我們吃飯，我請你看戲好了。」莉蓮說。

「不，不，第一次都讓我做東道，我請蘇珊娜，您只是她的陪客。」我說：「我還要挑一個蘇珊娜愛看的電影。」

星期天，我同莉蓮母女吃中飯，下午看了一場電影，傍晚才回來。這就開始了我同莉蓮的友誼。我們以後常常樓上樓下用電話聯絡，一同出去看戲，跳舞、吃飯也已經是常事，我們往往很晚回來後，預備就寢前還常通一個電話。

三

我與莉蓮的感情，顯然已經不是普通朋友，但是我們從未表示過相愛。我們幾乎天天都見面，她一回來總是先來看看我是否在家，或者打電話，或者叫蘇珊娜下來問問。但是她從未邀我到樓上去過。她說她怕她母親囉嗦，她母親神經很不正常。

莉蓮與我常常談到她父親，她說他父親雖然從小就離棄了她，但是她仍有她父親的印象，是一個非常可愛的人。我自然地同她談到我的家，我的母親是一個舊式的非常賢惠的母親，父親則是一個會賺錢，會花錢的男子，外面總是有許多女人，一出門往往一年半載，不來信也不寄錢。所以我很恨我父親。不管是愛是恨，我與莉蓮都是沒有父親的人，但莉蓮可不愛她的母親。我的母親在大陸，我自然很想念她。莉蓮雖是同母親一起，可是她說她雖然住在這裡，但常常一星期不同母親講一句話的。

自從我知道了她與母親的關係，我自然也諒解她為什麼不讓我進她家了。

在這短短的時期中，我與莉蓮的生活起了很大的變化，我們真是成了互相安慰的朋友。

於是，一件意外的事情發生了。

那大概是我與莉蓮往還了三個月以後的一個日子，記得是十一月底，那天我因為要去機場送一個朋友，所以五點鐘，就起身了，天還未亮，正下著微雨，有點輕寒。就在我出門的時候，樓上正有人下來，我想莉蓮家這時候不會有誰出門的，所以好奇地等了一會。

樓上下來的是一位穿一襲藏青雨衣男子，他兩手插在衣袋裡。我站在旁邊，讓他先下去，於是我看清楚他的臉孔了，他大概是四十幾歲，臉上的輪廓也像是混血兒，他戴一頂灰色的呢帽，有濃黑的眉毛與大大的眼睛，唇上還蓄著一撮鬍鬚。

他走過後，我也跟著下去。我想他會是誰呢？是莉蓮的情夫？這麼早，顯然是他在那裡過夜的。

一時，我心中浮起奇怪的妒火，我很想折回去問問莉蓮，但我則用很快的腳步跟著前面的男子。走出門外，我前面的男人很快的走進一輛六成新的奧士汀，他開著車子就走了。我愣了好一會，恰巧有一輛街車過來，我也就上車到尖沙咀。在車上，我才想到我的妒忌很可笑。莉蓮雖是我很接近的朋友，但究竟不是我的情人，我也沒有向她表示愛情，有什麼資格去管人家的私事？而且他們原是西方人的生活圈子，生活上的習慣不會同我們中國人一樣的。

但不管我怎麼樣設想，我始終忘不了這件事。我發現我真是愛上了莉蓮。

我過海後，坐車到機場，一路還是想著莉蓮。我先覺得我應該對她表示愛她，看她有什麼反應；接著，我又起了一種自尊心，覺得必先證實了那個男人不是她的情夫，我再去對她表示。後來我又覺得那個男人一定是她的情夫，我不如一句話也不說，慢慢地疏遠她就是，不要露一點痕跡。

到了機場，我的朋友正在磅行李，我們大概有二十分鐘的晤敘，他就同我及另外幾個送行的人握別。我於他走後，即到電話室，打一個電話給莉蓮。莉蓮的聲音與語調同平常一樣，我覺得我的音調一定很不平常。她問我為什麼那麼早已經起來了，我說我在飛機場送朋友，我問她能否在尖沙咀吃早餐。我們約定了七點鐘在美玲餐室。

莉蓮於七點五分到美玲餐室，她穿一件紫色的大衣，顯得非常年輕，她的態度永遠雍容緩慢。她坐下後，我突然發現她的大大的眼睛裡閃著以前所未有的光亮。我想，我的神情那天顯然和平常是不同的，我們點了早餐後，我就說：

「莉蓮，你覺得我今天有什麼不同嗎？」

「你似乎很興奮。」

「興奮？」

「我看你像沒有睡好。」

「也許是的，」我說：「你想得到我這麼早約你出來吃早點麼？」

「我沒有想到。」她說：

「真的，我們還是第一次一起吃早點呢。」

我點點頭。

「我急於想告訴你一句話，假如我愛上了你，怎麼辦呢？」

她笑了，眼睛閃出灼人的光芒。她說：

「我們都不是十八、九歲的小孩了，我還有一個女兒。我的父親雖是中國人，實際上我們是活在葡萄牙人的社會裡，但我們又從未去過葡萄牙。我嫁過一個英國人，也沒有在英國生活過。所以實際上只是根植在香港的葡萄牙人的小圈子裡的人，你愛我會有什麼結果呢？」

「那麼你是不希望我愛你了。」

她點點頭，忽然說：

「我們這樣做朋友不是很好麼？」

「我知道你另外有朋友。」我說。

「我離了婚以後，很少交際，你是我最接近的一個朋友，因為我覺得我們有很多相同的地方。你不喜歡你父親，我不喜歡我母親；你愛你母親，但不在一起，我愛我父親，也無法在一起。」

「也許就因為這個緣故，所以我愛上了你。」

「我很感謝你。但是……」她說著低下頭，沉吟了好一會，沒有說下去。

「我現在要知道的是你究竟是不是愛我。」我很直截了當地說：「如果你對我並沒有特別的感覺，那麼我想我還是不同你來往好。」

「這話怎麼講呢？」她說：「我們不是很好的朋友麼？」

「是的，」我說：「但是我對你已經不只是朋友的感情了。」

「假如我愛你又是怎麼樣呢？」

「那我就想向你求婚了。」

「你覺得我們結婚會幸福嗎？」她忽然嘴角浮譏誚的笑容說：「你是道地的中國人，而我呢？是混血兒。一直活在很小的香港葡萄牙人的圈子裡。」

「你怎麼不是中國人，你講一口上海話，你也講純粹的廣東話，你怎麼不是中國人？」

「但是我連中國都沒有去過，我也沒有去過葡萄牙，我是一個道地香港人。」

「這又有什麼不好？」我說：「我們還不是可以結婚成家。」

「這恐怕會像我父親同我母親一樣。不會有好結果的。」

「你父親，」我說：「你父親另外有家，他同你母親只是姘居，而我，我是一個人，這怎麼會相同呢？」

「你不知道，有一個時候，我父親是打算回家裡離婚，娶我母親的。就因為我母親不是中國人，對於中國社會無法適應，所以沒有成為事實。」

「但是我們是不同的，我現在香港，一時也不會回國的，我們……」

「不要再談這問題，好不好？」她忽然笑著說，一面看看手錶：「我也該去學校了，我們再談吧。」

四

我與莉蓮分手後，心裡很不安。我一直想到早晨樓梯上碰見的那個穿著藏青雨衣的男子，我想莉蓮對我不見得沒有好感，只是她先有了這個男人，所以她不敢面對我的情感，我覺得我必須向她問一個究竟才好。

下午蘇珊娜來玩，她坐在我膝上講故事，不知怎麼，我忽然發現她有點像我早晨碰見的那個男子。我想，她一定是莉蓮與那個男子所生的，或者，莉蓮在離婚前就有了這個姘夫，正因為她的丈夫發現了她有姘夫，所以才同她離婚的。這樣一想，我對莉蓮開始有一種說不出的輕視。我想她也許正是她母親一流人，我覺得我對她鍾情是不值得的。我應該把她忘去才對。

但是我並不能把她忘去，夜裡，我甚至為她失眠了。我一直想她，而且用種種理由去原諒她。我覺得她一直同我講她自己不是中國人又不是英國人，又不是葡萄牙人，是一種可憐的自卑感。她的心理，一定受她幼年時父母不正常愛情與生活對她的影響，我忽然相信她內心一定是愛我的，但為她那個擺脫不了的穿藏青雨衣的男人，她不敢承認。

我覺得我應當幫助她擺脫那個男人，而原諒她的過去才對。

我輾轉反側的左思右想，一種奇怪的自信使我非常興奮，我入睡大概很晚了，而我在夢裡馬上看到莉蓮。

我好像剛剛從外面回來，走上樓梯，就看見她穿一件薄紗的衣服，一個人坐在上面樓梯上啜泣。我走上去勸慰她，看她好像很冷，我就把我身上的雨衣脫下來披在她的身上，一面就坐在她的身旁。她的頭靠在我肩上，一時好像不再哭泣，我正想問她是不是同她母親吵架，忽然樓梯上一陣腳步聲，她驚惶失措，非常害怕地說：「啊，他來了。」我忽然發現我披在她身上的雨衣正是藏青色的雨衣。正想說什麼時，她已經站起來，雨衣滑在地下，我從薄紗的衣著中，看到她健美的胴體。下面一個男人的影子蠕動著上來，她害怕地撲在我的身上，同我擁抱在一起了。

就在這時候，我突然驚醒，我看錶是五點還差一刻，我想到這正是我昨天碰到那個男人的時間，我翻身下床，匆匆披上衣服，我到房門口去窺伺昨天碰見的那個男人。

我吸上一支煙，在房裡等了好一會，聽不到客廳裡有什麼聲音，於是我又開門出去看看，後來我把房門半開著，隔幾分鐘出去張望一下，果然大概是五點三刻左右，樓上有人走下來了。我等他走過我們的門口，才輕輕地推門出去，果然是他，我看到他的後影，他還是戴那頂氈帽，穿那件藏青色的雨衣……

我回到屋內，關上門，重新上床，但是我再也無法入睡。我夜來正面的想法已完全消失，我對莉蓮再也不抱希望，我希望我可以把她忘去才好。

在以後幾天的日子中，我雖沒有去約莉蓮，但是我竟一直窺伺這個男子的來去。我發現他回來常常在十二時以後，出門則總在六時以前，但也不是天天回來的。我沒有去約莉蓮，但莉蓮可打了幾個電話給我。她只是問我情形，我告訴她，我只想把她忘去。我說，除非她承認愛我，我們最好不再來往。

她說暫時不來往也好，等我情感平靜一點，希望仍可以做她的朋友。她這種冷漠的態度，使我想到我的猜疑完全是對的，這個夜裡來去的男人，一定是她的情夫。

我很想在蘇珊娜的口中探聽一點實情，我想這也許很可以證實我的猜疑是不錯的。蘇珊娜還是常常跟樓上的佣人下來，所以我有機會去探她的口氣，但是蘇珊娜竟一點都不知道。我想這也許正是為什麼這個男人要夜裡進出的原因，一定是莉蓮不願她母親與女兒曉得。我同蘇珊娜的會面，使我似乎更容易想到莉蓮，有好幾次我從蘇珊娜那裡知道她母親在樓上，我實在想要她去約她母親一起外面去吃飯，但總為想到夜裡進去的陰影而中止。

我在這樣的痛苦不安之中大概過了兩星期，於是，我下了一個決心，我決定搬出李家去住。

我在九龍太子道找到一間房子，我悄悄地在一個星期一的早晨就搬走了。那正是聖誕的前一星期。留了一封信給莉蓮，我說我的確太被愛情所苦惱，我希望我可忘掉她，但是住在這裡這似乎是不可能的事情，所以我現在搬走了，最後我祝她幸福。我並沒有把我的地址告訴她，也沒有告訴李太太。我直接叫郵局把我郵件轉到我的新的住址。

我搬走後，我曾寄了一個洋娃娃給蘇珊娜，作為聖誕禮物，以後我沒有再同她們有什麼往還。

我搬家後的生活有很大的改變，我開始交際，打牌，跑舞場，我再尋不到以前這樣的寧靜的生活，而莉蓮的影子，除了偶爾有一二次在夢中見到以外，似乎離我也慢慢地遠了。

這樣隔了很久，於是，我記得那是陰曆的正月十五，恰巧是星期日的下午，我同一個女友去中環看電影，碰到了莉蓮帶著蘇珊娜也來看戲。我為她們介紹，我看到莉蓮眼光中的一種從未見過的妒忌的色澤。她淡淡地笑笑，同我談了些不重要的話，最後告訴我她已經於上星期搬到跑馬地去住。

「是不是同你母親有什麼⋯⋯⋯」

她又苦澀地笑笑，沒有說什麼。我問她新居的地址，她寫了電話號碼給我。

蘇珊娜幾個月來也長大不少，她對我倒不陌生，我買了一包糖果給她。

以後我們就各自進了戲院。

五

不知怎麼，莉蓮的帶妒嫉的眼光與諷刺的笑，使我感到一種奇怪的內疚。我想她的搬家也許是同那個穿藏青雨衣的男人已經分開了。我於第二天一早就打電話給她，約她晚間在新寧招待所吃飯。

我那天很焦急地等白天過去，我覺得我心底似乎一直是在愛著莉蓮的。晚上我到新寧招待所，我的心一直有一種說不出的不安。

莉蓮很準時的就到了，她穿一件黃色麂皮大衣，脫了大衣，裡面是白色的毛衣，棕色的裙子，臉上也沒有太濃的化妝，看上去，她似乎年輕了許多。

叫了菜，我說：

「對我笑笑好麼？」

「有什麼可笑的呢？」她說著，嘴角露出微笑。

「這些日子來，你一直沒有想我？」

「想你有什麼用，我連你的地址都不知道。」

「比方我告訴你我一直在愛你，你相信麼？」

「你是要我這樣相信麼？」

「我自己也不相信。」我說：「一直到我早晨打電話以後，整天都沒有一分安寧過，我才知道我真是一直在愛你。」

「你這樣同我說，是不是對不起昨天同你一起看戲的那個朋友呢？」她笑了，用手帕輕按著嘴角。

「我沒有同別人說過這樣的話。」

「可是我自你搬走後，一直沒有像你這樣的一個朋友。」

「你沒有像我這樣一個朋友，但是沒有想我。」我說：「我可是有不少的女朋友，而偏偏一直在想你。」

「你真是會說話。」她又低下頭笑了，用手帕按著嘴唇。菜上來，我們的話也打斷了。

接著我問她現在的住處，她說是一個做空中小姐的朋友讓給她的。那位小姐原是同另外一位空中小姐合租那個兩房一廳的公寓，現在那位小姐要換到別處去，所以讓給她住了。原來她們就有一個女佣，很可靠，也會燒飯，所以倒很好。

「雖是這樣說，我想總沒有住你母親地方好，至少你去做事，蘇珊娜有你母親照顧，而且你也不用負擔房租。」

「但是沒有辦法。」她說：「你知道我們感情不好。」

「但不管怎麼，她總是你母親。以中國人觀點來講，對於母親，沒有什麼不能諒解的。況且你整天在學校，同她也沒有什麼太多接觸。」

「這也許是對的，但是……唉，你不知道。」

「也許，她還是當你是小孩，要管你，妨礙你的自由，是不？」

她忽然低下眼睛，冷澀地笑笑，放下刀叉，說：

「也許，剛相反，倒是因為我住在她那裡，太妨礙她自由了。」

於是，不知怎麼，她拿出手帕，揩揩眼睛，我發現她在流淚了。

「怎麼，是我的話刺激你了麼？」我說：「真對不起，我們談別的吧。」

「啊，沒有什麼，」她又揩揩眼淚，說：「是我的母親……，」她躊躇一會，嘴角露出淡淡的笑容，微喟一聲又說：「其實我告訴你也沒有什麼，你知道，她一直有一個男人……」

「男人？」

「是的，比她要年輕二十多歲。」

「怎麼……」

「他們一直偷偷摸摸在來往。」她說：「這是他們的事，我也管不了這許多，但是，現在她忽然要他搬進來住，你想我怎麼住得下去？我勸她很久，她不肯聽，我就只好搬出來了。」

「你是說……是說那個上唇蓄著鬍鬚，有濃眉大眼的葡萄牙人？」

「是呀，你碰見過？」

「是的，我碰見過。」我一時感觸萬端，我真不知道該怎樣向莉蓮表白，我說：「莉蓮，真對不起，我一直還以為是你的……你的朋友。」

「啊，你怎麼可以這樣想我？」她說著似乎又潸然流淚了。

「我看他很年輕，不過四十歲左右吧？」

「可不是？」她說：「還不是為我母親的錢。」

「他是幹什麼的？」

「幹什麼，誰知道？說是舞場裡的樂手，可是並沒有固定的職業。你想想，母親已經六十多歲的人了，她竟怕他另外有女人，所以要他搬進來住。」

「這真是一件想不到的事情。」我說：「不過我聽了倒解答了我這幾個月的困惑，莉蓮，現在我沒有一點不安了，我只覺得對不起你，竟疑心你有這麼一個男友。以後我一定要更加愛你，做你最忠實的情人。你是我的，是不？」

「我知道我是愛你的，但我總覺得我們不是一個世界裡的人，你知道我父親雖是中國人，但是……」

「但是你沒有去過中國。你還嫁過英國人，但沒有住過英國……你看，你說了不知多少遍了，這些都是一種自卑的心理。我們現在都在香港，我們相愛，我們一定可以創造很幸福的生活。」

「謝謝你。我非常感謝你，不過，暫且讓我們做朋友，好嗎？我們每天可以見面，讓我們做三個月或半年的朋友，讓我慢慢走進你的社會，認識你的親友，這樣好麼？」

「這當然沒有什麼不好，莉蓮，一切都由你決定好了。」

那天的會面真是打開了我的絕路。我好像是一個久居黑暗的人突然看到了光明，我們談到了十二點才送她回家，我第一次同她接吻道別。

自從那天以後，莉蓮就成了我的情人。我們幾乎天天見面，許多社交的場合，我也帶她同我在一起，我的許多朋友，也都認識她，而知道她是我的情人了。

這樣的生活大概過了三個月，正是香港的熱天快開始的時候，我們就決定在莉蓮學校放暑假時結婚。我計畫到台灣、日本作兩個月的蜜月旅行。自從新寧招待所吃飯以來，幾個月之中我們天天見面，我們從來沒有爭執過一言半語，可是討論到結婚與蜜月旅行，我們對一件事情竟有點爭執，那就是蘇珊娜問題。她說我們蜜月旅行時，蘇珊娜應當交給她現在那個女佣來管，我則主張帶蘇珊娜一同旅行。她說她雖是結過婚有過孩子，但這是她真正第一次的蜜月，所以必須同我兩個人在一起；我則以為她結婚雖是為與我相愛，但為孩子，也是使她真正有一個父親，怎麼反而使她離開母親呢？雖然我們經濟都不寬裕，但寧使把旅行的日期縮短些，也不要叫蘇珊娜過一個人的生活。

我們爭執很久，後來我提到她父親與她母親不正常的結合，使孩子不幸福的事實，勸她應該多為孩子著想。我說，蘇珊娜大起來的時候，將來會了解我們的結合是想到她的幸福的，而我是來做她父親，並不是來搶她的母親的。我這些話使莉蓮很感動，她終於接受了我的意見。

日子就在我們愉快幸福中一天一天熱起來，莉蓮的學校就快舉行考試了。

就在那個時候，一件意外的事情發生了。

那是莉蓮的母親魯茜突然病倒，她被送到瑪麗醫院。電話是由瑪麗醫院打給莉蓮的，莉蓮打電話給我，我陪莉蓮到瑪麗醫院。她母親情形很不好，莉蓮當時留下陪她母親，我就一個人回家。到夜裡兩點鐘的時候，莉蓮來電話，說是她母親已經死了。

我趕到瑪麗醫院去看莉蓮，幫她料理她母親的後事。莉蓮告訴我，她母親完全是被那個男人氣死的。原來那個男人搬進她們家後，天天侮辱魯茜，他把魯茜的現金賭光，還要逼她拿首飾給他。魯茜大部分首飾是存在銀行保險庫裡，不肯給他，他就打魯茜，最後是搶了她身邊一隻鑽戒、一隻翠鐲出門的，兩天沒有回來。魯茜的心臟病發作，是由李太太送到瑪麗醫院的。

我們當天把魯茜的屍體安頓在殯儀館後，找了魯茜的律師一同到魯茜的家裡去。守在家裡的女佣柳姐，她聽到魯茜過世，哭得很厲害。

當我在同律師談話，詢問律師關於繼承權遺產稅一類的事情時，莉蓮在尋回她母親的遺物，她還勸柳姐不要哭泣，叫她預備點茶給我們吃。

於是我們就在客廳裡坐下來，談些善後的事情，就在喝茶的時候，莉蓮忽然拿出一本照相簿讓我看她母親年輕時候的照相。

我可真是吃驚了。

「那麼……這個？……」我問。

「這就是我的父親。」莉蓮含著一種驕傲的口氣說。

「你的父親。莉蓮，你是說你的父親。」

「怎麼？」

「他也就是我的父親呀！」

「那麼……」莉蓮忽然倒在沙發上哭起來。

……

一九六三，十二。

鳥叫

一

鳥叫。

李予沛醒來，他發現自己是在台灣，他睡在一家旅館裡，他記起它叫北鄉。

看錶是七點半。

還很早。在香港，他很少會在八點半以前醒來的。

鳥叫，對的；他在香港只能聽見車聲。

究竟是他因為在陌生的新環境中睡不穩，還是鳥叫噪醒了它？

其實那環境是十分清靜。他在香港住處的環境遠比這裡噪雜，但是他並不怕那些車聲，人聲，打樁聲，機器聲，他照樣可以熟睡。如今，難道這點鳥叫聲就叫他噪醒了？

鳥又叫了。

三聲短促的「唧唧」，轉到柔和的顫抖的長聲。他忽然覺得這鳥是一種灰綠色身子長尾黃嘴的小鳥。

他怎麼會知道那鳥的形態？

對了，這是他所熟稔的叫聲。

台灣也有這鳥？

鳥又在叫。

三聲短促的「唧唧」，轉到柔和的顫抖的長聲。

他從來不知道這是什麼鳥，但是他認識它。認識一個人而叫不出名字的也很多。他究竟不是學飛禽學的學生，沒有理由要知道它叫什麼。而且天下的鳥也太多，誰能記得這許多名字。

他轉了一個身，發覺小腿上有點痛。他想到這是昨天從機場出來被一件行李撞的。行李是在腳伕手上，可是它是前面那個穿黃旗袍的女人的行李。那個女人並不是一定很美，但很性感，有一種內在的性感。女人大概有兩種：一種是很觸目的，有鋒頭的女人，在許多女人當中，男人們一眼就會注意到的。一種則沒有鋒頭，但有磁性的女人，她沒有那麼引人注意，可是一注意到她，她就要人去接近她，了解她。那個女人就是屬於後者的一類。所以他在飛機上竟沒有注意到，可是在稽查行李的隊伍中，她竟一直吸引著他去注意她。他猜她大概有二十八歲……

鳥又在叫。

有許多種鳥在叫，可是他聽得出來在裡面的那個灰綠身子長尾黃嘴的小鳥的聲音。——三聲短促的「唧唧」，轉到柔和的顫抖的長聲。

他忽然想到他在杭州聽見過這種鳥叫。他也許更早就聽到這種鳥叫，但在杭州，他第一次認識這種鳥。那是「她」指給他看的。

她叫龔冰磊。

女人有兩種，但另外也有一種既沒有鋒頭，又沒有磁性的女人；而也有一種既有鋒頭，又有磁性的女人。大部分的女人自然都具有或多或少的兩種滲雜的成分。絕對而純粹的自然就很少了。龔冰磊則是唯一的有九十分鋒頭，一百分磁性的女性。在他認識的女性中只有她。

她現在在美國，嫁了人。女人總是女人。

冰磊在文學上是有天才的。就看那時候她的小詩，已經不同凡響，她的散文，隨便一個題目，寫來都另有蹊徑，不落俗套。他曾經鼓勵她寫作。

「做作家，我也要到外國去做作家。」她說。

「可是中國還是要有中國的作家。」

「在中國做作家，還不就是餓死。」她說。

可是到了美國，她並沒有做作家。

想起一個有趣的故事，說有一個人路上碰見了鬼。他同鬼打起來，鬼說：「你難道不怕鬼？」人說：「我為什麼怕鬼？你打死我，我還是鬼；我打死你，你連鬼都沒得做了。」

女人就像故事裡的「人」，她在事業上工作上，怎麼失敗，最後還是「女人」；男人就像是故事裡的鬼，一失敗，連「人」都做不成了。

窗外噪雜的鳥叫聲似乎沒有停過；但忽然他又注意到他所熟識的三聲短促的「唧唧」轉到柔和的顫抖的長聲。

窗口的花布窗幃是紅藍色的圖案，已經有陽光照在上面。

多好的天氣！

正是一個已暖未熱的季節。

他彎一彎腿，拍拍胸脯，他從床上起身。

留得青山在，不怕沒柴燒。

幸虧他身體還好，這些年來沒有病過。但是這有什麼用，什麼都失敗了，留一個壯健的身體作什麼？來自殺！自殺，對的，與其被細菌咬死，與其被炮彈打死，不如自己處理自己的生命。留一個壯健的身體來自殺。

他跑進浴室。

對著鏡子他看到了自己的臉。他用手理理雜亂的頭髮。白頭髮。不少白頭髮。但比頂禿總要好。

鬍髭長得真快。

他試試水喉，有熱水。

刮臉刀還在手提包裡。他找出刮臉刀，對著鏡子刮臉。

他摸摸已經刮淨的面頰，他覺得他還不算老。許多人都說他看起來不過三十五、六歲。

他洗臉，嗽口。於是又聽到窗外三聲短促的「唧唧」轉到柔和的顫抖的長聲。

龔冰磊，她倒是已有三十五歲了。

為什麼又想到她，就為這個熟識的鳥叫。

女人到了三十五、六歲！

三十五、六歲的女人，還有什麼羅曼蒂克！

那時候她才廿一歲，不錯，那是一九四八，才廿一歲。算是了不起的女人。有眼光有果斷。

「假如我們先結婚，你等我把事情安頓好，一同去美國不好麼？」

「我已經為你拖了半年，我放棄了上次史丹福的獎學金。」她說：「這一次我哥哥千辛萬苦的又為我弄到一個獎學金，我怎麼能夠不去呢？」

她有哥哥在美國，不錯。

事情到了這樣，他當時就說：

「你先去也好，我把一切安頓好了就來。半年，最多半年。」

這樣她就走了，他送她上飛機。

有風從窗口進來，花布的窗幃飄得高高地；他過去開窗，順便看看窗外。

窗外是一個小院，院中有幾株花草。一株月季上有兩三朵粉紅色的花。粉紅色。那天她就是穿一件粉紅色的旗袍，頭髮斜披下來，戴一副太陽眼鏡，掩蓋她帶淚的眼睛，她真是為他流淚麼？

還想這些幹嘛？十多年以前的事情了。

他回身看看鏡子，到浴缸去放水。

水聲「刷刷」。熱水管發出熱氣。

他跳進了浴缸。

二

餐廳裡只有兩桌人，一桌是一個美國男人——一定是美國人，在台灣，白種人都是美國人——他一面喝咖啡，一面在看幾張打字的文件。另外一桌是兩個中國人，談話的聲音很大，好像在談一筆出入很大的生意。李予沛在門口看了看，他走到一張對著一幅壁畫的小桌上坐下來。他要了一客早餐，他開始注意那幅畫。

畫的是樹林，山岩，溪流，瀑布，惡俗不堪，像演濟公活佛裡的舞台布景。對的，他小的時候看過濟公活佛的機關布景戲，覺得怪有意思，印象很深，所以一想就想到濟公活佛。要是那幅畫裡多畫一幅濟公，那真是同他回憶的濟公活佛一樣。但是為什麼他竟覺得它惡俗，是自己進步了。還是……？

要是仍舊能覺得這幅畫像看濟公活佛戲一樣的有趣，那麼人生不是反而快樂嗎？為什麼這樣的餐廳裡弄這樣一幅畫？那掛在遠山的瀑布畫得像……像「小便」！濟公活佛的小便！

他獨自笑了起來。

侍者送上早餐。

「這幅畫？」他問侍者。

「烏來，有名的風景。」侍者說：「您先生沒有去過麼？」

「我第一次來台灣。」他說：「這風景也許不錯，可是畫得太壞了。」

「這是張——是這裡名畫家畫的呀！你到烏來看看，才知道他畫的可真是很像。」

他笑笑，開始吃早餐。

名畫家。比比這樣的畫家，我總可以比他高明幾十倍吧。

要成畫家，他當時覺得他必須到外國去，美國、法國、西班牙、義大利，只要好好的努力十年，至少……至少也可有一個「名堂」。

要去國外，先要找一筆錢。要找錢，只有做生意。

生意，什麼生意？大家囤積居奇。那時候不找錢才是傻瓜。

只有龔冰磊知道他有繪畫天才。他說：

「我不會放棄繪畫，我先要找一筆錢，到海外去埋頭十年。」

侍者送上火腿蛋，火腿薄薄兩片，像枯黃的樹葉。他用叉子先吃了這兩片樹葉，剩了兩個有趣的雞蛋。漏出的蛋黃與熟了的蛋白混淆得像一幅抽象畫，如果把它臨摹下來放在牆上，也會比這牆上的什麼烏來風景要美。

為什麼不能把——假定是——五百個半生不熟的雞蛋潑在那幅油畫的牆上使他成為自然而美麗的抽象畫呢。自然，然後還可以用樹葉、火腿皮、鳥毛等物點綴上去。也許就成為一幅轟動畫壇的傑作。

他到香港後，預備去美國，他又開始注意世界畫壇，大家都畫抽象畫，他發覺自己太寫實。他的唯一的傑作，那幅龔冰磊的畫像，就是一幅寫實的作品。

愛情，要畫愛情，就得抽象。他一直愛著龔冰磊。他相信龔冰磊也愛著他，他決定去美國。

但是在他打算動身前兩星期，龔冰磊說她正預備同她的一個英文教員結婚了。在美國嫁給美國人，女人是實際的；他們打算合作寫一本書。——寫實主義的人生！

他放棄去美國，也放棄了繪畫。他手頭多少有點錢，還是囤積居奇來的。炒金，賠折了一半。還有一半，朋友們說開廠，先開布廠，後開塑膠廠。

他吃了一個雞蛋，吃了一塊麵包。

侍者過來說有客人找他。一抬頭，正是張百超。

張百超，頭髮禿了些，養了鬍髭，神色很不錯。衣服改穿中裝，氣概軒昂，完全不是以前的張百超了。他一定比我要混得好。

熱烈的握手。

「十多年不見了，你還是老樣子。」張說。

「我胖了許多。」他說。

「看起來比以前還年輕。」張看看他，他看看張。

「你還不是一樣。」他說：「請坐請坐，吃點什麼？」

「我吃過早餐來的。」張坐下來說：「來杯咖啡好了。」

「咖啡，來一杯咖啡。」他對侍者說。

「你昨天到的？」

「昨天晚上。」他說著遞一根煙給張。

「為什麼不早來信，我也可以來接你。」張吸上一支煙說。

「我連你的地址都沒有，昨天在電話簿才找到你的電話。」他說：「接電話的是你的……」

「內人。」

「你結婚很久了？」

「六年了。」

「有孩子？」

「四個，四個。兩男兩女。」張伸出四個指頭笑著說。

「好福氣，好福氣。」他把紙煙放在煙碟上，喝著咖啡說。

「你們呢？」

「我們，我同誰呀。」

「龔冰磊，還有誰呀？」張說。

「她，她早去了美國。」他說著臉上露出一絲苦笑。

「怎麼，你們那時候不是預備結了婚一起去美國的嗎？」

他苦笑。吸了一口煙說：

「她有獎學金，先去了；約定我後去的，可是我沒有去。」

「你沒有去？」

「錢，我那時不是做生意麼？我想我至少要積點錢。」他說：「後來我要去的時候，她已經結婚了。」

「你是不是同史恩慈一起到香港的？」張百超說。

他點點頭。——史恩慈還是我幫他到香港的。

「他倒去了美國。」張百超又說。

「現在是美國官了。」他說：「去的時候還不是中國難民，旅費也有一部分是我幫他的。」

「據說他進國務院還是靠他寫的那兩本書。」

「你讀了那兩本書嗎？」——他寫這兩本書的材料還都是靠我寄他的。

「我自然讀了。他那兩本書的版稅收入據說就有幾十萬美金。真了不起。」

「那也可說是走運。」

「現在的史恩慈可不是當年的史恩慈了。」張說：「你看見今天的報紙沒有？」

「沒有。」

恰巧侍者在望張百超，張百超就問他要了份報紙。

張百超翻開報紙。

史恩慈回國。

以《中國農村生活與中共土地改革》與《新階級的舊幻想》享名世界的作者史恩慈已定於今日回台。史氏於一九五五年去美，現任職美國國務院，此次奉命來遠東考察，在台灣將有一星期之逗留。行政院新聞處外交部將舉行盛大歡迎，各大學將請其演講⋯⋯

他沒看完，張百超又翻到另外一面。原來副刊裡也有一篇介紹史恩慈的文章。

他心不在焉的讀了兩行，露出熱烈的笑容說：

「我們做他朋友，也有面子。是不？」——勢利，真是勢利。這些報紙。

「你？你當時可惜沒有去美國。」張忽然笑著說。

「冰磊嫁了人，我就沒有想去。恩慈去的時候，他倒是勸我同去，我們一同登記難民，同時核准。」——當時我還看不起它。

「那麼你為什放棄呢，」張說：「這麼好的機會。」

「同放棄繪畫一樣。」他說：「那時我已經開了布廠。我放不下。」

「史恩慈到美國給我信，他說幸虧你幫助了他的旅費。」張說。

「很少數目。」他說。——豈止旅費！

一時好像沒有話說。張吸上一紙煙，歇了一會，忽然問：

「現在你的布廠好麼？」

「早就關了。」他順口說：「後來我開塑膠廠。」

「發財了？」

「也關了。」他開玩笑似的說。——人生本來是一個大玩笑。

「現在……？」

「到台灣來看看。」——看看總沒有說錯。

「我本來聽史恩慈說，說他要到香港同你一起來。」

他點點頭。——原來史恩慈都告訴了你。你何必還問我的工廠？於是笑了笑，說：

「後來他決定先去日本，再到這裡，所以約我來這裡同他碰面，也許他同我一起回香港。」

——我何必告訴他，我不能也不想回去了。

「他這次總要住兩三年才回美國吧？」張說。

「誰知道他。」他說：「啊，你知道他的飛機幾時到嗎？」

「我已經打聽了，說是晚上十點鐘。」

「好極了，我們一起去接他去。」他說。

「上午你有事嗎？」

「什麼事都沒有。」他說。

「你高興，可以參觀參觀我的工廠。」張忽然說。

「你的工廠，好極了。」

「可惜我不能陪你，我上午有三個會。」張說：「我一會兒派人來接你。」——好像氣派不小。

「那就不必了。」——其實我……去也無所謂。

「你千萬不要客氣。」張說：「我開完會就回廠裡，我們一起吃中飯。」

三

參觀了張的味美工廠——這是一個專造味之素一類調味粉，同醬油及罐頭醬菜一類的工廠。陸廠長陪他參觀這樣，參觀那樣，談到張百超，滿面是恭敬而欽佩的神情，總經理長，總經理短的。李予沛好像是在參觀「張百超」。

當初，在上海，張百超是什麼東西，天天跟著史恩慈一起，兩個人到他的寫字間來吃飯。職員都笑他們是勞萊哈代。

現在他是這個占地多少哩——啊，兩英方哩多地——的工廠的總經理。

參觀結束，到會客室喝茶，等張總經理來接他去吃飯。幾個人陪著他，大家都談總經理。十五分鐘後，張百超來了，大家到一家京菜館吃中飯。飯後，張送他回旅館，約定到六點鐘，再來接他，接他到張的家中吃飯，晚飯後再一起去飛機場。

在汽車裡，張百超不斷地講台灣的社會進步，經濟進步，農村進步。他覺得頂進步的還是張百超！只有他。他沒有來台灣，也沒有去美國。炒金失敗，工廠關門。

到了旅館門口，他向張道別時，張忽然說：

「你如果需要錢，也許你要點台幣，請不要客氣，隨時都可以問我拿。」

他說聲「謝謝」就下車了。

這是什麼意思？他難道知道我已經到這個地步？

那一定是史恩慈告訴他的。幸虧我還沒有告訴史恩慈，我在香港負了無法還清的債。

史恩慈勸我到台灣來，難道要張來安插我？在這種「醬油鋪子」裡天天叫總經理？笑話，笑話！

張百超今天說起一位在香港的姓袁的朋友，現在到了這裡什麼都沒有辦法，他說誰叫他早不歸隊，這不是指桑罵槐是什麼？

難道我李某人……。

到底史恩慈在美國國務院是幾級公務員？這次到遠東作什麼調查？能夠幫我什麼忙？

勢利，勢利！史恩慈同我是同時到香港的，他做難民到美國，我在香港辦工廠，現在一同回國。他是英雄的凱旋，我，我是「為什麼不早歸隊」！

他那本《中國農村生活與中共土地改革》還不是靠我為他在香港收集材料的？

可是，他也總算夠朋友，沒有忘記我。

今天張百超講，史恩慈說他只有兩個朋友。在香港有一個李予沛，台灣有一個張百超。可是我李予沛竟同張百超兩個人很疏遠。

這些年來，真是同誰都疏遠了，想想在台灣的親友一定也不少，可是都沒有來往。何必去驚動人家，索興誰也不通知，讓旅行社來接我好了。也省得買東西送人。我已經破產了，還有誰會……勢利，勢利，你看那報紙。

要是通知張百超，他會來接我嗎？他還不是派他一輛車子來，說他自己「恰巧」要開會。本來也沒有什麼交情，怎麼能怪他。他從上海動身來台灣，是搭船來的，我也沒有送他。史恩慈去送他，我托他代為致意。我當時正在吸煙，我順手把我的煙盒托史恩慈轉送給他，我的煙盒上是有打火機的，是那時候的新出品，在上海算是很名貴的東西。雖是我已經用了三個月，只能算是舊東西，總也算是一個人情了。

所以人家也馬上來看你，招待你。

還不是史恩慈的面子。他居然怪我不早歸隊？

也許不是存心諷刺我，為什麼我要去疑心人。

自卑感，自卑感！

大家還不都是命運。我行了青年運。他們行了中年運。

為什麼，啊，我也許還有老年運。

人生，人生！

今天參觀工廠，走了不少路；他想應該睡一個午覺。但是他一直只是胡思亂想。他順手拿起放在床邊的那本旅館所備的聖經。他隨便一翻是馬太福音第七章：

> 你們要進窄門。因為引到滅亡，那門是寬的，路是大的，進去的人也多；引到永生，那門是窄的，路是小的，找著的人也少。

窄門，我應該在找窄門才對。

窄門，窄門，他慢慢的走進了夢裡。

午睡醒來，洗了一個澡，看時間還早，一個人到街頭散步。馬路上很熱鬧，他不知道往那裡走好。他跟著一個高高身材，戴太陽眼鏡的女性走。大概走了十幾家鋪子，那個女的走進一家衣料店。他在店窗外站了一會，又往前走。前走幾十步，到了一個十字路口，他又站了好一會。一對夫婦帶著兩個十來歲的小孩子從後面過來，那個女孩子，梳著兩條小辮子回頭看他一眼。他對她笑笑，她含羞地縮回去，牽了他爸爸的手，穿過馬路。

一個家庭，兩個孩子。我如果到香港時就結婚，不也至少有兩個孩子了。結婚，龔冰磊以後，有很多機會。還有一個美國籍的華僑，她對他也很有意思。如果娶了她，去美國也方便，用不著等難民的配額。他無意識的跟著那個家庭穿馬路。

可是他覺得她年紀太大，他那時正迷著一個米米。

米米是一個十八歲的舞女，她從大陸出來時才十四歲；說她的父母原來在上海開一家小店。說起來那家小店正是他在上海住宅的弄堂口。他想他一定見過她的，那時她大概是一個髒女孩子，他沒有注意她。就因為這些關係，他常常去看她。以後就迷上她了。

他沒有勇氣同米米結婚，也沒有勇氣放棄米米。以後那個美國華僑嫁了人就去美國，米米也嫁了人。她們誰也不能等他。現在每個人可能都養了幾個孩子了。

一個落後的人，沒有人等他。

嫁人的不等他，發財的不等他。

過了馬路，那一家四口就不見了。他們為什麼等他？他笑了笑，轉向右面走去。

成家，養孩子。住家還是台灣，他們都那麼說。

塑膠廠結束的時候，他手邊還有幾萬港幣。那時要是到台灣買一所房子，討一個太太，養兩個孩子，過一輩子也就算了。

現在什麼都沒有了，還有債務。債務，我到了台灣，債務就管不了這麼些了。一走了之，一切還不是一走了之。譬如我死了，難道也到陰間來要債嗎？

幹什麼事可以沒有錢。做官沒有錢是廉潔，教書沒有錢是清高，做畫家沒有錢是輕視財富，做工沒有錢是「無產階級」，只有做商人，沒有錢，就是失敗——真正的失敗。

前面是電影廣告，一個男的抱著一個女的。他沒有注意這是誰導演或是誰演的，他只想看一場電影來消磨時間，但是算算時間不合適，他就轉向右走。正當他抬頭看兩個過馬路的女人時，忽然有一個人從後面繞過來叫他：

「李先生。」

「啊！老吳，你好。」——老吳在這裡？不錯，他正是在這裡！

「你什麼時候來的？」

老吳有點屈背，他的頭髮與鬍子白得更多了。氣色好像比以前好，他穿一件中國白布短衫褲，一雙黑色布鞋，手裡提著一籃菜，像是買菜回來似的。他的長長的鬍子本來就很神氣，現在白得多些，又因為人胖了些，顯得更神氣了。

「我昨天來的。」

「沒有事，到我家坐一會好嗎？」

「也好。」他看看錶還不到四點鐘，他有兩個鐘頭時間：「你府上遠麼？」——這倒使我容易打發這時間，

「不遠，不遠。」老吳說。

「老吳，你看來比以前年輕許多，我可老了不少，是不？」他一面說，一面跟著老吳走。

「李先生以前沒有來過台灣？」

「沒有。」——為什麼不早歸隊！

「預備住多久？」

「說不定。」——何必說老實話。

「你寶眷呢？」

「我一直沒有結婚。」

「還沒有結婚？」老吳又問。

「沒有對象嘛。」他說：「人也老了，錢也沒有，誰會嫁給我。」

「不要客氣了，李先生。你還是對象太多。」——老吳自然不會相信的。

「你知道，我還不是只有龔冰磊一個朋友，她不是早就嫁給美國人了麼？」

「現在聽說也早已離婚了。」老吳忽然說。

「我也聽人這麼說。」他隨口的說一句。老吳已經在一條小路轉彎，他又說：「府上就在這裡？」

「四十八號。」老吳說。

四十八，是一個紅色的門。灰色的牆上伸著綠色的樹梢，樹梢上還掛著紅花。老吳用鑰匙開門。花園不大，但樹木蔥籠。

——啊，老吳也好像不是以前的老吳了。怪不得要請我到他家來。他跟著進去。

是一所日本式的房子。

到了門口，老吳換上拖鞋。他跟著也換，老吳叫他不要換，他還是換了。

裡面是一個非常光亮寬大而清潔的客廳。放著很講究的沙發與桌椅，還放了幾件古玩，一隻花瓶像是乾隆時候的瓷器，裡面插著一束紅色白色的劍蘭。

——啊，他真的也得發了。

一個年輕的女佣人端來一杯茶，是中國舊式的帶蓋的茶碗。

接著老吳同他的老婆出來了。

「你還記得伯崖的媽媽。」

李予沛站起來。

「我們見過，見過。」他說：「你一向好？」——應該怎麼稱呼她？

「李先生，你還是那麼年輕。」吳太太說。——完全是有錢的太太的派頭。「你是第一次來台灣？」

「是，第一次，一直想來，總是沒有空。」——怎麼不早點歸隊！

「這次打算來長住嗎？」

「我只是來看看，來看看。」他說。——來長住，還不是在香港呆不下去了？

「你坐坐，今天，你今天千萬在這裡吃飯。」吳太太說著預備進去。

「今天我還有事，不客氣了，下次再來打擾你。」

「李先生昨天才到，這兩天一定很忙，隔幾天再約吧。」老吳接著說。

吳太太應酬一下就進去了。老吳這就坐下來。

「老吳，看情形，這幾年來，你弄得不錯呀。」

「李先生，說實話，都是你幫的忙。」

「我幫的忙？」他不知道該怎麼樣來客氣才好：「我幫過你什麼，倒是你前幾年一直照應我。」

老吳是龔冰磊介紹給他，對他一直很忠心，他在辦公室做的是工役的工作，但照顧的則常是他私人的生活。

「從大陸出來的時候，不是你勸我把家眷都帶出來嗎？」老吳說：「那時候，我原想一個人跟你到香港的。要不聽你話，我那有現在的情形？還有……」老吳忽然得意地指指客廳西端的牆上掛著的照相說：「你還記得伯崖嗎？」

「伯崖？」李予沛站起來走過去看高掛在牆上的照相。那是一個戴著眼鏡穿著很時髦西裝青年的半身照相。他恍然悟到：

「啊，他是你的孩子，是不？我見過的，那時候他才……」

「那時候他中學還沒有畢業。」

「現在呢？」

「現在，他已經是什麼物理學博士了，他要來這裡講學。」

「真的，真的？」他說。──怪不得，怪不得老吳不同了！

「可不是，他就在今天晚上到。今天晚上。」

「從美國來？」──也許同史恩慈一個飛機。

「他經過日本，在那面玩了一星期。」──那一定是同一班飛機了。

「老吳，你真是好福氣。你記得史恩慈麼？我的朋友。」

「記得，怎麼不記得，他不是也去了美國。」

「他也是今天晚上到。」

「到台灣？」

「是呀，你沒有看報紙？也許就是同你少爺一個飛機。」——自然是一個飛機。

「報紙？今天的報紙？啊，啊，我只看到伯崖的。」

「伯崖？」

老吳馬上從茶几下拿出報紙，好像早就預備好給李予沛看的。伯崖的照相就摺在外面。他說：

「你看，你看。」

早晨，李予沛就看到這個照相，不過一點沒有注意，怎麼想得到會是老吳的兒子。連老吳在台灣他都沒有想到。

吳伯崖……原子物理學博士……大學……台灣……講學……不必細看，知道是老吳的兒子已經夠了。啊，在第一版。老史到底還差一級。

李予沛只看了半分鐘，交還給老吳。

老吳接過去，又看了三分鐘。滿臉得意的笑容，說：

「你不認識他了吧，這孩子。」

「自然不認識了。史恩慈的消息就在後面吧。」

「啊，啊，」老吳並不想看史恩慈的消息，他把報紙放到茶几下，抬起頭來說：「史先生也今天到？那麼你去接他了。」

「是的。自然也同時可以接你的少爺。」他說：「我已經約好張百超一起去。你不也認識張百超嗎。」

「認識，怎麼不認識。」

「他在台灣，你不常見他。」

「我知道，他現在發財了，我怎麼高攀得上。」老吳說。

「老吳，他沒有什麼了不得，還是你好，有這麼一個出色的兒子。」——想不到這個時代還是可以靠兒子。

「都是托你的福。要不是聽你的話，他恐怕一直在大陸呢。而且，後來他升學讀書還不是你替他主張的。」

「我，我，我不過……」他說。——你還肯想到我？究竟還是有良心的。

「那時候他中學畢業，我要你替他找事。你說我孩子既然考第二名，一定成績不錯，為什麼不讓他進大學呀。我說我哪兒有錢可供給他進大學呀。你說為什麼不讓他考台灣大學，到台灣讀書用不了多少錢。這樣他就考進台灣大學，後來又考取官費留美，現在……是不是全是您。」

「好說，好說，還不是他——啊，伯崖——自己有出息。」——老吳究竟還是有道德的人。

接著他問：「老吳，你只有這個兒子？」

「那面一張照相是他的妹妹，你也許沒有見過她。」

李予沛走過去看那張照相。

是一個穿著西裝拿著網球拍的女孩子，長得非常秀麗，只是也戴著一對眼鏡。

「她叫秀梅，比他小四歲。」

「她在哪裡。」

「也在美國，是她哥哥幫她弄出去的。本來學護士，可是一畢業就結婚了。」

「好福氣。那麼你女婿呢？」

「她嫁給一個美國醫生。我同我老太婆都反對，可是孩子長大了有什麼辦法？」

「你真是好福氣。伯崖呢？他結婚了沒有？」

「他還沒有。他是一個書呆子，考到了博士後一直在美國教書，這一次來這裡講學，說先是一年，以後也許延長一年。我們希望他們會在這裡娶一個中國太太。李先生，你的交友廣些，替他介紹一個吧。」

「你的孩子又漂亮，又是在美國，又是物理學博士，到這裡誰不願意嫁他。我有女兒都高攀不上呢？」

「你挖苦我了。」老吳說著。

「我想你們兩老沒有事，倒可以到美國玩一趟。」

「這兩年來他們倒老是那麼叫我們去。可是我們這樣年紀，也不想動了。鄉下佬到美國去，還不是去出醜。」老吳忽然說：「你看看我們的房子吧，買了沒有幾個月，因為伯崖要回來，我們希望他在這裡結婚，所以買了大一點的，你來看看。」

老吳帶我往客廳右門出去，通一個走廊，轉到另外一個院落，那面有好幾間簇新的房子，都沒有家具。後面又是一個日本式的小花園，小小的池裡砌著假山，山上種著幾株小小的竹。

「我想這裡做他書房。倒是很清淨的。」老吳說。

「家具還沒有買？」

「讓他自己來挑。我們買，他不一定會喜歡。」

「你真想得周到。」

回到客廳裡，下女端出一碟炒麵。

老吳招呼李予沛坐下來，他說：

「粗點心，隨便用一點。」

「啊，你太客氣了。」李予沛說。

炒麵是江南燒法，李予沛知道是老吳的太太燒的。老吳的太太原是龔家的女佣，龔冰磊就是吃這樣的炒麵。

要是真的我同龔冰磊結婚，我們女兒不正可以嫁給他的兒子伯崖？

可是他們夫婦都是龔家的僕人。

李予沛一面吃炒麵，一面看看老吳。老吳陪著他，拿著筷子，可並不是真的在吃。他忽然問：

「老吳，你還常有龔冰磊的消息。」

「有，有，伯崖在美國常去看她的。頭幾年，她幫伯崖不少忙，暑假裡要他去住，介紹工作給他做，他們也變成很好的朋友了。」

「本來你也是他們家的老家人。」

「可不是，我兩口子在他們家裡有二十幾年，真是看她大的。後來他哥哥去美國，她老太爺過世了，她才把我介紹到你的寫字間來的。」

「我知道，我知道。我們都是老朋友了。」

「哪裡哪裡，你們是我的東家。」老吳客氣似的說。

「老吳，你現在可不要說這話了。伯崖已經是大學教授。東家這名詞不好聽，要是在大陸，你正應該清算我們呢。」李予沛半開玩笑似的說，接著又問：「龔小姐不曉得現在怎麼樣，離婚以後，又嫁人沒有？」

「沒有聽說，伯崖來了，就什麼都知道了。」老吳說著笑笑。李予沛放下筷子，正想告辭的時候，老吳忽然問：

「李先生，我們一直談我的事情，您在香港怎樣？這兩年來發財嗎？工廠怎麼樣？」

「老吳，不用提了。要是你來台灣的時候，同你一起來台灣，也許也安定了。我們是老朋友，不瞞你說，自從你來台灣以後，我一天不如一天，現在，什麼都沒有了，一身是債，不用提了。」——索興就說實話吧。

「您客氣，您客氣。」老吳以為他開玩笑。——誰同你開玩笑？

「老吳，一言難盡。我們以後再談。」李予沛站起，一面說：「謝謝，謝謝，我們晚上在飛機場見。」

四

在張百超的家裡，張百超為李予沛介紹他的房子同他的家庭。

房子是一宅兩層的洋房，周圍有很大的花園，種滿了整齊的花木。裡面應該有灰綠色長尾黃嘴的小鳥？房間裡布置得又光亮又華麗，張百超倒真是發財了！暴發戶，充分是個暴發戶，就憑客廳的那幾張要人照相也就顯得他的俗氣了。

可是張太太竟是一個又美麗又嫻靜的女人，看上去，只有三十一、二歲，打扮得非常大方，同客人談話自然而親切。張百超這樣的人，竟會有那麼好的太太？

大兒子十三歲，很像張百超，已經很高大。二兒子十二歲比大兒子秀氣。第三第四是女孩子，一個十歲，一個八歲。都很健康活潑，而且對客人也有禮貌。張百超有這樣一個家庭，怪不得他要請我來家裡吃飯了。至少可以向我誇耀一番，甚至也好表示他並不亞於史恩慈。

有辦法，真是有辦法。

哪一個都有辦法，除了我李予沛。

張太太與孩子們退出去，客廳裡只剩張百超與李予沛。

端茶的是個年輕秀麗的女佣。

張百超說她是本地人，李予沛說她長得很漂亮。

喝了一口茶。

張說這茶葉是台灣最好的龍井。李說，香港現在也買得到台灣的茶葉。

張於是談到台灣的出口貿易，談到農村的改革，談到……

李打了兩個呵欠。

喝了兩口茶。真是上好的龍井，現在才泡出了真正的茶味。又喝了一口茶，振作了一下，趁張喝茶的時候，李於是說：

「老吳，你記得嗎。」

「老吳，哪一個老吳？」

「以前在我辦公室幫忙的。」他說。

「啊，那個很老實的工友，啊，我記得，記得。」張說：「我記得，那個胖胖的有點酒糟鼻子的，是不？」

「不是。那是老王，王胖子，我是說那個有鬍子的，一直不出街的那個。」

「啊，那個吳鬍子我記得，他怎麼，還在？」

「他就在台灣。」

「是嗎？」

「我帶他到香港，在香港待了兩年就來了。」他說：「今天真巧，路上碰見他。」

「他一定想不到你在這裡。」

「可不是，他現在得發了，完全不是以前的老吳了。」

「也做生意？」

「兩個孩子都在美國。」

「開飯館嗎？」

「啊，哪裡，他的兒子是原子物理學家了。」

「原子物理學家？」張百超似乎並不表示驚奇，笑了笑說：「我們中國人到美國，沒有不成為『家』的。」

「老吳真是享兒女福了，他買了很大的房子。他的兒子也是今天到台灣，來這裡講學。我想也許會同史恩慈同一個飛機。」

「那麼我們到飛機場一定可以碰見他們了。」

「自然。」李予沛說：「真是無巧不成書。我會碰見老吳。」

「在台北，很容易碰見多年不見的人；你要多住幾天，什麼人都會碰見的。」

李予沛苦笑。

苦笑，他忽然想到他免不了在妒忌別人。別人都比他得意，他可是從頭到腳都失敗了。

那個漂亮的女佣來請吃飯。

張百超偕李予沛到了飯廳。

張太太同四個孩子都站在那面等他們。

張太太換了一件淺黃色的短袖旗袍，鑲著深綠的邊緣，衣襟上深綠的盤鈕。耳葉上垂著翡翠的耳垂。招呼李予沛入座，他看到她手上的碧綠翠戒。

李予沛上座，四個孩子坐在兩旁，張百超同張太太坐在對面。坐了以後，李予沛望望張太太，他禁不住似的說：

「張太太，你真會穿衣服。」

張太太謙虛地笑一笑。說：

「到飛機場去，我怕他催我，所以先換了衣服。」

「她也是學畫的，學中國畫。」張百超說著又介紹李予沛：「李先生是學西洋畫的。」

「我多少年都不畫了。」張太太笑著說。

「我根本不會畫。」李予沛說：「張太太應該把自己的畫掛在客廳裡，好讓人家到府上來一眼就知道女主人的風采。」

「哪裡敢出醜。」

「你喝點什麼酒？」張百超忽然問。

「我不喝酒。」李說：「我們老朋友，你知道我不會喝酒的。」

「這是台灣的花雕，你試試看。一點點，一點點。」

大家舉杯。

桌子上已經有四、五樣菜，但佣人還在拿菜上來。

那是一個中年的女佣。

張百超說那個女佣叫做阿葉，是崇明人，丈夫是軍官，陸軍中校。前年過世了，所以出來打佣。

——國家對他沒有安排？

「有孩子嗎？」李忽然想到老吳的兒女。

「有一個兒子，是空軍，也是前年出事死的。」張太太說。

「所以一切都是命運。」張說。

「政府應該對他有安排才對。」

「撫卹金當然是有的，不過不多就是了。」

——談這些幹麼？談點別的吧。

「你們真是道地的上海菜。只是太多了一些。」

「我們廚子是杭州人，今天我叫他特別燒一個你愛吃的菜。」

「是什麼？」

「你猜猜看？」張說：「是你頂喜歡的吃的菜。」

「你還記得我頂喜歡吃的菜？鯽魚。」

「鯽魚，這裡沒有鯽魚。」張說：「是蜜汁火方，是不是你喜歡的？」

「蜜汁火方？」李說：「你真是我老朋友了。香港就沒有地方會燒這個菜。」

「回頭你看看他燒的。」張說：「台灣現在出產火腿，比金華火腿都好，」

沒有說話，喝了幾口酒，李予沛於是問張太太關於那四個孩子讀書的情形。大孩子已經進中學，第二個孩子小學也要畢業。還有兩個女孩子自然也都在小學。

李予沛於是誇讚兩位小姐漂亮，很像母親。其實二小姐一點也不像母親，可是也不像父親。她有一個很靈巧的臉型，大眼睛，扁鼻子。

「張太太，你真是好福氣，年紀輕輕就有四個孩子。」

「李先生，你有幾個孩子？」

「他還沒有結婚呢？」張說。

「還沒有結婚？你們男子都太愛自由。」

「沒有對象，沒有人喜歡我。」

「一定是李先生條件太高。」

「老李太多情，他的一個女朋友去美國以後，他就不想再結婚了。」張百超玩笑似的說。

「你不要開玩笑，好嗎？我正想拜托你夫人為我介紹一個對象呢！」

張太太臉上浮起笑容。

那位「中校太太」端出蜜汁火方。

「啊，來了，來了。」張說：「這個菜要火工，所以慢了些，你先試試看，他燒得怎麼樣？」

醬紅色的火腿冒著熱氣，蜜汁在燈光下閃著光。

張百超夾了一塊給李予沛。

「我自己來，你應該夾一塊給您太太。」

「她不很喜歡吃肉，這個菜是專為你燒的。」

李予沛試了試。

「啊，燒得好。真是不錯。我在香港從來沒有吃到過這樣好的。」

「台灣的菜館，四川菜最好，湖南菜也不錯，北平菜也有好的，杭州菜就沒有好的了。蜜汁火腿這個菜。這裡就沒有人家會燒。只有在我的家裡可以吃到。」

「百超，你真有福氣。頂好的太太，被你娶來；頂好的廚子，被你雇來。」

「我還有最美味的調味精，但是我家裡從來不用它。」張很得意的說。

「這也許是一個很大的諷刺。」

「老李，說實話，你是不是真的想在台灣長住了？」

「百超，不瞞你說，我現在什麼都沒有了。還不是哪裡有飯吃就待在那裡了。」

「客氣，客氣。」張對李予沛的話半信半疑，他也半真半假地說：「不過，頂要緊的，你倒是應該成家才行。」

「這也要靠大嫂幫忙才對。」

李予沛吃了蜜汁火腿，又喝了一碗雞湯，乾了門前的酒。他已經吃飽，不能再吃飯。張家的晚餐算是結束。

「張百超大概真是大富翁了。」李予沛回到客廳裡時想。

五

飛機場上都是人。

張百超同他的太太幾乎同每個人都認識。但他倒沒有冷落李予沛，一個一個為李予沛介紹。不是委員就是主任，不是社長就是總經理。有的李予沛在上海時似乎也相識，但對李予沛拉拉手或者笑笑就過去了。他知道，這與其說是向他介紹他所認識的人物，還不如說是在介紹張百超自己。

李予沛只想看到老吳，可是怎麼也找不到；最後看見他在一大群人叢裡，新聞記者們正在問他關於他的兒子吳伯崖。李予沛也就不敢過去招呼了。但因此倒躲開張伯超，他覺得清靜，但也覺得落寞。

忽然有一個年輕人過來，很親切的對李予沛招呼。

「李予沛先生，是麼？啊，你一直在台灣？」

「我昨天才來，從香港來。」

「啊，啊，你大概不認識我了，我是史明偉，史恩慈就是我的叔叔。」

「啊，啊，我們上海見過是不？那時候你還是個小弟弟。」

「那時候我還在中學讀書。」

「你什麼時候來台灣的？」

「我是三十八年來的，同我父親。」

「你父親是史恩慈的哥哥？」

「堂哥哥。」

「他在這裡。」

「他已經過世了。」他說：「前年。」

「啊，真是不幸，不然史恩慈回來，大家多快活。」

「可不是，可不是。」

「你現在？」

「我現在在美新處做事。」

「洋機關，待遇比較好些是不？」

「也那麼回事。」

「你有機會也該到美國去進修才對。」

「我也是這樣想，看我叔叔回來有什麼辦法。」

這時候好像有人說飛機到了。

大家都鬨到外面。有些人有特別證件的走到裡面去。

人們從海關稽查處出來。新聞記者們先圍上去。李予沛也分不清誰是在歡迎吳伯崖誰是在歡迎史恩慈。他只是站在遠遠的地方，看人們擠來擠去的在拉手、介紹、攝影與交談。

最後，他看到張百超偕著史恩慈出來。他為史恩慈介紹圍在他們前後左右的人群，李予沛這才走過去。

「啊，老李。」史恩慈先招呼他：「啊，你還是老樣子。」

「你才沒有什麼改變，只是發福一點。」

這時史恩慈的侄子同幾個美國人過來，打斷了他們的話。

史恩慈匆匆問了李予沛的地址，就跟著他侄子伴著幾個洋人走出來，許多人還跟在後面，李予沛也跟著。

史恩慈沒有再看李予沛一眼，就同洋人們上了汽車。

「美國人，他現在已經是美國人了。」李予沛望著汽車，他好像是同張百超說話，但張百超並不在他身邊，他抬頭尋張百超，原來他同他太太在後面，正在同別人談話。

李予沛正不知該怎麼辦，他忽然看到老吳夫婦正伴著他們兒子接受記者們的照相，他走過去。老吳照了相就過來同他招呼。於是就為他兒子介紹：

「這就是李予沛先生，你還記得麼？」

「李先生。」吳伯崖很有禮貌同他握手。

李予沛握著吳伯崖的手，不知道說什麼好。最後他說：

「啊，真高興你學成回國，你不知道你爸爸媽媽多高興。」

張百超這時候也同他太太過來。

「老吳，你還認識老張嗎？他現在是台灣企業家了。這位就是原子物理科學家吳伯崖先生。」

張百超同老吳又同吳伯崖拉拉手。

「李先生，你還住在北鄉飯店是不？」老吳問。

「是，是。」

「隔天我同我孩子來拜訪你。」

關上車門，他們的車子就走了。

李予沛這才同張百超離開機場。

張百超先送李予沛到了北鄉飯店。

李予沛本想請他到裡面坐一會，因為有張太太在一起，所以沒有開口，約定明後天再打電話聯繫，就匆匆下車。

張百超在他下車時，忽然交了幾份報紙給他。

「這是今天的報紙，你想看看嗎？」

李予沛接過來，說聲再會，望著他們車子遠去，看看錶，覺得回旅館還太早些。整個的世界好像只有他一個人似的。

六

夜。李予沛一直坐在沙發上，他喝了兩杯白蘭地，大概睡著了一會。

——這個社會，這個社會！現在是幾點鐘？錶上還是九點二十分，不對，啊，錶停了，至少有十一點吧？這樣清靜。

——歡迎原子物理學家，歡迎名作家！什麼東西！勢利，勢利！我李予沛……如果成了世界有名的畫家，如果……不早歸隊？這是什麼？誰知道我李予沛……如果我晚來台灣，我要是個名作家，這個原子物理學家來接我……飛機場，記者……

——我是商人，商人不能沒有錢，有了錢，便什麼都有了！

——錢能通神，通神！所以美國人都能通神。

——他們都已經是美國人，美國人已經夠受歡迎，不必什麼原子物理學家，不必名作家，美國人，美國人就夠了。

——為什麼當初不去美國，美國，我也許……也許我的畫，龔冰磊的畫像，……三十個半生不熟的雞蛋，打在畫布上，……哼……哼，只要一個美國批評家說我的畫是了不得的，那些人還不是都說了不得，誰敢放一個不同顏色的屁！……

——還是老吳，究竟是上年紀的人，還對我……對我有點禮貌。張百超，對我示威，工廠，家庭，什麼玩意兒……勢利勢利，要是他知道我李予沛已經到了走投無路。他怎麼樣？「如果要點錢用隨時問他拿，」……「為什麼不早歸隊？」對史恩慈，你敢說這句話？……「大爺是美國人，已經是美國人了！」

擺什麼架子，名作家的架子？美國人的架子？還不是難民法案去的？我幫你旅費，經上海到香港，到香港到美國，……那兩本書，還不是我為他找的材料，現在對我擺架子……你看他今日的樣子，還像是老朋友麼？……好，好，算了！算了！我行少年運，運行過了。好的，讓你們行中年運，我死給你們看。我明天就到日月潭，人說那面風景很好，許多人都在那面自殺……我住一天，第二天一早……我死給你們看。我要寫一封遺書，讓社會知道……

知道原子物理學家的父親是我的工友，是我勸他把孩子帶到香港的，是我勸他讓孩子來台灣讀書的；知道你史恩慈這個名作家是我造成的，沒有我李予沛，就不會有你們這兩個美國人，也許都在大陸的集中營勞改呢！

——美國人，物理學家，名作家，暴發戶，看你們不死？你們都得死，誰都得死。我比你們得發早，我先死，我在陰間等你們。

——我怎麼怪他們？小人，都是小人，勢利，……勢利也是人之常情，人之常情。自己的父親、兒子都一樣……我幸虧沒有父親，也沒有兒子，很容易死。人生不過幾十年，大家一樣……那麼還寫什麼遺書，又沒有遺產，……有遺產也沒有用，我給誰？……

——我是李予沛，誰知道我這個李予沛？知道的也早就不記得。如果我有錢，有五千萬港幣，我在遺囑說捐給什麼藝術館，研究院，我還不是一個……誰敢不說我是一個了不起的人物？

——好！算了，我去死去。活著還不是被那般勢利的人們欺侮。

——如果我們這般被侮辱，被壓迫的人都自殺了，看那般得意的人去欺侮誰？這正是與革命相反的一個手段。革命要推翻別人統治，由自己去統治別人。我們現在則由被統治的人自殺，不給你們統治。革命成功，也還是產生了另外一批被侮辱與被壓迫的階層，大陸的情形就是一個很好的例子。自殺成功……嗨嗨……

——李予沛忽然笑起來。他聽見了自己的笑聲，才知道自己一直坐在沙發上。他從口袋摸出紙煙，他吸上一支紙煙。他覺得自己真是什麼都沒有了。他是個一無所有的人物。

——他望著煙霧在空中散開去，淡下來；他想到他明天如果去日月潭，這個時候大概已可與世長辭了。

史恩慈，這個朋友，好的，你對我驕傲，擺架子，……我要是……我要是先殺了你，再自殺，又怎麼樣？

——一個人不應該對老朋友這樣……

李予沛忽然吃了一驚。

原來電話鈴聲響了。

——是誰呀？他想。李予沛站起來去接電話。

「喂。」

「李予沛先生。」他聽不出對方是誰。

「我就是，你是那一位呀？」

「我是史恩慈，你聽不出我的聲音？」

「啊，是你，我正在想你。」——他倒是還想到我的！

「我現在才忙完，真是！我現在來看你，好不好！」

「看我？我來看你吧！」——怎麼他來看我？

「還是我來，你沒有事吧？」

「我？我沒有事，沒有事。」

「沒有女人？」

「我現在什麼都沒有，也什麼都不要了。」

「你是住在二一七號！」

「二一七，不錯。」

「好，那麼回頭見。」

「你知道地址嗎？」

「知道，知道。」

電話掛斷了。

——究竟是老朋友，我剛才真錯怪了他，他倒是……還有良心。

——我應當把什麼都告訴他嗎？我已經到了走投無路，不打算也沒有法子再去香港，那面都是債。這裡也毫無辦法，叫我到張百超的醬油鋪每天去叫他總經理，我可不幹，我寧可自殺。

夜很靜，只有遠遠的車聲。

——究竟是台灣。而且旅館，又有花園。

——但是史恩慈能幫我什麼？我也寫一本書嗎？一本投機的書，加上插畫，或者借重他的名字，兩個人合著；或者，我也去講學，吹牛。史恩慈也是靠演講起家，他專門去學演講術，在美國吹牛，講中國問題。他的著作，材料是我為他找的，英文是別人改過的，有什麼稀奇。但是他是名作家了。

——還不是運氣。那時候關於中共的書少，他的書就適逢其會，要是現在寫，也不是那麼容易了。李予沛起身，他跑到浴室，他用冷水拍拍臉，理理頭髮，他對著鏡子看看自己的臉。

——想不到我李予沛竟是這樣沒有出息！

——誰有什麼出息過？還不是都靠命運。

——命運，命運！一切都是命運。

他唸唸「命運，命運！」又從浴室跑出來，他點上一支紙煙，拾起剛才張百超給他的報紙。

他心不在意的看那些他似乎早已知道的新聞，於是，他突然看到了一個新放南美任大使的名字——×××

——×××，呵呵，他也做大使了，都有辦法！

——大家都有辦法。

——只有我李予沛沒有辦法。

——×××，他在上海時候……

敲門聲打斷了李予沛的思路。

打開門，史恩慈已經在他的面前。史恩慈穿一件淺藍色襯衫，常青毛背心，沒有打領帶。態度自然瀟灑，精神煥發。

他讓史恩慈進來，關上門。

史恩慈，直到裡面，隨手拿起桌上的紙煙，吸上一支，他說：

「你倒是沒有什麼改變。」

「我胖了不少。頭髮不必說，都白了。」李予沛看看史恩慈說：「你倒是反而年輕了。」

「我，我還不是滿頭是白髮了。」

「喝一杯酒嗎？白蘭地。」

「台灣的？」

「我從香港帶來的。」

「好，好。」史恩慈坐在沙發上：「我們好好談一談。老朋友，好久不見了。」

「你們都得意了。張百超發了財，你不用說，已經是名作家了；還有，你知道老吳的兒子吳伯崖，也已經是原子物理學家了。」

「吳伯崖，不是同我同飛機來的物理學家嗎？」

「是呀，他就是老吳的兒子。」

「老吳，哪一個老吳？」

「就是在上海我們寫字間的那個工友。」

「啊，是他的兒子！」

「在飛機場，你沒有看見老吳嗎？他在接他的兒子。」

「我沒有看見。真是，那些記者，真是很有趣……」

「你是名人了。」

「名人？名人？哈哈……老李，你真應該去美國，美國是一個有趣的地方。」

「你成功了，自然覺得美國不錯；有許多中國人在美國一直在洗碗，有的還發神經病。」

「這也可以說是命運，但是主要的，是他們不了解美國。」史恩慈喝了一口酒說：「我初到美國時候也毫無辦法，後來我就發現了一個原則。」

「什麼原則。」

「我們不是都知道拍馬與吹牛是處世之道嗎？」史恩慈說：「其實這兩樣應該分開來運用，我發現的是在獨裁國家裡要『拍馬』，在民主國家則要『吹牛』。我在美國，就靠『吹牛』。」

「你有時間嗎？」李予沛看史恩慈倒沒有虛偽的做作，他問。

「怎麼？你還有什麼事？」

「不是，我沒有事。我是說，如果你有工夫，我倒希望你談談這幾年來在美國的情形。」

「我正想同你兩個詳細談談，你要我告訴你我成功的秘訣，老實說，主要的是吹牛。」史恩慈說：「吹牛自然要有吹牛的本錢與吹牛的技術。所以我在那面專門去學演講術。美國是一個自由的國家，又是一個廣告的國家。我們既然也想向社會兜銷自己，所以必須做廣告。演講是一種直接的吹牛，美國人懂得這一套，所以有專門人教人演講，好一點的老師要四十美金一點鐘，教我的是一個老頭子，真有道理，我學了九十九個鐘頭。……」

「你哪有那麼些錢？」

「我的辦法是，一面學演講術，一面就去演講。演講賺了的錢，就付學費。」

「你講些什麼題目？」

「自然是關於中國的。你不知道我是中國問題的專家嗎？」史恩慈說著露出自嘲的笑容又說：「美國人是一個有趣的民族，他們很容易相信人，可是不相信人的智慧，他們只相信人的記憶。我在美國各地遊歷，那些嚮導員，對於什麼風景或建築物總是愛說：這是世界上最大的山洞，這是世界最長的橋，這是世界上最高的建築。他們接著馬上告訴你一串數字如：從頂到尾是，九千二百十二呎五吋半，從左到右是八千九百五十四呎六吋三分半，從前到後是五千五百卅呎一吋四分六釐……美國人個個聽得津津有味，連連稱羨。他們以為這些就是正確的智識。所以我的演講也就用這個方法，我每次演講，都背熟了幾個表格，如中國米的產量，一九四八是多少，一九四九是多少，一直到一九五九。我在演講時，不看演講稿，隨便在黑板上一寫就是一大串；或者同記者談話，隨隨便便就引證一大串的統計數字，他們就馬上對我驚為天人，認為我是專家。我的演講就這樣開始成功。以後我就寫書，我請你為我找材料，這也不用多說了。」

「了不得，了不得。」李予沛又像佩服，又像妒忌的說。

「中國人不喜歡數字，這也可以說比他們強，也可以說不如他們。其實一般人，誰也不會追查你所說的數字有沒根據。譬如說，美國人全國一年所吸的紙煙，接起來可以繞地球四圈半，一個活五十歲的人，他一生剪去的頭髮接起來可以有月球三次來回的長度，諸如此類，有什麼根據？可是美國人以為這就是知識，你想，這多好玩？」

「老史，你真了不得，有你的一套。」

「還不是騙人，你讀過徐于寫的《江湖行》嗎？」

「怎麼？」

「我覺得他裡面有一句話很對，他說這世界上的人不外是：『強者行劫，弱者行乞，狡猾者行騙。』不過我不贊成他用狡猾兩個字，應當改作聰明。我就是一個聰明人。」史恩慈說到這裡哈哈笑起來，他拿起杯子喝酒，但是杯子裡已經沒有酒，李予沛又為他斟了一杯，說：

「怎麼，你現在學會了喝酒。」

「這是我在美國學到的第二樣本事。吹牛與喝酒，其實兩樣也正有聯帶關係的。不喝點酒，我就沒有膽子吹牛了。」

「那麼你這次回來有什麼計畫嗎？」

「我現在是美國官，奉國務院命，到東南亞做點調查研究工作——這可是職業上的祕密，我不便向你說。」史恩慈半玩笑似的說：「不過，我私人還有三件大事，我就想同你討論討論，要你合作幫忙的。」

「我能幫你什麼忙呢？老朋友，我說實話，我在香港負了許多債，連回去都有問題，在這裡我也毫無辦法。來台灣做官，太晚了，張百超就說我為什麼不早歸隊；經商，沒有本錢，而且也沒有生意可做。我自然還沒有去……去行劫，行乞。」

「自然，你可以做的也只是行騙。」史恩慈說。

「可是我向誰去行騙呢？」

「你先聽我說。我的三件事情是：第一件，我要寫一篇博士論文。」

「博士論文？」

「是的，我的論文題目是『中共的農業政策及其對改革農業技術之努力的效果與影響』。我希望你幫我收集材料。

第二件，我想寫一本小說，以大陸為背景的，要驚險香艷；這個我希望你同我合作來寫，將來如可以出書，算是我們合著的。

第三，我要找一個老婆，——條件是年輕貌美會英語，請你為我介紹。」史恩慈又喝乾了酒說：「我們是老朋友，我很坦白。這三件事，第一件是名，第二件是利，第三件是幸福。我希望你幫忙。」

「自然，只要我活著，」李予沛說：「不瞞你說，你來之前，我正在想自殺。」

「笑話，笑話。」史恩慈笑著說：「你的問題有什麼不可以為你解決的？」

「你知道我破產了嗎？」

「你一個人，破產同不破產都是一樣。」史恩慈又喝了一口酒：「你如果決定跟我行騙，我保你什麼都沒有問題。剛才我說的三件事，頭一件，你幫我做，我可以給你薪水；我賺的是美金，在台灣養一個朋友並不難。那本小說，將來出版了，我們平分版稅。至於第三件我要你幫忙的。我也願意幫你同樣的忙。」

「怎麼？」

「你沒有結婚，是不？」史恩慈笑著說：「我也要介紹一個對象給你。」

「給我？」李予沛說：「你知道我的條件嗎？」

「我知道不知道都沒有關係，不過這是你唯一的出路。」史恩慈喝了口酒，笑了笑：「你知道是誰？是龔冰磊。」

「她……她……」

「她一直覺得對不起你。而且照我觀察，她還是愛你的。」

「可是我已經不是以前的我了。」

「她也不是以前的她了。她離了婚。」

「我知道。」

「其實她只是同丈夫分居，在辦離婚手續。不知道我走的時候辦妥了沒有，總之就是沒有辦妥，也很快就會辦妥。問題是她可以從丈夫那裡拿多少錢。」史恩慈笑著說：「少說說十幾萬美金是有的。你把她娶來，人財兩得。而且她是美國公民，你娶了她，去美國也方便，用不著做什麼難民不難民的。」

「可是她遠在美國，我……」

「只要你願意，我會寫信給她，叫她到台灣來玩。你們舊愛新戀，我相信一切都會很順利。怎麼樣？我史恩慈，為你打算沒有錯。你聽懂我的話了麼？」

「真的，恩慈？我都聽你。如果一切都如你所說的實現，那你真是我再生的恩人了。」

「這是科學，一切都有一種科學的根據。我在美國訓練成吹牛技術，現實觀點，還有是科學頭腦。你如果相信我的話，就不要信命運。你信裡常常說命運，我可是相信科學。我是一個成功的騙子，你跟我行騙，不會失敗的。慢慢我們到美國，也許還可以有更大的發展。」

「恩慈！還是你有頭腦；那麼現在……」

「你要錢麼？」史恩慈從皮夾裡拿出兩張一百美金的票子，放在桌上，說：「這裡兩百美金，你先用著。等我的房子弄定，你搬到我那裡去住。以後你就動手寫小說。你先去買一些關於大陸的書，或者別人寫的大陸的小說，擬幾個故事的大綱出來，我雖然沒有寫過小說，但是知道美國人喜歡讀什麼。我史恩慈這幾年來一直就注意這些事。」

「好極了，恩慈。你這一番話，可真是救了我一條命。」李予沛喝了一口酒：「來，一起喝一杯酒，祝我們計畫成功。」

史恩慈乾了杯後，他忽然問：

「慢慢的，你現在不畫畫了？」

「好久不畫了。」

「你不是也畫過中國畫。」

「畫過一點。」

「你應該再畫，有西洋畫的根基，畫中國畫，別有境界。你明天起就畫中國畫，這也是最容易騙人的東西。你看你有這許多行騙的本錢，不會運用。」史恩慈笑了笑，他說：「你畫了半年以後，有了像樣一點的畫，開一個展覽會，但是不賣畫。以後你就搖身一變，變成了一個中國畫家。你到美國，也就多有一樣東西可以吹吹牛。」

「我倒是沒有想到，好，明天起，我就去買些畫具，就算解解悶也好。」

「這就對了。好，就這樣，現在我回去了。這幾天我很忙，過幾天找定房子，再打電話給你。」史恩慈放下杯子，站起身。

李予沛也站起來，一面說：

「啊，不早啦，我叫他們為你找一輛汽車。」

「到外面叫他們找吧。」

他們兩個人一起走出房門。

房間裡靜悄悄，只有快完了的一瓶白蘭地紀錄著他們的一席話。

七

躺在床上，李予沛覺得人生究竟是奇妙的。看看好像是絕路了，忽然又轉出新天地來。他對於自己自殺的念頭，有點鄙視。

——自殺總是弱者的行徑，我李予沛難道竟是如此懦弱！

——史恩慈……他真不愧去美國一趟，真是了不起。

——一個人幫助人總是好的，我幫助了他，所以他現在幫助我，人是互相的，不錯。

──吹牛技術，現實觀點，科學頭腦。──倒也有趣。

──寫小說，這倒是一條路，同龔冰磊在一起時候，我不是什麼小說都有？龔冰磊的幾篇被文壇注意的短篇小說，我都貢獻過意見，有的還是我供給她的故事。

──龔冰磊結合，也許這竟是命中注定的，真是巧，早晨剛剛想到她。天下的事情真難說，也好，也許這是對的。我同她在一起的時候一切都順利，離開了她，就什麼都不順利了。我們的八字，也許就應該配在一起，……我現在開始轉運了，否極泰來，否極泰來。明天沒有事，我不妨再去批一個命，看我還有幾年大運……。要是，去美國，啊，小說，我不是在香港看到很多從大陸出來的人麼？他們的經歷有許多是好故事。對，對，譬如說，那個姓徐的，山東人，在鳴放時候出來的……

──徐什麼……不是徐于，徐于的《江湖行》，行劫，行乞，行騙……徐于，我見過他的，是白斗極請客。他那天在宴席上就談自殺，談自殺的人決不會自殺……如果我已經自殺了，那麼……我……史恩慈……龔冰磊……

一個一個人影在李予沛腦中掠過，李予沛就昏昏的睡去。

於是他在夢境裡漸漸恢復了意識。

他像是一間空洞的房間裡，偷聽隔壁的談話。

「……我們到美國來的中國人，先都是行乞，以後就是行騙，這是跟猶太人的移民學的。猶太人，他們讀書同中國人一樣用功，將來美國的大學者，大科學家，不是猶太人就是中國人了。」很清楚，是史恩慈的聲音。

「你不說《江湖行》裡還有什麼『行劫』嗎？」一個女人的聲音。

「是呀。」

「我就是行劫。」帶著諷刺的笑聲，是一個中年女了。

「怎麼？」

「我嫁給馬谷，離了婚，憑空分到廿八萬美金。這不是行劫嗎？」是龔冰磊，對了，是龔冰磊的聲音。

「這也只能說是行騙。」史恩慈說：「中國人來美國的都不會行劫。會行劫的人都在中國大陸。」

「哦！」龔冰磊忽然哈哈大笑，又說：「我正要問你，是不是你叫李予沛向我求婚的？」

「他向你求婚？」史恩慈說：「難道還要我教他嗎？他不是一直愛著你嗎？自從你嫁了馬谷先生，他一直沒有好好做人，現在聽說你離婚了，他自然想同你結合了。啊，我不過是把你離婚消息告訴他就是了。」

「聽說他已經破產了。」

「你就真看不起他了？」

「我不是這個意思，我怕他是為我的錢來行騙的，並不是真正的還愛著我。」

「我相信他是愛你的，我雖然告訴他你離婚，可沒有告訴他你有這許多錢，你嫁人以後，他不能說沒有別的女人，但是他愛的是你，他一直是……」

李予沛聽到這裡，他忽然問自己：「我真的還愛龔冰磊嗎？」

——三十五歲的女人，還有什麼羅曼蒂克！

——但是為什麼我不能愛她？

李予沛於是大聲的叫：

「冰磊，我愛你，我愛你，我一直愛著你，沒有你在身邊，我什麼都沒有了，我無法成畫家，無心辦工廠，無法做人……」

可是這聲音竟像是對著空谷呼喊一樣，四周引起了迴響。

他一驚，突然醒來。

李予沛發現自己睡在旅館的床上。身上一身是汗。

他看到了陽光，陽光把院中的花影投映在窗簾上。

——我要畫中國畫，對的。

忽然他聽見了鳥叫。很快的，他想，如果還是昨天聽到的那種鳥，那麼他與龔冰磊結合一定會成功的。

果然，三聲短促的「唧唧」，轉到了柔和的顫抖的長聲。

——同龔冰磊在一起，什麼事情都是順利的。

——這是一個吉兆。它也可以說是龔冰磊的象徵。

不錯，它是一種有灰綠色身子長尾黃嘴的小鳥。

他靜靜聽著。

鳥又叫了。

一九六五，十。

來高陞路的一個女人

一

高陞路是一條斜坡小路，走上這條路就是一條W路，上面都是有錢人的住宅。這條路因為兩面都是高樓大廈，曬不到太陽，所以天熱時很涼快。

這裡路口有三個攤子。一個是皮鞋攤，皮鞋匠金老頭有五十幾歲了，是一個勤快而和氣的人，整天有做不完的工作。他雖是每天低頭縫鞋，但對於附近的一些人家，他多多少少知道一點情形。他很樂觀，又愛一面做工，一面談話。另外一個攤子是鑰匙攤，專為人家配鑰匙，生意有時忙，有時空。主人馬德勝是一個聰明但是好閒的男子，才二十幾歲，也會一點銅匠的工作，有時也被叫去為人做開鎖一類的事情。

另外一個是小小的盆景攤，主人是盛傳福。他最年輕，原是馬德勝的小同鄉，也是小時候在廣州時的小學同學，他來這裡擺攤，完全是馬德勝的關係。馬德勝要是出差去開鎖，盛傳福就為他把攤；馬德勝要是沒有事，兩個人就下下棋。他們同金老頭做了很好的朋友，也時時陪金老頭聊天。

阿香第一次在那裡出現時，她的秀麗的面龐與長長的辮子就引起了盛傳福與馬德勝的注意了。金老頭兒就說出她是對面史家的女佣，後來看盛傳福很注意阿香，有時也就同他開開玩笑。

可是，他們一直沒有機會與阿香談話。

於是有一天，阿香到馬德勝地方來配鑰匙，那時盛傳福正在同馬德勝下棋。馬德勝要阿香隔幾個鐘頭來取，但是阿香說等著就要。她說：

「我把我的大門鑰匙丟了，這是我們太太的鑰匙，我借來配製的。我不想給太太知道，所以要馬上就帶回去。」

馬德勝沒有辦法，只得放下棋子，站起來用軸銼來複製鑰匙。阿香等在旁邊，就同盛傳福談起來，盛傳福說：

「你們太太是不是那個很年輕的，自己開車子的那位？」

「是的，就是她。她長得真是好看。是不？」

「你們史先生可比她大得多了。」皮鞋匠金老頭忽然說。

「史先生五十幾歲了。我們太太是他的二太太。以前是台灣的舞女。」

「我早就猜到了，他們前年搬來時候我就看出來了。」金老頭子說。

「他們沒有孩子嗎？」
「大太太有兩個孩子，我們先生娶了我們的太太，大太太一生氣，帶了兩個孩子去美國了。」
「他們很有錢？」盛傳福問。
「自然了。要不兩個人就住這麼大房子。」金老頭又說。
「傳福，幾時你發財了也可以這樣學他。」馬德勝踩著銼輪說。
「他們那樣至少也有幾十萬吧，談何容易。」盛傳福說。
「幾十萬？豈止幾十萬？光是太太的首飾也何止幾十萬？」阿香忽然接著說：「就憑她手上那隻鑽戒，少說說也要一萬八千的。」
這時候馬德勝已經製好鑰匙，阿香拿了鑰匙，付了錢，就匆匆的走了。
這以後，盛傳福就有意在阿香出門時到路上等她，假裝著偶然碰到，陪她一起走路。有一次她到中環，他就陪她一起去，回來時兩個人吃了一會茶。他同阿香就這樣的熟稔起來。

二

盛傳福是兩年前從廣州出來的。他在香港只有一個堂叔，在筲箕灣弄了一個花園，專門種一點花，培養一點盆景去賣。盛傳福就住在那面，他對種花外行，也沒有興趣。他在廣州時曾經做過電料行的學徒，所以到香港後也到一個電料店做了一個時期，因為同老闆不睦，就走出來。他一直想自己可以弄了個小攤頭，做點電料上的小生意如販賣點燈炮，修理修理電燈或電線上的小毛病之類的，但一直沒有本錢，也沒有機會。因為同馬德勝是朋友，常常來看他，所以就從他堂叔那裡弄了些花木盆景來賣，擺了一個小攤子。因為利子厚，生意雖然清淡，也總算可以弄到一些零花錢。

盛傳福與馬德勝是很好的朋友，他們除了下棋以外，還合作買外圍的狗馬。因為時常贏錢，連隔壁的金老頭兒也偶而參加一點錢，去博博好彩。

生活雖是簡單清苦，但很平靜愉快。但自阿香在他們面前出現以後，開始有了新的變化。

好像很自然的，從那天起，他們三個人的談話無形之中集中在阿香身上。盛傳福同阿香交遊後，把經過的情形告訴馬德勝與金老頭。金老頭與馬德勝就為他出主意。據金老頭看，阿香手上少說說也有四、五千港幣的積蓄，如果盛傳福可以把她娶來，就很容易開一個電料攤子——這是盛傳福時常談到與想做的事情。一個電料攤子，賣一點燈泡、插鞘以及小檯燈、燈罩之類，到附近人家修修電燈，裝裝電氣用具，生意一定會很好的。金老頭因此很注意阿香的行動，看看她出來進去，都要告訴盛傳福。盛傳福往往叫馬德勝照拂他的攤子，陪阿香去買東西，為阿香提菜拿物。阿香有時，也常常過來同他們談一會天，有時也麻煩他們幫一點小忙。

日子一天一天的過去，盛傳福雖是有時約阿香去看看電影，吃吃宵夜；但是始終沒有機會對她表示愛情。而且阿香好像很大方，吃宵夜時總是搶著付錢。阿香是一個很爽朗愉快的女孩子。她很少談她自己的身世，但喜歡談她的女主人，她很喜歡她的女主人，女主人也很喜歡她。女主人是上海人，一九四九年跟家裡到台灣，後來在台灣做舞女，碰見過很多有地位有錢的男人。女主人把這些都同阿香談，阿香聽得津津有味，所以也把這些告訴了盛傳福，盛傳福聽了告訴馬德勝與金老頭。

金老頭兒是有見識的人，很快的就知道盛傳福決不是阿香的理想對象，但是盛傳福自己並不知道。他自以為已經陷入了情網，每天都想能看到阿香。看到了又想約她，可是約她出來，看看戲，吃吃宵夜，同阿香在一起並不能訴說什麼。倒是阿香又自然又大方，談她的女主人，又談她的男主人。她很快活的同盛傳福做朋友，但似乎並沒有注意到盛傳福對她的情感。

盛傳福回來後，第二天就把這些情形告訴了馬德勝與金老頭兒。金老頭兒說：

「我看，阿香是一個很聰明的女孩子，她一定是受了那個上海太太的影響，虛榮心很大，一時恐怕不會嫁人，要嫁人也要嫁個有錢的人的。」馬德勝聽了，覺得這太掃盛傳福的興，他說：

「不過你總要對她表示表示才對。我想她如果真的不喜歡你，也不會同你去看戲吃宵夜了。」

「你有沒有同她……比方說拉拉她的手，或者挽挽她的腰，或者吻吻她的面龐？」

「拉手倒是常事，她很大方，可是如果我用手挽挽她的身子，她就推開了我。有一次我邀她去散散步。她說，她最怕看見小路上一對一對的男女，『鬼鬼祟祟的，真難看。』以後我也不敢再提了。」

「我看你還是索興攤牌吧，正式向她求婚，看她怎麼樣？」

「對，我明天就……我試試她看……如果她不答應，那就算了，我以後也不約她了。」

……

這似乎成了一個決議。

三

於是，在一家咖啡店的卡座中，盛傳福對阿香開口了。

盛傳福先對阿香訴說他對她的愛情，再表示他自己對生活的理想，又說他對於電料的內行，想自己辦一個小小的電料行成家立業，最後表示希望阿香做他終身伴侶。

他認真地說完了，原希望阿香會誠懇地對他有點表示。誰知阿香竟像大人拍小孩一樣的拍拍他的手，哈哈大笑起來。

「怎麼啦？」他問。

「你想結婚？那麼，你應該找一個有錢的女人。你也窮，我也窮，我們結婚？你比我多吃幾年飯，連這點都沒有想到？」

「你是想嫁有錢人了。」

「我還不想嫁人。」阿香笑著說：「我要嫁人，自然要嫁個有錢人。我投胎到了窮人家，從小沒有穿一件漂亮衣服，沒有住一所乾淨的房子；嫁人，是女人第二次的投胎，我還會去嫁窮光蛋？你真是，你看我的東家，史太太嫁了一個有錢的人，多舒服。」

「又說你的史太太，做一個老頭子的姨太太，有什麼好？」

「可是她要什麼有什麼，想睡就睡，想玩就玩，要做什麼就做什麼。我覺得她才是世上最快樂的人。」

「可是我愛你。」盛傳福說。

「我也很喜歡你，但是因為喜歡你，我可不想牽累你。老實說，你養不活我；我呢，還年輕，我想的事情太多，要的東西太多，一切都先需要錢。」

「想不到，阿香，你……」盛傳福沒有說下去，阿香已經搶著說：

「你說我虛榮心也好，說我不懂愛情也好。我都知道。我們是窮人，窮人不能有愛情，窮人也不要講道德。我們窮人，第一就應該找錢，找到錢才免得做窮人。」

「阿香，你說夠了？」盛傳福覺得阿香的話竟是他從來都沒有聽到過的，他不得不用另一個眼光去看阿香了，他說：「阿香，想不到你年紀比我輕，頭腦比我清楚。」

「你知道這個，我們就可以做朋友。不瞞你說，我都是從我東家那裡學來的。她待我很好，把什麼都講給我聽。我有一個表親，是我未婚夫，從廣東出來，要同我結婚。我同我們太太商量，她叫我給他一點錢，把婚約取消；我照她做了，所以，現在還很自由。我的未婚夫後來娶了一個女的，生了兩個孩子，住在紅磡，兩夫婦做工，苦得要命。你看，我幸虧沒有上當，是不？」

「你這樣想法，我想你應該去做舞女才好，可以結識一點有錢的人。」盛傳福帶點譏誚的口吻說。

「我本來也有這個意思，可是我的東家說，一個女人做過舞女，人家永遠會當你是舞女了。她說她慢慢的會介紹一個有錢的人給我的。」阿香說著，自己也得意的笑起來。盛傳福一時覺得他已經沒有什麼話可說，感到很頹喪。

阿香忽然又說：

「你也不必因此難過，假如你願意，我們可以做一個好朋友，我們都是窮人，應該互相幫助。你現在也年輕，結什麼婚？害人害己，等到你有十萬八萬，再想娶太太也不遲。」阿香喝了一口茶，她就說：「現在我可要回去了。」

……

四

第二天，盛傳福把他求婚經過告訴了馬德勝與金老頭兒，大家對於阿香都吃了一驚，想不到她是人小志大。

馬德勝分析阿香是受過大陸思想訓練，所以知道窮人翻身的一套道理。金老頭則覺得她是受了她的女東家的改造，所以她知道怎樣去撈世界。

這以後，馬德勝與金老頭對阿香的態度忽然不同了，他們不但沒有再鼓勵盛傳福去追求阿香，也再不用阿香來開盛傳福的玩笑，他們談到阿香好像談到自己家裡的姑娘一樣，一點不用輕薄的字眼。有時阿香過來招呼他們，他們對她的態度也完全同以前不同，又想多同她談談，又像是有點怕她。

盛傳福現在則不但不再約阿香，反而怕看見她。他看見阿香過來，常常借故走開去。可是阿香似乎反比以前多到高陞路來，而且每次來同馬德勝，金老頭兒有說有笑的。

大概是兩個星期以後，金老頭兒忽然病了，沒有出來。金老頭家裡沒有別人，只有一個老伴，她來告訴馬德勝。馬德勝當時就去看金老頭兒，他已經吃了一劑草藥，說不過一點發熱，明天就可以照常出來的。

可是金老頭兒第二天並沒有出來。馬德勝正想下午去看他，恰巧阿香過來了，他知道金老頭兒病了，她說，她的東家有一個常常去看的內科楊醫生，很好。她當時馬上回去一趟，拿了一個地址出來，交給馬德勝，一定要他下午陪金老頭兒去看去。說著，她又從小皮夾裡拿出一張一百元的票子，交給馬德勝，為金老頭兒付醫藥費。

馬德當時很感動，下午去看金老頭，把阿香叫他陪去看一個楊醫生，給他一百塊錢的經過告訴金老頭。金老頭怎麼也不肯，他說他休息一二天就會好的。可是馬德勝要金老頭不要辜負阿香的好意，以後報答她機會正多，把病體看好了才要緊。當時馬德勝就陪金老頭去看那位楊醫生，他給金老頭打了一針，還配了一點藥，醫藥費是三十元，楊醫生叫金老頭隔一天再去一次。從醫生那裡出來，金老頭一定要馬德勝把七十塊錢還阿香。他說他自己一定會好的，不要看醫生了。

阿香第二天來看馬德勝，問金老頭兒情形。馬德勝告訴她醫生的話，說金老頭可不想再去看了。馬德勝轉告金老頭兒對阿香的謝意，要把七十塊錢還她，但是阿香怎麼也不接受，她要馬德勝再陪金老頭去看一次醫生。馬德勝沒有辦法，只得照阿香的意思，又陪金老頭去看一次楊醫生，又是打了一針，配一點藥，付了三十塊錢。

金老頭兒的病以後也就好了。他向馬德勝盛傳福湊了一百塊錢，預備等阿香來時還給阿香，但是阿香不肯收，說要金老頭去買一點補藥吃吃。金老頭看她非常誠懇，也就接受下來。可是有一天他要了阿香的腳樣，他偷偷地為阿香做一雙皮鞋，預備做好了送給阿香。

經過了這件事以後，阿香在金老頭、馬德勝、盛傳福三個人的心中，起了很大的變化，他們常常關念她，有兩天不見她就很想念。阿香來的時候，也好像有許多話可談，以後，在馬德勝與盛傳福買狗買馬的場合中。阿香有時也參加賭博，而且出手遠比他們豪闊。

每當阿香贏錢時，總是要請他們大家喝喝茶；盛傳福有時輸光了賭本，阿香就替他代出；買中了阿香很自然的把賭本收回去，買不中阿香就不再提。這倒使盛傳福很不好意思；往往隔幾天有了錢時算還給阿香，阿香自己倒記不起來，有時竟說那錢早就還了她，是盛傳福自己弄錯了。

阿香雖是要嫁一個有錢的富翁，但對於窮朋友可一點不勢利。他們三個人大家都覺得她是一個奇跡。盛傳福把她比作仙女，馬德勝把她比作熱天裡的涼風，金老頭兒看過白雪公主，他說阿香是他的白雪公主。

這樣大概隔了幾個月，有一天阿香拿了一封信來，要盛傳福送到九龍一家旅館。她給盛傳福十元錢，盛傳福不收她的錢，但是她說這是她的東家給的，沒有不收的道理。盛傳福把信送去了。收信的人是一個菲律賓的華僑，他要盛傳福等一會，寫了一封回信交給盛傳福，又給他十塊錢。

盛傳福把信帶回來，阿香就來拿回信，第二天又有信交傳福送去，又帶回來一封回信。

接著，大概是三天以後早晨八點半鐘的時候，盛傳福、馬德勝那時都沒有出來擺攤，阿香忽然出現了。她要金老頭幫她去搬兩個箱子。金老頭兒過去，幫阿香把兩隻手提箱拿到街口。

阿香叫了街車。

「怎麼，你們東家要出門麼？」

「我也不知道，她叫我送到一個地方去。」

金老頭兒幫阿香搬上汽車，阿香上了車，謝謝金老頭兒就走了。

五

起初金老頭兒沒有注意，可是一天兩天都沒有看到阿香出現。大家都關心阿香的時候，他就把那天早晨送她上汽車的事情告訴了馬德勝與盛傳福。

當時三個人都起了不同的猜想。

盛傳福說：

「一定是那個菲律賓的華僑，她跟他跑了。先是我替他們送信，後來她就帶著行李去了。」

「從來沒有聽說她有朋友是菲律賓的華僑的。」馬德勝說：「而且那信，不像是她寫的。」

「就憑那天的行李說，也不像是阿香的，完全是西式的皮箱，所以我就問她是不是她東家要出門；她說是她東家叫她把行李送到一個地方去。」

「那麼她怎麼會不回來。」

「也許回來了，只是沒有來看我們罷了。」

「不會是她病了？」

「病了，也會去看醫生，我們總可以看見她的。」

……

三個人東一句西一句討論了很久，但是沒有可以使三個人都可以相信的結論。起初總以為過了幾天，早晚就會出現，但是又過了兩天，還是沒有消息，最後大家決定在買一點水果糕餅之類的，第二天由盛傳福送去看看她。她要是在，自然沒有問題；要是不在，就說是廣州出來看她的，把東西留下就算了。

盛傳福於第二天早晨到史家去，按了鈴，來開門的是一個六十幾歲但是很健康的老婆婆。問到阿香，她說是她的孫女，前天到澳門結婚去了。盛傳福本想說從廣東出來的，可是那位老婆婆竟說她於前幾天才從廣州出來；他就隨機應變，說是一位金老先生派他送些食物給她。他本想向那個老太太多問幾句，可是那位老太太已經把門關上了。

盛傳福回到高陞路，把他所見所聞的告訴金老頭兒同馬德勝。大家更覺得不懂了。阿香去結婚，當然是同那個菲律賓華僑，可是怎麼她的老祖母倒出來了。後來大家猜想，那一定是阿香結婚後也許要去菲律賓，所以要老祖母出來見一次面，敘幾天。因為東家對她好，就讓她的老祖母住在那裡，這當然是合情合理的事。

阿香既然有了好的歸宿，大家自然高興，只是沒有預先坦白告訴他們，覺得太不把他們當作自己人了。

沒有阿香，大家覺得寂寞一點，不過一切還是照常，金老頭子工作很忙，馬德勝與盛傳福沒有事就下下棋。

這樣過了六天，到了第七天，恰巧馬德勝到正街去買點東西，他看見一輛街車在前面停下來。

出來的正是阿香。

阿香已經完全改裝，她穿了一件綠色的西裝，燙了頭髮，腳上是高跟皮鞋，手上戴著鑽戒、金錶。

馬德勝起初還不相信，後來看她回頭招呼汽車裡的人，他就看得很清楚，他以為跟著出來的一定是那位菲律賓的華僑了，誰知是史先生，是她以前的男東家史先生。

馬德勝沒有過去招呼，他偷偷的看史先生出來，兩個人一同走進大樓。就很快的趕回來報告給金老頭兒同盛傳福聽。

「你真的沒有看錯？」金老頭兒說。

「我怎麼會看錯，我一直站在那裡看她同她的男東家進去的。」

「就他們兩個人？那個菲律賓的新郎呢？」盛傳福好奇地問。

「只有他們兩個人。」

「我想，一定是這位史先生替他們去證婚去，現在往澳門回來。她送他回來，順便來看她祖母的。」金老頭肯定地說。

「她既然回來了，我想她就會來看我們的。」馬德勝說。

「要是她不來，我再去看她去。」盛傳福接著說。

「也許她不願我們去看她，我想還是不要急，等幾天再說。」金老頭兒到底想得周到些。

可是，就在他們三個人討論後不到二十小時，第二天早晨，阿香帶了許多食物來看他們。

她說這是送給金老頭兒的，那是送給馬德勝的，其餘的是給盛傳福的。

金老頭兒沒有理阿香送來的禮物，他急忙的問她究竟是怎麼一下子結婚了？

「你的先生呢？是誰呀？」馬德勝搶著問。

「是我的東家嘛。」

「你的東家？那位史先生？」盛傳福有點詫異了。

「怎麼？他有錢，我喜歡他。有什麼不對？」阿香很爽氣的說。

「可是，你做他的第三姨太太？」盛傳福總是在為阿香可惜。

「我還不知道。不過我的女東家——那位史太太，她走了。」

「她走了？」

「走了不回來了？」金老頭兒問。

「她跟了個菲律賓的朋友。」

「就是那天你叫我送信去的那個華僑嗎？」

「就是他，他是菲律賓的足球選手，前幾年到台北去，同我的女東家就愛上了。這次那個男的到香港來。他們通了幾封信，見了一次面，她就決定跟他了。她怕史先生傷心，叫我照顧史先生，我就嫁給他了。」

「這樣你會幸福嗎？」盛傳福說。

「為什麼不。我現在什麼都有了。」

「我們還以為你嫁給了那位菲律賓的華僑。」金老頭說。

「你們想得太奇怪了。」阿香愉快地微笑著說。

「我可是不懂了，那位史先生到底有多少錢？」金老頭兒說。

「這個我可不知道，不過我告訴他，我雖然沒有情人，但是有許多窮朋友要照顧，在這裡就有三個。」阿香說：「他說願意在他九龍新造的樓房下撥三個鋪面給你們，叫你們每個人去開一個鋪子，也省得你們在這裡每天注意著他。」

「真的？這是怎麼回事呢？」

「這就是我要他幫助一點窮朋友的忙。」阿香說，接著她愉快地笑笑就告辭了。

但是金老頭兒叫住了她，他從攤子角落裡摸出一雙紙包的東西，他說：

「一點小東西，請你不要嫌我做得不好。」阿香打開了紙包，說：

「啊，是一雙鞋子。謝謝你。」

阿香重新把鞋子包好，拿在手裡就回去了。

六

兩星期後，高陞路有了很大的變化。

皮鞋攤還在那裡，但已經換了一個年輕的皮鞋匠，那是金老頭讓給他的，鎖匙攤已經沒有，花卉攤則變成了一個水果攤。

在九龍彌敦道上，一家新落成的大廈開出了一排鋪子，其中三家並列在一起的，則正是高陞路搬去的。

一家是：「金氏皮鞋莊」。

一家是：「德勝五金鋪」。

還有一家是：「全福電料行」。

一九六五，十。

自殺

一

這兩三星期來，王三多一直注意峰峰大廈丙座十九號三樓的施家。他在偶然的機會，看到施太太手上的鑽戒與首飾，他尾隨著到了峰峰大廈。他原想在一個隱僻的地方下手，但他一直找不到機會，只是發現了她的住處。他同施太太搭同一電梯上去，看她走進丙座十九號三樓。他於是從樓梯走下來，他從樓梯過路的窗口，看到施家的一個小小的陽台。他發現電梯上下很忙，樓梯可很少人在用，他於是想從樓梯過堂的窗子跳到施家的陽台，去試探一次更大的機會。

王三多費了一星期工夫打聽到施先生的姓名，他知道施先生是一個珠寶商，業務上需要常常到越南泰國各地去旅行。他也打聽到施太太只有一個十三歲的女兒，家裡用了一個很年輕的女佣，這個女佣有一個做鞋匠的男友。

王三多因此想到，最好的動手時機，是在施先生出門旅行的時候，他相信施先生出門不會是太久的事情。但是出乎他意外的，則是他忽然發現施太太要同她的女兒去台灣，而施先生則一時不會離港遠行。

原來施太太的娘家在台灣。這正是學校放暑假的時期，女兒不用上學，正好帶女兒去外婆家住幾個禮拜。施先生則打算等她們從台灣回來後再出門。

王三多覺得這一下相隔太遠，他沒有法子再等。他想也許這時候動手反是更好的時機。如果在施先生外出應酬，那個女佣同她的男友去交際之時，他正可以毫無顧忌進去「發財」。

可是，施先生晚間竟很少出門。白天這個女佣又常常在家裡，而峰峰大樓上下的人太多，很難有機會可以不被人發覺；只要女佣一聲叫，隔壁的鄰居是馬上可以聽到的。在王三多無法再等的時候，恰巧有了颱風的信號，天下起雨來了。

王三多覺得這是最好的時機，他決定不再拖延，當天晚上就動手了。而就在他去最後一次觀察出路進路時候，施家的女佣忽然出來，她的做鞋匠的男友就等在樓梯的過堂裡，他聽到那位女佣談到第三天要回元朗的話，看來那女人的家是在元朗，她要住一晚才能回來，王三多覺得這真是天賜良機，他索興預備再等一天，到第二天再動手了。

二

王三多並不是一個有經驗的賊偷。他是一個農民。當他很年輕的時候，他因共產黨的號召，他鬥死了地主郭恩代。在鬥地主的過程中，「奴性」十足的父親竟袒護郭恩代，說他受過郭恩代救命之恩。他為此同他父親衝突，他父親甚至當面不要他做兒子。等他在鬥爭大會中，同幾個年輕人將郭恩代鬥死了以後，他回到家裡，發現他父親已經在家裡吊死了。他雖然知道他父親是「封建餘孽」，是「頑固分子」，他的死是應得的；但是他還是哭了好一會。他以後腦筋裡一直有兩個慘死的印象，一個是地主郭恩代，一個是他的父親。他有時也後悔自己的殘忍，但他馬上意識到這是舊思想落後意識的復活，他必須克服它。

他分到了兩畝地，他很高興；但以後又加入合作農場，他發現他比以前更窮更苦。他想到城市去，但沒有被批准。他於是時時想念他頑固的已死的父親，也想到地主郭恩代，也想到他父親的話。兩個慘死的死屍又不時在夢中出現，他開始對自己的房子害怕起來，對自己的鄉村厭憎起來，對共產黨的說法懷疑起來。他一度偷奔到都市裡去，但被抓了回來，他被鬥爭清算，他變成了反動分子。這時候，他幾乎天天夢見他的父親。每天黃昏回家，總像是聽到他的父親在同他爭吵，頑固地罵他忘恩負義，罵他不孝子；於是他眼前又浮起遍體鱗傷跪在地上的地主郭恩代。他越來越孤獨，越來越害怕，他晚上甚至睡不著覺，常常在夢中被他父親罵醒。

他覺得必須離開他的家，離開他的故鄉，最後他逃亡了。他一人從鄉間逃出來。他碰見了他的表哥與表妹。他們也從鄰村逃亡，到了澳門，搭漁船來香港。但是漁船翻了，他的表妹被淹死，到香港只有他與表哥兩個人。他們就住在馬路上，舉目無親，後來才碰見一位行竊的同鄉，他們兩個人就幫同行竊，分到一點錢。

於是，不知怎麼，他的表哥同那位同鄉在某一件案子中，出了事，被抓去了。只剩了他一個人。

他做過很多種工，先是碼頭上揹貨，但是他身體吃不消。他時常咳嗽，有時還吐血。他又做搬場公司的散工，但也因為體力不行，後來人家不再要他。

他做過的最好的職業，是在一家大醫院打工。但因為與同事合作偷賣醫院裡的藥物，被發現了，他被開除出來，以後他再沒有找到正式的職業。他不再喜歡打工，他已經混熟了香港的生活，他希望可以做點小生意。他需要本錢，他開始想到行竊。他曾經偷過兩次，一次偷到兩百多塊錢，一次偷到一百八十塊錢。雖然僥倖沒有出事，但是錢太少，並不能做他做生意的本錢。

現在，他進行的是第三次的偷竊，他想，只要他能偷到他足夠的錢，他以後就可以規規矩矩的做人了。

三

王三多把他布西裝褲熨得筆挺，把破皮鞋擦得雪亮。他理了髮，還戴一副眼鏡。他於八點鐘的時候到峰峰大廈。他想那時候大家都在吃飯，不會有太多人進出。他手裡拿一張報紙，一直假裝看報，在電梯裡，他先是直上頂樓，等同梯幾個人一一都出去後，他趁一個人的機會按到三樓。沒有一個人看見他，他就走到樓梯過堂裡。他先從樓梯過堂上看施家的陽台，雖是隔著六、七尺，他想跳過去絕對不難。他再看看外面，對街雖是另一個大廈，但天色已暗，不會有人再向這面觀望的。他身上帶著幾條鉛絲，他估計開門不是難事，只是難免要有聲音，他希望在那姓施的出門的時候，或者是在他睡覺時候動手。

但是，他看到施家的燈光，他知道施先生在家。他必須再等，至少三個鐘頭吧，他想，施先生大概十點鐘總要睡覺了吧。

王三多於是順著樓梯一層一層走下去，他看看他的出路。他發現地下室就是電梯的終點，他知道那裡夜裡不會有人看守的。他又順看樓梯一層一層走上來，他沒有碰見一個人。他一直走到頂上，是十一樓吧，再上去則是天台，有一扇鐵門關著。他輕輕地開了門。他走到天台，那個天台很大，他決定在天台上多待一會，他反拉上鐵門。

天已經不下雨了，但仍是掩蓋著陰灰的雲層，沒有星光也沒有月亮。

王三多覺得這裡很安全，他四周一望，看到了大半個香港的景色。遠望就是九龍，輪渡在海上駛行，燈光照耀各種的圖案。近看則是參差的屋頂，四周都有吐著燈光的樓窗。他走到建築的邊沿上往下一看，則是一條不十分熱鬧的街道。他忽然想到，假如他往下一躍，什麼痛苦也就沒有了。

這些年來，他每到絕境時，他就想到死。每次他想到死時，他就看到了兩具屍體的影子：一個是遍體鱗傷的跪在地上；然後，是他一腳把他踢翻在地，以後好像沒有幾鋤頭就不動了，又是他踢了一腳，他就直攤在地上，張著一副可憎的眼睛，像是一直看著他。另外一個是直吊在樑上。他把他放下來，一直是筆直的；嘴微張著，舌頭吐在口外；眼睛突出在外面，周圍有點血痕。

他在醫院工作時，看見過、抬過不少的死屍，從病床到太平間，從太平間到屍車上。每次接觸到這些死屍時，他也想到他常常想到的那兩具一直留在記憶中的屍體。他也知道自己的死後，也就是一具可憎的屍體。但是多少次想自殺總是缺一種勇氣。

他又望望下邊的險狹的街道，跳樓自殺他是見過的。那個人據說是從六樓跳下去，不知是跳到一個什麼有彈性的東西上，竟沒有死，被送到醫院來，那樣子真可怕。是他把自殺的人抬到病房裡去的，他當時又想到他所熟稔的兩具屍體。後來聽說那個自殺的人到夜裡也就死了。他當時就想，要自殺，什麼不好自殺，為什麼要跳樓呢？

可是，他在往下看的一瞬間，竟覺得這險狹的街道對他有一種誘惑。如果一死可以一了百了，他覺得沒有理由，要如此艱難的在這世界求一可憐的生存。他想到了來此的目的，他覺得如果今天的計畫失敗，那真可謂再無希望，他真是可以自殺了。可是，如果成功的話，只要能夠有幾千塊錢，他就可以好好的做點生意，過一個平平穩穩的生活了。

他不敢再往下去望，他走到裡面，找了一個牆角的位子，他就坐在地下。他想，他至少還要等三個鐘頭才可以動手，他真不妨先在這裡打一個瞌睡。

在天台上睡覺，他是有經驗的，那是他同他表哥剛到香港的時候，他們不是找樓角就是到天台上去睡，他後來發現幾個專門睡人的天台，不過自然不會在這個高尚的區域。

他坐著，他想著。

他想到死，也想到生。他想只要偷到施太太手上的這樣一顆鑽戒——聽別人說這就要值一萬多塊——那他不是什麼都解決了嗎？他可以弄一個小小的攤頭，賣點玩具。這是他看見別人做過的，現在那個人早已賺了錢不幹這一行了。

想到這裡，他樂觀起來，他看看手上的一隻前年偷來的錶，他希望時間快點過去。

他想，如果被抓到了，那也不過是坐幾個月牢監，不會有什麼大罪。

不過他的表哥到底犯什麼罪呢？他被抓去後，後來聽說被驅逐出境了。他知道那個同鄉不是靠得住的人，他勸過表哥不要跟那個同鄉走，可是表哥不聽，幸虧當時表哥沒有叫他參加，不然他一定也會跟他們去的。

可是，如果當時跟去了，也許已經死了。死了也就算了。

地主郭恩代，他的父親……前者是他殺死的，後者則是他氣死的。

「可是，」王三多想：「郭恩代遲早要死，我不殺他，也有別人殺他。父親，這樣頭腦，不自殺也會被人鬥死。」

王三多開始有點安慰。

想著想著，靠在牆角上，他覺得有點疲倦，他昏昏地入睡了。

四

十一點的時候，他下去試探，他發現電梯上下正熱鬧；他於是又回天台。到十一點半，他又下去，但是到了三樓，聽見有人從電梯出來，正在講話，講的是電影；他忽然想到這正是戲院散場的時候，為安全起見，決定索興再晚一點鐘動手。

王三多又回到了天台。天台上一片寧靜，這時雲層已經散開，天際推出半圓的淡淡的月亮。他站在建築邊沿上望著遠處的燈光，他希望時間快點過去。

四周樓窗的燈光這時已經少了許多，遠處還傳來一陣陣汽車的聲音。他又看到底下險狹的街道，不知怎麼，自殺的念頭又在他腦中浮起。他有點害怕，像怕真的掉下去似的，退回到裡面。

時間終於悄悄的過去。十二點半的時候，他開始下來，樓梯上已經沒有一點燈光，原來一過了午夜，大廈的許多電燈都已熄滅。王三多口袋裡本備有小的電筒，但是他沒有拿出來用。他讓他的眼睛，適應了那暗淡的環境，順著欄杆走下來。

到了三樓，他打開樓梯的窗子。月光那時已經很亮。從窗口到陽台有幾尺距離，他跳上窗口，想不出其他的辦法，似乎只有直跳過去。

要是在平地上，跳這樣的距離本是不難，現在在三樓上，自不免有點膽怯。王三多看看周圍，望望施家的燈光，他想這時候施先生該已經睡覺，稍稍有點聲音總不至於把他吵醒的。

他於是就大膽的縱身跳去。

他很容易的就跳到了那個陽台，只是蹌踉了幾步，他穿的是膠鞋，所以沒有發什麼聲音。第二步他要開那陽台上通裡面的門，這門是鋼鐵的，但上半截是幾方玻璃。他用玻璃向內望，裡面漆黑，什麼也看不見。他試推那扇門，門是上著鎖，但上下的插鞘則並沒有插上，所以稍稍用力就可以推出一條縫來。

王三多覺得這真是天賜良機。他從褲袋裡摸出鐵片插進門縫，很輕易的就把門撬開了。外面的月光搶先的到了裡面，王三多馬上看到裡面原來是廚房。他走到裡面，拿出小手電筒照了一下。

廚房的門是虛掩著的，他輕輕推開了，外面是一個小小的過道，一穿過這個小彎，裡面就是客廳。

賴著窗外的月光，客廳的一切都可以看清楚。王三多馬上看到客廳的東首兩個門，在一個門腳下正有燈光透出來。他馬上想到這一定是施先生的寢室了。

「他還沒有睡？」王三多想。

王三多躡手躡足走到那扇門前，細細的聽裡面是否有什麼聲音？裡面只是一片寂靜。他又走到另一個門前，他相信裡面不會有人，所以就輕輕地推門，門沒有落鎖。他站在門口看了好一會，確定了裡面並沒有人在，他就走了進去。

房內家具很簡單，一張單人床，鋪得很整齊；一張書桌，一張單人沙發，一個衣櫥。他先抽開書桌中間的抽屜，他發現裡面只有只有一本舊書與一些信紙，旁邊的抽屜裡，則是一些小孩子的玩具，另外一個則都是破舊的書本。他於是去看衣櫥，衣櫥裡掛的只是幾件小孩子穿的衣服。下面放著幾條氈子。

王三多知道在這間房裡是沒有什麼可拿的，他相信一切貴重東西都全在施先生的房內。他回到客廳，拉上房門，又去看施先生的房間，門腳下的燈光仍是亮著。

「也許他習慣上是亮著燈睡的。」王三多想著，又在門口聽了許久。他斷定施先生一定已經熟睡，否則不可能會一點聲音都沒有的。

「如果他沒有睡著，那我就只好動武了。」他想。

五

於是他就輕輕扭門把推門，門沒有鎖。一開門就看見裡面床上睡著人，床旁燈檯上亮著一盞黃色的燈。燈光並不亮，其餘的地方仍是很暗，他相信施先生就是醒著，也看不清楚他的。這間房子是方形的，床放在右面，旁邊是衣櫥，一面是一隻梳妝檯。王三多相信可偷的東西一定會在這兩個地方，而這兩件家具則就在床的旁邊。

王三多彎著腰往沙發邊躡過去，他又靜聽了好一會，他總希望可以聽到施先生一點鼾聲或什麼，但是什麼都沒有。最後他決定下手了，他想定了，只要施先生有一點動靜，他決定強制地將他綁起來。

他站起來，輕輕地走進去，一面望著床上，一面走向衣櫥。衣櫥有三扇門，中間的一扇上插著一串櫥匙，他打開中間的門，有點聲音，但是施先生沒有一點動靜。王三多看到櫥內都掛著衣服，他又重新把它關上。旁邊的一扇門則是鎖著，他拔出中間那扇門上的那串鑰匙用另外一把來試開，一點不錯，一開就打開了櫥門，施先生仍是一點沒有動靜，王三多的膽子也大起來。

櫥門裡是幾格抽屜，他只是隨便開了一個抽屜，就發現裡面有兩疊鈔票，一疊是一百元的，一疊是十元的，他馬上先將這鈔票納入自己的衣袋裡。他想，這大概總有一兩千元吧。裡面還有些小冊子同支票簿；另外，還有一包信件，一串小鑰匙。他拿出這串鑰匙，再開另外一個抽屜。那一個抽屜裡都是女人的手帕、尼龍襪、絲質的圍巾，但是探手進去，他摸到了一個小鐵箱。鐵箱子做得很精緻，上面鎖著。王三多就用剛才拿到的鑰匙，試開這隻鐵箱，大概試了三把就打開了。可是發出一聲清脆的鈴聲。他吃了一驚，馬上把身子蹲下，偷看床上的施先生，他還是睡得很好，沒有動靜。

他蹲在地下，打開那隻鐵箱。

他用小手電筒一照，啊，裡面正是施太太的首飾。珠的，翠的，鑽的，大大小小有七八件，他沒有細看，就隨手把它納入自己的衣袋中。一切都順利，一切都成功了。他欣喜若狂。他想這一下可什麼都沒有問題，一輩子都沒有問題。只要他以後好好做人，什麼幸福都可以達到的。

這樣想著，他偷看了在床上的施先生，他仍是睡得一點沒有動靜。他就很輕快的把小鐵箱蓋上，起身把它放在原來的抽屜裡。他關抽屜，又關上櫥門。他望望施先生，又從容的把櫥門鎖好，把鑰匙拿出，重新插在中間一扇櫥門上。

「最好他明天醒來的時候，不馬上發現失竊才好。」王三多想著，本來就預備回頭走了。但是，他忽然發現檯燈下一隻黃色的皮夾。整個的房子是陰暗的，只有檯燈照著的地方比較亮。那隻黃色的皮夾正在檯燈下面一隻玻璃杯旁邊。他相信皮夾裡一定會有些錢。他就躡手躡腳過去，一面望著施先生的動靜。

忽然，他吃了一驚。

施先生的眼睛是張著的，而且正望著他。

他一時幾乎叫了出來！這不就同那地主……那個我打死的地主一樣嗎？

他心跳得厲害，但極力鎮壓著；他斷定自己是眼花。

他一點也不動，凝神地望著施先生，希望自己是看錯了。

但是沒有，施先生面色是青的，嘴唇是紫的。王三多大膽的用手去摸摸施先生的手，手是冷的，他又摸摸他的頸項，頸項是冷的……

啊，真是，他死了！他什麼時候死的。

王三多馬上發現枕旁的藥瓶，藥瓶裡還剩著半瓶藥丸。他並不認識這藥，但是他在醫院待過，他相信施先生一定是服那藥死的。

但是他偷了施家的東西！

王三多忽然害怕起來。要是別人發現他偷了東西，而……啊！他的櫥上抽屜上不都留了指紋了嗎？還有他身上——手上，還有頸上。

假如有人疑心是他殺死的？

這當然不會，殺死為什麼要用毒藥？

是不是還可以救呢？假如現在馬上找了醫生來？

王三多再度摸死者的手，又揭開半蓋在身上的氈子，聽聽他的心臟，他知道施先生已經死定了。

他又看看施先生的屍體一眼，眼前立刻浮起兩具他永遠記在心裡的屍體——一個是他殺死，一個是他氣死的。他發覺它們完全沒有什麼分別。

他拉起氈子把施先生整個的屍體都掩蓋了。

這時候，他忽然意識到，這整個的施家只有他一個人。

六

夜是寧靜的。

王三多在緊張，害怕，不安之後，他坐倒在床前的沙發上，他想有幾分鐘的休息。

他的手摸到袋裡的珠寶與錢鈔。

他這一輩子都有了著落了。這點財寶。那麼施先生為什麼要自殺呢？有美麗的太太，有可愛的女兒，有錢又有這樣舒服的房子？

那個地主，他的父親，施先生……

——假如有人為偵查失物，發現衣櫥上抽屜上鐵箱上的指紋，又在施先生的身上，發現同樣的指紋，會不會疑心是我殺的呢？

——毒藥？

——也正可以疑心是我把他毒死的？
——我把他毒死，然後把他放在床上。
——那麼？
王三多想著，想著，眼前浮起了施先生的眼睛，浮起他殺死的地主的眼睛，以及他氣死的他父親的眼睛。
他有點顫抖，他覺得頭昏，他感到口乾。他想喝水。
——像他這樣都自殺，那麼我，自從生出來，一直這樣苦。為求生而殺人，而逃亡，而偷東西，而也許被捕，也許被冤枉，也許……還活著幹什麼？
他手裡握著衣袋中的珠寶，他用力的握著。他眼前是三具可怕的屍體，他感到喉痛，口乾。
他看到了三具可憎的屍體，他頭昏，眼花，於是，他突然發現了檯燈下的那隻玻璃杯，裡面正有半杯水。
他過去拿了那隻玻璃杯，但，不知怎麼，他也順手拿了那瓶藥物。
他很從容的回到沙發上。
他望著天花板，天花板上是三具可憎的屍體。
這三具完全不同的屍體，這時好像完全是一樣的。
他很隨便的喝了一口水，他把半瓶藥物倒在嘴裡，他又喝乾了杯裡的水。

他握著玻璃杯，閉上眼睛。

他嘴角露著輕蔑的微笑，深深地吸了一口氣。他期待應該到來的到來，他覺得他比他所認識的三具屍體都高貴。

夜是寧靜的。

遙遠，遙遠，傳來了一陣一陣的汽車聲。

一九六五，十二。

投海

一

浴在陽光中，坐在石巖上，望著淡藍色的天，望著深藍色的海，余靈非已經從緊張中鬆弛下來，他慢慢看到以前從未看見的世界，聽到以前從未聽到的世界。他來這個地方自然不止這一次，他曾經伴著情人來過，伴著朋友來過，自然也帶鵑紅來過，他從來沒有注意到現在所注意到的一切。

在他所坐的石巖旁邊，是叢叢的雜草，這些草都不美，但細看起來，則都有它個別的姿態，尤其當風吹來的時候，每一株小草都有不同的反應，每一瓣葉子都有不同的顫動。在他的右面，大概是十來尺的坡下，有幾朵黃花開在草中，於是他注意到，不知哪裡飛來的兩隻白色的小小的蝴蝶，它們飛近這朵花，又從這朵花飛到那朵花。

余靈非的視線隨著這兩隻蝴蝶遠去。他又從遠遠的海洋收回他的視線，他體會到一個人的視線的伸縮的速度。他又試試把視線投到海天的盡頭，再縮回到自己的衣袂。他在他身邊探視一下，他發現那裡正有一撮小草，這草，他是認識的，在他家鄉叫做官司草。他小的時候坐在田野上就摘這官司草來同童伴玩鬥草，誰先斷，誰就輸。他忽然想到有一次為玩這個鬥草，同一個堂妹妹吵嘴，結果好幾天沒有講話，他真奇怪，為什麼小孩子對小小事情那麼認真。

「認真？」他不覺笑起來。

我們看路人為一點小事打架，覺得太可笑。

我們看中學生為賽球而吵架，覺得太可笑。

這因為我們在較高一個層次。我們看螞蟻為一隻死蒼蠅而鬥爭；我們看兩隻狗為一根骨頭而對咬，我們覺得可笑。這因為我們在較高一個層次。我們為錢財而涉訟，我們為戀愛而謀殺，我們為榮譽、為信仰而流血，為主義、為國家而戰爭，如果我們站到「死」的境界，也會覺得這是可笑的。

「死」的境界，也就是「仙」的境界，也就是「鬼」的境界。

而他現在正是在死的邊緣，所以發覺自己的可笑。

他奇怪，他為什麼做出這樣的事情來，但是他並不後悔。

對這個人世他已經厭倦，他有好幾次都想死，而他竟沒有勇氣。

直到現在！現在當他毒殺三個人以後，他覺得這決定了他的歸宿。

他並不後悔他殺了人。像他這樣殺一隻雞都害怕的人，怎麼會殺人，還殺了三個人。而且殺了人以後並不後悔，並不難過。他也沒有什麼害怕，有之也很短暫；他已經計畫好一切，他要自殺。

他以前就想到過自殺。他也聽到過別人自殺。

有的懸樑自盡。

有的吃安眠藥。

有的跳海。

有的服毒……

他常說：「我如果要自殺，游泳出海，服安眠藥，很自然的自殺。」

現在，他帶了安眠藥，在海邊，坐在山巖上，他隨時可以跳進海裡去。

他的游泳技術不錯。有人說，會游泳的人跳海自殺是一場惡鬥，因為一個人最後還是會與死對抗，想在無可奈何之中找生路。但是他知道有一個游泳家自殺，是儘量的游向海去，一直到無力游回時，聽其死去。這等於被放逐在沙漠裡一樣，是一種疲乏飢渴的死亡。

他在游泳時常喜歡仰臥在海水上。白天可以看天上的雲霞與太陽，在晚上，則可以看到月亮與星星；他可以想像宇宙的浩瀚與自己的渺小。他想在平靜的海上躺著吞服安眠藥，望著天空，讓自己漸漸失去知覺，這會是多麼平靜的一種死法。

二

他坐在山巖上已經很久，他望著迂回曲折的山路；他的上面是層層山巖，他的下面也是層層山巖；他忽然害怕起來，如果這個案子爆發，警察找到了他，在這裡上下的山巖中埋伏著，他……

他忽然笑了。

他總是可以很從容的跳下海去。

這倒是一個緊張的場面，像一場電影，……

他從小就愛看電影，小時候甚至還想做電影明星。以後他想做文學家，做詩人。以後他想做音樂家，他成了革命的號手，革命的歌手，最後他被清算，成了反革命的歌頌者。

他想到幾年前一個人生活的日子：

初來香港，開始教琴，學生很少，生活相當困難。後來參加了幾次演奏會，人們開始認識他了，學生多起來；他的學費也提高了，生活開始安定。

他每天教完了學生，同一些朋友打打小牌，看看電影，有時到海濱去游泳。他也有過女朋友，都是音樂界新聞界的，他也戀愛過，但沒有想到結婚。

他的家是三房兩廳，雖然不大，但布置得很完備，一間琴室，一間臥室，一間書房，一間客廳，一間飯廳。他也有一輛小轎車，常常帶女朋友到郊外去。他還有一個會燒上海菜的女工。這個女工，同他一樣，也是大陸出來的難民，為他管家，燒飯，洗衣，已經是多年了，完全是同家人一樣，照顧他很周到。

這樣的生活總也可說平靜安詳了。

但是他竟常常感到空虛。他年紀已經不輕，青年時代的抱負一一落空，後來一度作曲譜歌，成為革命的歌手，紅得發紫，自己也以為不可一世，像那麼回事。但接著就被批判清算；他變成個人主義，一個出賣革命為自己名利打算的人。他經過勞改，在集中營裡三年，他求死不得，求生無路，後來終算釋放，他逃到了香港，慢慢靠教琴為生。每天教十來個學生，千篇一律，永遠是這幾本教科書，他覺得機械得像一個糊洋火盒的工人。

在這不滿現狀的苦悶中，出現了一件很不平常的事情。

在他住處不遠，有一家小店，叫張洪記士多，他常在那裡買東西，有時候也打電話叫他們送東西來。日子多了，他認識士多的老闆娘，因為也是從上海出來的，所以有許多話可談。

這是一個很和善的四十幾歲仍有點風韻的女人，丈夫在大陸，後來說是死了。有一次，因為知道他在教鋼琴，說她有一個女兒十七歲，也是學音樂的，留在大陸，自從知道她的丈夫死了，她很希望女兒出來。

這樣談過了也就算了。余靈非並沒有記在心上。

但隔了許久，是兩年前的聖誕節前後，他到士多去買包香煙，看見店裡有一個少女，長長的身材，棕色皮膚，健康結實，圓圓的臉龐，濃眉長睫，高高的鼻子，厚厚的嘴唇，大大的眼睛。頭髮厚而多，掩去了半個臉蛋。

老闆娘張太太坐在賬櫃上，正在忙，余靈非進去時，她似乎沒有注意。這時看到了他，她就說：

「余先生，早。啊，啊，這就是我的女兒鵑紅，剛從大陸出來。」

「就是你說她也是學音樂的那位小姐？」

「是啊，真不容易，申請了一年多才成功。」

余靈非看看鵑紅，鵑紅用手掠一下頭髮，露出微笑，眼睛發著含羞的光亮，唇際露出潔白整齊的稚齒；他發現她並不像她母親。

余靈非於是問她一點大陸的情形。談到她學音樂，原來她學過七年鋼琴，她想進音樂院，沒有批准，所以有一年多沒有學了，在文工團裡作過許多通俗的表演。

當時談了一會，余靈非就走了。這樣隔了三天。余靈非又去張洪記，張太太說：

「余先生，我正想找你，想同你商量一點事情。」

「什麼事？」

「鵑紅想到你那裡練練琴，不知道可以嗎？比方每天一個鐘點，只要你有空的時間。」

「那沒有什麼問題，不過時間總要湊我有空的時候。」

「那自然，我們也願意付你一點錢；本來也想請你教，不過學費，我們負擔不起。而且她先要練習練習以前學過的。」

「我空的時候，她隨時都可以來練，算什麼錢。」

「最好你訂一個時間。」

「好吧，第一次就是明天下午五點鐘；以後我看看時間表再定。」

三

第二天下午五點鐘，鵑紅果然來了。

她沒有什麼打扮，非常樸素自然；先在客廳裡坐了一會，余靈非就帶她到琴室裡去。他告訴她，以後如果每天來的話，最好是五點半以後。星期六、星期日因為有時候有朋友來玩，那就不方便了。他還為她介紹了他的女佣盛嫂，說他如果不在家的時候，她也儘可以進來練琴的。

這以後，鵑紅就每天五點半來練琴，余靈非有時候並不在家。幾天後，有一天，他從外面回來，看到她像是已經練完琴，在廚房裡同盛嫂談天。余靈非看他們像已經混得很熟。鵑紅看到余靈非回來，她就應酬幾句匆匆告辭走了。晚上吃飯的時候，余靈非看到桌上花瓶裡有一束很漂亮的玫瑰花，有紅的也有白的，盛嫂告訴靈非，說這是鵑紅拿來的。盛嫂於是同靈非談到鵑紅，很稱讚她樸素聰明與可愛。

這樣又過了幾天，余靈非從外面回來的時候，好像已經是七點鐘了，聽見琴室裡響著蕭邦的奏鳴曲，他知道鵑紅在裡面。聽了一會兒，就走到廚房裡去，看盛嫂正在燒鯽魚。盛嫂告訴他有人打電話給他，兩個人就談了一會。這時候鵑紅從琴室裡出來，大概她不知道余靈非已經回來，她一面說：

「盛嫂，你燒什麼菜，好香呀。」一面就走進廚房。她看到余靈非，像吃一驚似的，羞澀地笑一下說：

「余先生，你回來了？」

「你琴彈得不錯呀。」靈非笑著說。

「我想慢慢的請你指點指點。」

「隨便什麼時候。」靈非說。

「等你有空的時候。」

盛嫂還在燒鯽魚，廚房充滿了香味。

「你燒一手上海菜。」鵑紅對盛嫂說著，就像回頭要走了。

「你在這裡吃飯好嗎？」盛嫂對鵑紅說：「我很快就好了。」

「不客氣，不客氣。」

余靈非好像從來沒有想到留鵑紅吃飯過，經盛嫂一說，好像得了啟示一般的，就說：「假使你不嫌盛嫂菜燒得不好，就在這裡吃吧，我給你打一個電話給你母親。」余靈非說著就走出來。

鵑紅跟著走出，一面說：

「我自己打，我自己打。」

余靈非把電話交給鵑紅，他守著鵑紅打電話給她母親，說她不回家吃飯了。

余靈非看到飯桌上花瓶裡又供著大束的花，是白色的夜來香，正播散著一種幽香。他走過去看看花說：

「又是你送來的，張小姐。」

「你這房子布置得什麼都好，就是少點花。」她笑著，露出她整齊潔白的稚齒。

「房間裡有點花，真的好像多有點生氣。」余靈非說。

「那是一定的，有生物才有生氣。比方你養一缸金魚，養幾隻鳥，或者養一隻貓，一隻狗……」

「養這些東西，啊，太麻煩；我自己一個人都管不過來，還養這些。」

「我母親常說，家裡有小孩子才像個家。」

這時候，盛嫂從裡面出來，她問：

「是不是就開飯啦？」

余靈非看看鐘，是七點二十五分，他說：

「好吧，早一點吃也好。」

盛嫂去廚房，鵑紅也跟著進去。鵑紅幫忙拿著碗筷到飯廳。盛嫂跟著出來，她一看鵑紅拿三副杯筷，她說：

「我在廚房裡吃的。」

「為什麼？你們一共兩個人。」

余靈非這時候也走過來。他順著鵑紅的要求，說：

「盛嫂，你就在一起吃點好了。」

「我們在大陸住過了，看不慣這些資本主義社會的規矩。」鵑紅笑著說。

「其實這也不是什麼規矩，有時候為方便就是了。」余靈非說。

盛嫂並沒有把碗筷收回去，但是第二次她端菜肴出來時，她說：

「你們先吃吧。」她又對鵑紅說：「不要客氣，我還要去燒一碗湯。」

余靈非照拂鵑紅先吃。他拿出一瓶法國白酒，鵑紅說從來不喝酒，余靈非倒了一杯給她，叫她試試。她喝了一口，覺得很可口，笑了笑，就喝下去了。余靈非又夾菜給她，是油爆蝦，鵑紅又是很不自然的笑了笑。

余靈非於是同鵑紅談到大陸，談到大陸音樂界的情形，又談到上海市面的現狀，路名的更改，於是談到政治。張鵑紅對政治術語非常熟識，而她對於政治竟很有自己的意見，她忽然說：

「馬克斯的學說解釋什麼都好像很通，解釋藝術就非常勉強，所以真正藝術家無法相信馬克斯主義的。」

這竟是余靈非一直在想的問題，出於鵑紅的口，使他很驚訝。

盛嫂端了湯出來，余靈非也就叫她坐下來一起吃飯。鵑紅馬上夾菜給盛嫂。談話的題目轉到了大陸上吃大鍋飯、小竈菜一類的問題。鵑紅還稱讚盛嫂燒菜的藝術，並且很想知道裡面的巧妙。

盛嫂並不是愛說話的人，平常余靈非很少與盛嫂坐下來談天，今天因為鵑紅，大家談了好一會。

飯後，余靈非請鵑紅聽一些唱片。又看了一會照相，鵑紅就告辭回去。鵑紅說她也有許多大陸照相，明天可以拿來給余靈非看。

這就是他們交際的開始。

四

第二天，鵑紅帶著照相簿同幾張唱片來，練完琴就托盛嫂把它交給余靈非。盛嫂留她在家裡玩，說余靈非一會就回來的。鵑紅就一直陪著盛嫂，還幫盛嫂收曬著的衣服。

余靈非回家已是吃飯的時間，他們自然留鵑紅吃飯。飯後，鵑紅就把她帶來的照相簿給余靈非看，照相簿裡面都是鵑紅在大陸的生活照，旅行的、團體的、文工團的活動等等。看了照相，又聽她帶來的唱片，那是她們文工團的音樂歌唱表演。接著又聽余靈非所收藏的一些古典音樂的唱片。鵑紅回去的時候已經十一點多鐘了。

自從那天以後，鵑紅也就成了余靈非家的常客。她同盛嫂很好，有時還請盛嫂去看大陸的電影。有一次看的是下午場，盛嫂回來時，余靈非正在教課，教完課，知道盛嫂回來了，他就問鵑紅怎麼沒有回來，是不是來練琴。盛嫂說：

「她今天聽說有事情，可能不回來練琴了。」

余靈非聽了一時若有所失，他彈了一會琴覺得沒有勁，又看了一會報紙，也覺得沒有味，他就一個人出來。他想到一個人吃飯沒有意思，就告訴盛嫂他不回家吃晚飯了。

他本來想去看一個朋友，逛逛街，但經過張洪記，就進去買包香煙，順便去探探鵑紅。張太太與鵑紅都在店裡，而且穿得整整齊齊。鵑紅穿一件白色的毛巾襯衫，短袖子，還倒翻上一寸，露出棕色的健康的手臂。余靈非注意到她小臂上的薄薄一層寒毛，好像是正蒸發著青春的氣息。

張太太開了一瓶橘子水給余靈非，鵑紅接過來端給余靈非，笑著。濃厚的嘴唇裡推出潔白的稚齒，眼睛裡發出濃得像火焰般的光芒。

「啊，打扮得這麼漂亮。」余靈非接過來，看看她的衣著，她穿了一條紫花的裙子，露出健美的腿。他問：「到哪裡去啊？」

「有人請吃飯。」鵑紅說。

「同你媽媽一起？」余靈非看張太太也打扮得很不平常，所以這樣問。他下意識的是竟有點怕鵑紅去赴男朋友的約會。想不到張太太竟說：

「啊，有人請吃飯，替鵑紅介紹男朋友。」

余靈非不知怎麼，竟吃了一驚。他掩蓋不住自己的說：

「現在哪裡還有這種事？鵑紅那麼漂亮，難道還怕沒有人追求她，要什麼介紹？」

「我們是老派，還不是想找一個靠得住的。香港這個地方……鵑紅又是大陸出來的，沒有見過什麼世面，要碰見一個壞人，那是一輩子的事情。」

余靈非苦笑了一下，沒有說什麼，他喝了橘子水，說：

「你們還不走？時候也不早了。」

「我們等朋友的車子來接我們。」

「啊，啊，那我先走一步。」余靈非說著，連一句謝都忘說，一個人走了出來，他心裡有一種說不出的滋味。他一面走，一面分析自己的感覺，不是妒忌，也不是懊惱，是一種羞辱，一種遭受打擊的羞辱，一種被人蔑視，被人諷刺的羞辱。

他走出去，看一個朋友，不在家，只好一個人去吃飯，飯後逛逛街，看了一場電影。回家不早，但是他並不能睡著。他想念鵑紅，她的健康青春的手臂，臂上充滿青春氣息的寒毛……

他從來不曾失眠。失眠這個經驗對他很新奇。他於是起來喝了一杯酒，看了一會書，才睡覺。

第二天醒來，他就想到鵑紅；他很想知道她昨天介紹的男人怎麼樣，他想她今天來練琴總可以看到她，但是又怕她不來。

起身後，余靈非對盛嫂說，他想吃大陸的大閘蟹。他給她四十塊錢，叫她去買；但隨即又加了一句：

「你順便約鵑紅來吃晚飯好了。」

「她下午總會來的。」盛嫂覺得沒有專程去約鵑紅的必要。

「雖是這麼說，但你先約她一聲，總顯得我們的誠意。」余靈非說：「好在也不費事。」

這時候，來上課的學生來了，余靈非就忙著教課。

盛嫂買菜回來時，他很想知道她有否約鵑紅；但他沒有馬上問，怕盛嫂看出他的心事。一直到吃中飯的時候，余靈非同盛嫂談話。

「今天蟹好麼？」

「還不錯，十六元一斤，我買了兩斤半，一共六隻。」

「很好，很好。」余靈非說：「我們三個人每人兩隻。」

「我不要吃。」盛嫂客氣地說，她對余靈非把她算在吃蟹的一份，覺得有點不自然。這時候，余靈非才說：

「鵑紅是不是一定來？」

「啊，她不在，我告訴了張太太，她的母親。」

「她不在家？」

「張太太說她游泳去了。」

「這麼早？」余靈非說了，有點不自在。

盛嫂去忙別的，余靈非沒有再說什麼。下午，余靈非一直都有學生來，但他心神很不寧。學生散後，他沒有出去，他盼待鵲紅來練琴。他想如果過時不來，他可以假裝買香煙去探聽實情。他看看報紙又看看書，聽聽唱片又聽聽收音機。他三番兩次到門口去探視。他又回到自己房裡換了一件襯衫，打上一條較新的棕色的領帶。

於是，當時鐘在五點十三分的時候，門鈴響了。他假作鎮靜的回到客廳裡看一本雜誌，眼睛偷看盛嫂來開門。

不錯，進來的果然是鵲紅。他故作冷靜，等她進來了才站起來。她手裡又是捧了一束白色的劍蘭，臂上夾著兩本琴書，她向余靈非笑笑，走過來。

「你真客氣，怎麼又送花來。」盛嫂一面說一面去拿花瓶。余靈非看她穿一件白色的短袖的西裝，顯然是新置的。頭髮漆黑，很自然披在左頰後面。她的棕色的手臂，像是寶石琢出一般的，小臂上是一層薄薄的毛。他很想去摸她。但他只接過她的琴書，放在几上。他發覺那束白色的劍蘭在她手上，正像是她簡單樸素的衣服的一部分。她就在盛嫂拿來的花瓶插上了花。

然後，她對花看了看；對余靈非笑笑。

「早晨我叫盛嫂請你來吃飯，你出去了，聽說去游泳去了。」

「是呀。」

「同很多人？」

「同我一些朋友。」鵑紅笑了笑，眼睛裡閃著灼人的光芒，說：「都是從大陸出來的。他們比我早出來。」

「你游得好嗎？」

「我不會游，我要他們教我。」

鵑紅一面說，一面拿放在几上的琴書，轉身要去練琴。余靈非看到她健美的小腿，她穿一雙白帆布的膠底鞋，沒有穿襪。

余靈非追上去說：

「你晚上有功夫在這裡吃飯吧？盛嫂特別為你買了螃蟹來。」

她微笑著，點點頭。

她走進琴室，關上門。

余靈非一時心頭有許多波動，像是快樂，又像是不安，又像是著急。他發覺鵑紅好像在一天之中變了。

「昨天有人介紹給她男朋友，難道今天也一起去游泳的？」他想著想著，走到客廳裡，拿了幾上一份日報，走到自己的房內，關上門，躺在床上，他看報上一篇歐洲的通訊。

「她一下子變了，大概她對那個給她介紹的男朋友很滿意吧。」

「那個男朋友。男朋友還要介紹，在香港，……我，……我怎麼……我難道真的愛上她了？……笑話……結婚，同她……」

「歐洲共同市場……法國不希望英國加入……因為……」余靈非讀那篇歐洲通訊，但是他看到鵑紅的笑容。

「大眼睛，長睫毛，高鼻子，濃眉厚唇，唇上還浮著寒毛，漆黑的頭髮，又厚又多，……而那健美手臂，那健美的腿。……」

他拋掉報紙。忽然想到照相。他有好久不照相，他覺得他應該為鵑紅照幾張相。他拿出照相機，發現沒有膠卷，看了看，又把照相機收起，他重新躺在床上，拾起報紙。這次他已不想再讀那篇歐洲通訊了。

他找尋電影廣告，吃好飯，他可以請鵑紅去看電影。他發現豪華、樂聲、東城都是新片子，不知道鵑紅喜歡看那一種戲。

他不知道怎麼安排自己，他從床上起來。拿著報紙到客廳去看看，琴室的門開著，傳出抑揚的琴聲，他看看錶。

是的，才練了半小時，還早還早。

於是他又回到了自己的臥室，但是他開著房門，隱約的可以聽到琴室裡的琴聲。

五

余靈非一聽琴聲停了，他起身，整整衣著，但是跑到外面的時候，鵑紅已經在廚房裡了。余靈非想到廚房去，但是矜持了一下。他開了收音機，好像正在播送新聞，他也沒有傾聽。

於是，鵑紅同盛嫂說笑著出來；她們手裡都拿著碗碟，盛嫂端著一個鍋子，余靈非知道那是螃蟹。

「喝點酒吧。」余靈非說著去拿酒。酒是在碗櫃裡的，碗櫃上面是一面鏡子，余靈非從鏡子看到鵑紅。他覺得她就是一杯濃郁的酒，一杯他很想吞飲的酒。

櫃子裡有三、四種酒，一瓶是白蘭地，一瓶是葡萄酒，一瓶是法國白酒，一瓶是馬丁尼，余靈非都拿了出來，接著他又拿酒杯。

他把酒杯給盛嫂，叫她去洗一洗，一面把酒瓶給鵑紅看。

「你喜歡喝什麼？」

「上次那個，你說是法國白酒是不？倒不很凶。」

余靈非為鵑紅倒了一杯白酒，自己倒了一杯白蘭地。於是他笑笑，望望鵑紅，說：「你昨天喝什麼酒？」

「昨天？」

「昨天，不是你媽媽給你介紹男朋友麼？」

「啊，」鵑紅像鄙視似的笑了一笑：「我只喝了半杯橘子水。」

「那個男孩子呢？」

「他姓關，媽媽說他家裡很有錢。」

「有錢，那還不好嗎？」余靈非挑逗著說。

鵑紅笑了一笑，不說什麼。一面她忙著布置桌上的筷碟。盛嫂拿了杯子出來。

於是大家坐下來吃螃蟹。鵑紅談到她母親認識一個賣螃蟹的，下次她可以托她母親去買幾隻拿來。余靈非說不要她母親破鈔。鵑紅說：

「是我要請請你。」

「你？等你請吃喜酒好了。」

鵑紅無端端大笑起來。

「怎麼，昨天他們不是已經給你介紹對象了嗎？」

鵑紅放下螃蟹，竟哈哈大笑起來。

「怎麼？」

「她說那個男孩子又瘦又矮，像一隻蝦蟆。」盛嫂解釋著說，也笑了起來。

鵑紅還是在笑。

余靈非心裡似乎得了一種解救，但一面則莊嚴地說：

「人家長得矮瘦些，也沒有什麼可笑的。」

「我笑我媽媽說他同我一樣高，我偷偷地去比了比，比我矮大半個頭；要是我穿一雙高跟鞋，那就要差一個頭了。」

盛嫂於是又補充著說：

「這男的家裡很有點錢，四兄弟，已經分了家；同母親住在一起。自己大概有五個樓房，靠收租過活。」

「他自己做什麼事？」

「大概不做什麼事吧。」盛嫂說。

「每天在茶樓飲茶。」鵑紅說著又笑起來。余靈非忽然問：

「你母親以前認識男家麼？」

「她不認識，要不然也不會給我介紹了。」

「她也不喜歡他？」

「她也無所謂喜歡不喜歡，不過總希望我嫁一個有錢的人。」

這樣談著笑著，大家一面吃著螃蟹。鵑紅後來也試喝幾種酒，她說還是白酒好吃，她喝了兩玻璃杯，並沒有醉。

盛嫂先吃完蟹，她進去弄菜。余靈非於是看看鐘，就提議飯後去看電影。

鵑紅沒有拒絕，她問有什麼電影好看的。余靈非提出了三個給她挑。她說她不懂西洋片子。余靈非就決定去豪華，說那是一張義大利拍的美國西部片，比較熱鬧。鵑紅也沒有反對。以後，當盛嫂收拾碗碟的時候，余靈非說同鵑紅外面去走走。

他們先買了電影票，時候還早，又去喝咖啡。在咖啡館的暗沉沉的光線下，余靈非覺得同鵑紅在一起真是特別的溫暖，他好像已經可以再不管兩個人以外的世界。他們談些不重要的話，但是每句不重要的話好像又是非常的重要。鵑紅談到大陸的生活，她怎麼樣在文工團裡表演，下鄉下廠，大家睡在地板上，吃大鍋飯，男男女女在一起跑山唱歌，生活非常快活。

「你有沒有戀愛過？」

「沒有，我們哪有工夫去戀愛，大家都是同志，也許我還年輕，只知道嘻嘻哈哈的。」

「難道沒有人對你說過我愛你的話？」

「沒有，從來沒有過。」

「比方現在有人說愛你呢？」

「那是小資產階級……」

「可是無產階級也是有愛情的。」余靈非笑著說：「以前無產階級沒有飯吃，沒有閒情逸致去談情說愛。可是如果無產階級的生活改善了，自然也會有閒情逸致談情說愛了。」

「可是在大陸，我們無產階級先要愛黨，愛勞動，愛生產，愛階級，愛革命，……」

「但是你已經出來了。」余靈非說：「我看你現在只愛音樂。」

「你呢？」

「我？我本來也是相信大陸那一套，但是後來我失望了。我來到香港，我沒有信仰，我什麼都不愛，我只愛我自己，我覺得如果每個人都能愛自己，世界也就美麗了。」余靈非說：「不過，現在，現在我發現我在愛你。」

「你在愛我？你愛我？」鵑紅嫵媚地看了余靈非一眼，忽然低下頭沉默了好一會。隔了一會，她說：「該去看戲了吧？」

在電影院裡，余靈非拉鵑紅的手，鵑紅沒有拒絕。他輕輕地撫摸她的手臂，撫摸她的手臂上輕柔溫暖的寒毛，他有一種想用自己的面頰與嘴唇去接觸它的欲望。他偷偷望她，舉起她的手到自己的唇邊，他吻了她的手背，她沒有理會。

電影散場後，外面下著毛毛雨；余靈非要叫車子，鵑紅提議走回去。他們手挽著手，從熱鬧的人群走到靜僻的街道，鵑紅把身子偎依在余靈非的臂上。他覺得自己有一種依靠，過去的空虛忽然充實起來；他低下頭去吻她的臉，又吻她的嘴唇，她接受他的愛撫，他說：

「鵑紅，我愛你。」

鵑紅不說什麼，只是更緊的偎依在余靈非的臂上。她緘默著，同余靈非押齊了步伐向前走著。

六

自從那一天以後，鵑紅幾乎天天上午就過來了。余靈非在教課的時候，她一直在廚房裡幫東幫西，有時候在客廳裡看報看雜誌。余靈非教完課，也指導她彈琴。她也很自然的就在余家吃飯。偶而一天沒有過來，余靈非也就打電話去叫她，晚上常常一起去看電影或者聽音樂會。星期日假日不用說。余靈非有一輛車子，所以也總是到郊外，一起爬山、游泳、照相、野餐……。

這樣過了一個多月。有一天鵑紅一直沒有來，余靈非打電話去，鵑紅倒在家，她說她有點不舒服，等他教課完時再過來。

那天鵑紅於下午五點多到余家，滿臉掛著不高興的樣子。余靈非慰問她好一會，她才流著淚，說她母親不許她每天到這裡來。她們吵了嘴。

「你母親怎麼這樣頑固，你又不是小孩子了，這樣管你。」

「那個姓關的總是要請我吃飯，我都說沒有空，這次又要請我母女吃飯，我說不要去，她就罵我。」

「明天我替你去勸勸她。」

「你快不要勸她了，她說你這種上海人決不是好人。一個人在這裡，女朋友這麼些，一直不結婚，這種人怎麼可靠。」鵑紅說著又啜泣起來。

「假如，」余靈非吻吻她的面頰：「我要是求你同我結婚呢？」

「我不知道母親會不會答應，」鵑紅抬起頭來，用她大大的眼睛望著余靈非說：「你明天去試試她也好。」

「好的，好的，」余靈非說：「如果她不答應，我們就自己結婚，她會怎麼樣。」

「可是我今年才十八歲。」鵑紅偎依著他說，一面揩去頰上的眼淚。

「我想我們一定要結婚，她不會阻止我們的。」

鵑紅沒有再說什麼。

盛嫂出來開飯，吃了飯，鵑紅很早就回去，說她母親等著她。

余靈非同盛嫂談到與鵑紅結婚的事。盛嫂很高興地說：

「這真是再好也沒有了。她母親就希望她早一點結婚。」

「你說她母親會答應嗎？」

「你肯娶鵑紅，她真求之不得呢。」

「那麼你同她去說怎麼樣，你只說鵑紅已經肯了，問她意思怎麼樣？」

「你放心，一切我替你辦妥就是了。」

第二天上午，余靈非起身時，盛嫂已經出去，她回來就告訴余靈非一切都已談妥。

下午鵑紅來練琴，她同盛嫂說，她母親希望盛嫂飯後去談一談。

那天余靈非同鵑紅外面吃飯，他告訴她，她母親已經答應了他們的婚事。鵑紅那天特別高興，飯後她提議到夜總會裡去跳跳舞。

他們到了夜總會裡，鵑紅非常興奮地說她第一次見到他就有一種特別的感覺，她雖然一直同男孩子們在一起，但從來沒有這種感覺。不過她總覺得他高高在上，想不到他也會愛她。

余靈非也告訴她，他雖然也有女朋友，但總是很平常。他認識她以後，從來沒有當她是朋友，但當他聽到有人為她介紹男朋友時，他心裡竟生了妒嫉的心理，他知道他那時已經愛上了她。

他們跳舞，又喝了點酒，鵑紅總是愛喝法國白酒。玩到很晚才回家。

第二天，盛嫂告訴他，鵑紅的母親約她去商量的就是結婚的日子與儀式。張母說她們沒有錢，也不希望余靈非為她們花錢，所以儀式越簡單越好。

她們也沒有什麼親友，要請客一桌也就夠了。只要他們在婚姻註冊署舉行儀式，別的什麼都沒有關係。只是結婚的日子，倒要到課命館去選一個，因為她還有點迷信。

余靈非原以為鵑紅的母親會要什麼聘金之類，現在竟這樣開明與大方，所以倒很安慰。因此也就沒有什麼意見，說日子就由張母去決定好了。

隔了兩天，余靈非買了一隻鑽戒給鵑紅，張母也決定了結婚的日期。鵑紅表示希望有一個蜜月旅行。他們也就決定到日本去一星期。

這一切進行都非常順利，兩星期後他們就成了夫妻。

婚後，他們到日本去旅行。在余靈非，這也是他到香港後第一次去旅行。盛嫂一個人看管這房子不放心，鵑紅的媽就自動的說她可以搬來陪她。

余靈非到日本後，除了與鵑紅遊玩外，也想同日本音樂界有點接觸，所以預定的一星期不夠，於是又延長了一星期。自然，他寫信給鵑紅的母親，並請她通知來上課的學生。

余靈非與鵑紅在日本過著很幸福的生活，但鵑紅時時談到盛嫂，她還考慮買一個禮物給盛嫂，同余靈非商量很久，最後買了一柄很講究的綢傘。

他們在兩星期後的一個星期天到了香港。鵑紅的媽媽與盛嫂都沒有到機場接他們，他們就雇了的士一直回到家裡。

來開門的是鵑紅的媽。房內收拾得非常乾淨，客廳與飯廳多了好些盆花，花瓶裡也插滿了花。

余靈非叫盛嫂。

「盛嫂已經走了。」鵑紅的媽說。

「走了，到哪裡去了？」余靈非很詫異。

「她到後座黃幫辦家裡去做了。」

「為什麼？」

「啊，大概他們那面工錢出得高一點吧。」鵑紅的媽說：「她同我商量，我也勸她去。工錢多少相差有限，可是據說黃家天天打牌，外快比工錢還大，不像你這裡什麼外快都沒有。你們一共兩個人，鵑紅應該自己管家理家。這個年頭，可以節省還是節省些，而且我的士多也只要早晚去看看，家裡的事情，自然也可以幫鵑紅料理。」

余靈非聽了，不知說什麼好。鵑紅的媽已經到廚房裡去了。

余靈非與鵑紅收拾行李，鵑紅的媽倒了茶出來，問余靈非幾點鐘開飯。

「沒有預備，我們到外面去吃點好了。」余靈非說。

「我知道你們回來，自然都預備好了。」鵑紅的媽說著，又叫鵑紅去洗洗澡換換衣服。

等余靈非夫婦預備好出來的時候，飯桌上已經擺著酒瓶與杯筷。

鵑紅的媽從裡面端出來四隻漂亮的上海菜。

一隻是炒蝦仁，一隻是鯽魚，一隻是豆苗炒雞片，一隻是蚶子。

「你一起來麼。」余靈非說。

「今天我特地為你們兩小口子接風，我正在燒幾隻特別小菜呢。鵑紅，你們先吃。」鵑紅的媽說完又回到廚房去了。

「我們喝點酒吧。」余靈非問鵑紅。

「我還是喜歡法國白酒。」鵑紅一面說說，一面拿著酒瓶倒酒。她又笑著說：「媽媽難得這麼高興來燒菜的，讓我們多喝點酒。」

七

第二天早晨，余靈非想到盛嫂，很想見見她；趁鵑紅的媽不在，他就理出那柄鵑紅買給盛嫂的傘，叫鵑紅去找盛嫂，並且叫她過來。

鵑紅去了不久，果然邀了盛嫂過來了。

盛嫂很自然的問他們日本玩得好嗎？又謝謝鵑紅送給她的傘。

「你怎麼不等我回來就走了？」余靈非有點責問的口氣。

「是張太太嘛。她替我找到黃家，說你們回來了，也不會再要工人。這是一個好機會，不要錯過。」

余靈非沉吟了一會，緊接著笑了笑，他問：

「怎麼，那面還好麼？」

「很好，稍微忙一點。」盛嫂說。

「聽說工錢大，又有外快，是不？」

「那倒是的，他們每天至少有一桌牌。」

「只要你在那面很好，我也放心了。」余靈非說。

這樣談了一會，盛嫂告辭走了。余靈非請她有空來玩，鵑紅也很客氣地送她到門口。

這以後，算是家庭生活的開始了，學生也隨著來上課。鵑紅的媽幫鵑紅理家務。她自己晚上就睡在以前盛嫂的工人房裡。但是幾天以後，她說她約了一個洗衣服的工人，每天下午來洗一次衣服，一百塊錢一月，不供給食住。燒菜燒飯則一直自己擔任，她也不再到士多去吃飯了。

這樣過了幾個月，天氣已經很熱了。

有一天，鵑紅同余靈非說，她有一個以前文工團裡的朋友，剛剛從廣東逃出來，一時沒有辦法。她想讓他到工人房裡來住些時候。

「那麼你母親呢？」

「我想把琴房搬出來給她住。鋼琴放在客廳裡，教琴也是一樣，反正教琴的時候，不會有什麼客人。」

「那也好，不過那個朋友是什麼樣一個人？」

「還不是一個可憐的難民，說起來也有點親戚關係。母親說，吃飯可以讓他在士多裡，士多裡有兩個小伙計，反正都是包飯的，他們可以一起吃。他剛到香港，沒有辦法。他想慢慢能夠到電影公司去配配音或者什麼。他原來是唱歌的，那些大陸流行的民歌，黃梅調，山歌一類的東西，他倒都會唱。」

余靈非當時就答應了。第三天那個朋友搬來，給他介紹，叫做梁占棟，是一個高高個子，扁鼻梁，大耳朵，皮膚白皙的男子。眼睛倒還秀氣，但轉上轉下，顯得非常不穩定。頭髮捲曲而濃黑，髮腳又低，似不夠開朗。他穿一件黑色的西裝褲，短了一截。腳上是已污髒了的白色帆布球鞋，上身穿一件白色襯衫，倒還乾淨。

介紹了以後，他侷促地坐了一會，等余靈非叫他去休息休息時，他站起來才說了「謝謝」。這以後，余靈非很少見這個梁占棟，因為梁占棟在張洪記吃飯，而進出都是用後面工人的電梯，不過有時候余靈非聽到他在廚房裡與鵑紅談話，有時候聽到他在唱山歌，黃梅調一類的歌曲。

余靈非教課很忙，從上午九時起到十二時半，下午二時起到五點鐘，幾乎都有學生。自從鋼琴搬到客廳以後，客廳與飯廳間裝了一個厚簾。客廳裡也裝了冷氣。鵑紅在余靈非教課時間裡，總是在廚房裡或者到母親士多裡去，所以變成只有在吃飯的時候同晚上才同余靈非在一起。

星期日余靈非不教學生，但有時個別的也有點應酬。有一次，有朋友約他在外面吃中飯，飯後回家時，他開門進去看到鵑紅的母親同鵑紅在收拾地方。梁占棟也在。他正在為客廳與飯廳的地板打蠟，一面唱著山歌，鵑紅也隨和著在唱。他同他們招呼一下就到了自己的書房裡。這是第一次聽見鵑紅唱這類歌曲，好像鵑紅有點不像他所認識的鵑紅一樣的感覺。那天以後，余靈非又是好久沒有見到梁占棟。

有一天，鵑紅告訴余靈非，說梁占棟找到一個配音的工作，是一部要唱山歌的片子，由他代替男主角主唱。其中女主角部分也要人，酬金是七百元，反正家裡沒有事，她很想去擔任試試，問余靈非是否贊成。

余靈非覺得，既然鵑紅願意，自然不妨去試試。所以沒有反對。

就是從那時開始，鵑紅就時常不在家。以後好像除了配音的工作以外，也時常有她個人的應酬了。但是鵑紅把賺來的酬金交給余靈非，她只要一點零用。

這樣又過了幾個月，天氣已經涼爽下來。有一個星期日下午，余靈非有一個約會，回家的時候，恰巧碰見盛嫂，他們又好久沒有見面，所以就請盛嫂到裡面坐一會。鵑紅出去了，她的媽媽去照顧士多，因此家裡一個人都沒有。盛嫂進來後，看見鋼琴在客廳裡，就問：

「怎麼，鋼琴搬出來了？」

「她媽媽住在那間房裡。」余靈非說：「搬了很久了。」

「聽說有了一個年輕人住在工人房裡。」

「是啊，是鵑紅大陸上的朋友。」

「我們也常常聽到他在唱歌。」

「是的，他現在在一家電影公司任配音。」余靈非說：「鵑紅也在做這個工作。」

「那又何必呢，你又不是不夠錢用。」

「但是她在家裡也沒有什麼事。」

「可是，你事情忙。他們倆天天在一起，你想想……」盛嫂說到這裡，看余靈非面色有點變化，她就改變了口吻說：「本來我不該說這話，不過你是一個好人，待我一直很好，所以請你不要怪我多嘴。」

余靈非聽了，心裡忽然起了波瀾。他馬上想到他們的工人房。那間梁占棟住的房子是與後座的工人房只隔一道牆。他知道一定是盛嫂已經有所見聞。他已經有點緊張不安，但極力壓抑自己的情緒，保持冷靜的話氣說：

「盛嫂，你在我地方幫忙很久，同自己的朋友一樣。你為我著想，我決沒有怪你的道理。請你千萬不要對我隱瞞什麼。」

「本來，你讓那個人搬進來住就不對……」

「盛嫂，你不要再繞彎說風涼話。你老實告訴我，是不是你真的看到了什麼？」余靈非知道盛嫂並不是愛造謠生是非的人，所以不知不覺的壓不住衝動，緊緊地逼著她。

盛嫂看余靈非呼吸迫促，面紅耳赤，忽然驚惶失措似的說：

「沒有什麼，沒有什麼，不過……我……我想……」

「盛嫂，你不要騙我，」余靈非看到盛嫂的表情，他越來越確定盛嫂必有所見所聞，他突然緊握盛嫂的兩臂說：「我知道他的房間同你的房間是一牆之隔，你一定有所見所聞，你老實的告訴我，我一定會當你是我恩人……」

盛嫂被余靈非一逼，不知怎麼，這時竟突然哭出來。一面說：

「你不要怪我，不要怪我。是我多嘴，是我多嘴。」

余靈非經盛嫂一哭，這才想到自己太緊張一點，他站起來到飯廳倒了一杯白蘭地，自己喝了。他又從冰箱裡倒一杯橙汁給盛嫂。他說：

「盛嫂，這是我的事情；你千萬幫我，我將來一定重謝你。」

盛嫂還在啜泣，余靈非說：

「你先喝一杯水。」盛嫂接過杯子，揩揩眼淚，她說：

「你是想怎麼樣呢？」

「我希望你給我證據。」

「那麼怎麼樣呢？」

「我可以正大光明的同她離婚。」

盛嫂愣了好一會，若有所思地說：

「那不難，那不難。」

八

原來這大廈的工人房是在廚房的後面。廚房旁邊另外有電梯，是備送雜物一類的人員上下，所以如果搭這個電梯或者索興走太平梯從後房進出，就不必驚擾前面的住客。這也就是為什麼余靈非並沒有常見到梁占棟的原因。

盛嫂住的後座工人房，結構與前座完全一樣，只是方向恰巧相反。她的房間與余家的工人房正是一牆之隔。盛嫂在與余靈非密議以後，就在梁占棟不在的時候，在牆角上鑽了一個小洞。她對余靈非說，他什麼時候都可以待在她的房裡去偵察隔壁的動靜。

余靈非是在三天以後，宣稱他第二天要去日本開音樂教育的會議，要離開一星期，說事情是臨時決定的，他特別叫鵑紅在家裡通知來學琴的學生，不要她到機場相送，實則他就住到一家旅館裡去。

盛嫂那天在黃家把廚房一切收拾好了以後，說要去看一個同鄉就告假出來。她把自己房門的鑰匙交給余靈非，余靈非於十二時半獨自開進盛嫂的房間去。他關上燈，倒鎖上門，用一個手電筒摸索著，偵察隔壁的動靜。

這時，那大廈的四周已經很寂靜，除了有幾家疏疏落落的牌聲以外，只有遠遠的汽車聲。從窗口望出去，是對街的一座大廈，那裡許多窗口還亮著電燈，小小的陽台上，有的擺著花盆，有的掛著洗了的衣服。

他試試那盛嫂告訴他的牆壁上的小洞。他必須爬在地上才能用他的眼睛窺看隔壁。隔壁的燈亮著，但他所看到的則只有一張方桌，桌面上鋪著藍方格的漆布。

他站起來，坐到床沿上，於是聽到梁占棟的聲音，他似乎在鋪床，又聽到他哼著歌曲，這聲音竟是這樣的清楚，顯然這些工人房的建築材料是極其簡陋的。

他聽了好一會，輕輕地靠在牆上。以後好像沒有什麼聲音了。他忽然想到，可能是因為他們以為他已經去日本，梁占棟或者竟大膽的到了他的寢室去了。他有點失望。

但接著聲音又來了。是梁占棟打火機的聲音。於是，他突然聽到了鵑紅的聲音，只是輕輕的一聲：「棟。」余靈非竟聽得全身的肌肉都跳動起來。他趕快爬到地下，就這個壁洞窺視過去。

他看到了鵑紅的下半身，她穿的竟是他買給她桃紅色的睡褲，他還很清楚地看到她的左手與小臂，手指上的一隻指環，同臂上的寒毛。他無法看到她的上身與臉。

於是他看到了桌上多了兩瓶酒，一瓶是白蘭地，一瓶是法國白酒。他認識，這正是放在飯廳的碗櫃的酒。

於是他聽到：

「你媽媽睡了嗎？」是梁占棟的聲音。

「睡了。」鵑紅的聲音。

余靈非這時看到占棟的身子，也是穿著睡褲。他擋住了桌子。

「你不是想喝酒嗎？」鵑紅說。

余靈非聽到倒酒的聲音。

「喝白酒，白酒。」鵑紅的聲音，好像已經在床上了。

這時余靈非看到梁占棟閃過身子。

「我先鎖上門。」梁占棟說著，就去鎖門。

余靈非這時已經無法忍耐。他決定輕輕的出去，到前面開門進去，拉著鵑紅的母親一起去捉奸。當場叫鵑紅簽寫離婚書，叫他們馬上滾出去。

他想定了，輕輕的從盛嫂的房間出來，鎖上門。他搭了工人電梯下來。到了樓下，繞出旁門，他走到前面，但當他要進門的時候，他忽然猶疑起來。

他想，照情形看來，張母並不知道女兒同人通奸的事情，但如果他去叫她，她可能會幫她女兒而纏住他，使他拿不到證據的。

如果不找她母親，自己一個人直接闖去，可能梁占棟一急會對他行凶，梁占棟年輕粗野，他一定會吃眼前虧。如果他去報警，那就不免要驚動左右鄰舍，鬧起來也不好聽。

這樣一想，他就退了出來。他叫了一輛的士到旅館。他原想洗了一個澡，睡覺到第二天再說，但是睡在床上，他一點也睡不著。

鵑紅！真想不到鵑紅……也許他們在大陸早已是混在一起了。

她的濃眉大眼，結實的肌肉，棕色的皮膚與多毛的手臂，還有她的一笑一顰，好像都在他面前。

這時鵑紅一定正在那個梁占棟的身邊。他知道她在這種時候的表情與態度。

他如果有一把手槍。那他當時就可闖去，輕易地開兩槍就什麼都解決了。再自殺也簡單。

他為什麼對這種女人竟還像捨不得？為什麼要自殺？

天下女人多的是，好的女人哪裡都有。算了，同她冷靜的談談，客客氣氣請她跟著梁占棟去就是了。

明天一定還是一樣，他可以先派定了人去捉奸。

捉奸，余靈非的老婆……不是辦法。

假如，……她母親一定什麼都知道，……如果……

算了，算了，告訴她母親，直截了當，幾句話，大家走開，要是不肯，那，那……。

這太便宜了她們，我余靈非，好，好……

我沒有手槍，如果有一把手槍……

他無法入睡，他也無法自解。他關燈又開燈，起來又睡下。他不斷的吸煙、喝茶、小便……他還看報，但是他看不進什麼，腦子無法擺脫那可怕可恥可憎的一切。

這樣一直到了五更時分，他才稍稍有點睡意。

他朦朦朧朧的像只有一忽兒。

眼前是那工人房的床上，躺著兩個裸體的男女，女的正是鵑紅，男的正是梁占棟。他羞恨並作，正想發作的時候，突然發現他們是兩具死屍。

死了。情死！

桌上有一封遺書，壓在那瓶法國白酒的下面。

他剛拿起那遺書來讀時，還沒看清楚裡面的字跡，他突然醒了。

在旅館裡。他一個人。

是夢？還是……？難道他們真是情死？他在壁洞裡所看到的以後，兩個人服了毒，現在已經死在工人房裡了？

他看看錶，已經是八點五分。

「情死？」余靈非想著，清醒了一下，才發現自己的可笑。他們會情死？那倒是可敬佩的事。

他想到盛嫂。盛嫂昨夜是睡在一個紗廠做工的親戚家裡，她告訴過她的電話。他就約盛嫂到茶樓裡吃茶。

他把他夢中所見告訴盛嫂，要盛嫂一個人先去看看情形，不要真是情死。看到情形，打電話報告他，他在旅館裡等她的消息。

盛嫂一去，不久就有電話來，說工人房裡沒有人，可能在前面。就在這一瞬間，余靈非忽然觸動了靈機。

他問盛嫂的電話號碼，說回頭打電話給她。接著他就去找一個朋友，由那個朋友帶他買到了一包山埃。

他帶了這包山埃，回到旅館裡是十一時，他打電話給盛嫂，要她切實的探聽他家裡的人是否都出去了，他說他想在沒有人在的時候回去拿點東西。

以後他就躺在床上看報。國際上的大事，以色列與埃及的糾紛，越南的戰爭都沒有吸引他，而馬來亞一個男人用斧子砍死妻子與其姘夫的新聞，倒使他注意起來。這新聞說那個男子知道了妻子與一個姘夫在幽會，他先殺死那個女人，於是埋伏在那個房間裡，等姘夫來幽會時，他也就砍死了姘夫，以後他就向警察自首。他說，他現在死去也甘心，他已經比這對狗男女活得久了。這凶手的太太才十八歲，姘夫是二十二歲，兩個人的年齡加起來剛好是凶手的年齡。他於是想到自己的年齡，也許也正是鵑紅與姘夫的年齡的和數。

這樣想著的時候，電話的鈴聲響了。

是盛嫂。她已經確確實實的知道余家什麼人都出去了。她親眼看到鵑紅同梁占棟出去，她還過去打招呼，知道他們出去吃飯，飯後要去看試片。鵑紅的媽媽則一直在自己的士多裡。

余靈非當時就叫了車子，趕回家裡。他戴著太陽眼鏡看看沒有熟人，才進了電梯。他有鑰匙，開門走進客廳，穿到飯廳。他馬上看到那兩瓶酒，一瓶白蘭地，一瓶是法國白酒，也正是昨天在壁洞裡所看到的。他們沒有把它放在櫃子裡去，只放在櫃子上面。

余靈非要找的就是這兩瓶酒，他拿起來看看，兩瓶酒都還有半瓶，他從袋裡拿出山埃，輕輕地在每瓶裡分投一些，他又從櫃裡拿出另外一瓶威士忌，與一瓶葡萄酒，把剩下的山埃分投在裡面。他把這些酒瓶照舊的放在原位，這樣他就很輕鬆的走出來。他回到旅館，帶了行李，他決定到澳門去住一晚。

在赴澳門的輪船上，望著遼闊的天空，茫茫的大海。他心境開朗起來。他設想今天晚上一定會同昨天晚上一樣。鵑紅等她母親睡了，換了那桃紅色的睡衣，拿了兩瓶酒進到梁占棟房裡；梁占棟穿著睡衣迎接她，鎖上房門，倒了酒給鵑紅；兩個人各喝一杯，於是兩個人就死在床上。裸體的，也許不是裸體的。

余靈非想到這裡，不覺輕笑一下，是得意，也是諷刺。他自己決定晚上回去，回香港是明天早晨，他會趁鵑紅的母親尚未起床時到家。他要不用鑰匙，他按鈴，來開門的自然是她母親。

他假稱日本的飛機剛到，一進門就到寢室，沒有鵑紅，就問她母親。她母親自然也不知，於是找，找，找到了工人房，梁占棟的房間，門鎖著。他大聲的敲，敲，沒有人應，於是他假裝大怒，破門而入。

兩個人死在裡面，打電話給九九九。……

哈哈……是情死也好，是謀殺也好，反正沒有他事。

余靈非想著，覺得很舒適的，他到酒吧裡買了一杯酒。於是，很奇怪的，他想到了今晨報上看到的馬來亞的一則殺妻新聞，那位凶手說：「他死也甘心，他已經比這對狗男女活得久了。」不錯，要是破案，也沒有什麼；他已經比他們活得久了。但是被捕，受審，也許竟是無期徒刑，他受不了。他想到在大陸時被勞改的日子，天天想死而死不了的情形，如果再是長期地在牢獄裡生活，那他一定會瘋狂，那就不如死。他要自殺，自殺，他在集中營時就曾經計畫過的，他要游泳到海外，吞服安眠藥，躺在海上，望著天空，冉冉地死去。

他喝一杯酒，又叫了一杯。

九

余靈非並不是賭徒，他來過三、四次澳門，都是陪海外回來的朋友一起來的，在賭場裡隨便玩過幾個鐘頭。但是這次他竟成了一個豪客，他贏了不少錢，這使他相信了「情場失意，賭場得意」的老話。

他賭了這樣，又賭那樣；他贏了這樣，又贏了那樣，他一時成了檯面上最被人羨慕與注目的人物。他好像是越想拋掉那錢，而這錢偏跟他。

他賭到一點鐘，他來吃宵夜，喝了酒才上船睡覺。他已經有一天一晚不睡，這一晚竟沒有失眠。愛與恨已經過去，剩下的只是一心空虛。賭博的刺激與酒的刺激似乎抵消，剩下的是一身疲倦。

一覺醒來，已經是香港。這時候他才從新回憶到昨天的傑作。他有點興奮，也有點緊張。他上岸，搭上街車，直駛到家，他故意叫車子慢一點，走過張洪記士多時，他可以同他們的伙計打一個招呼，表示自己剛從日本回來。但是士多沒有開門。

他袋裡都是贏來的錢，他付了一張十元票子給司機，叫他不要找還了。提了小行李，逕自上電梯。

他按鈴，但是沒有人應門。

難道鵑紅的媽媽昨晚沒有睡在家裡？難道他們三個人趁他不在也去澳門遊玩了？

或者，他媽媽已經發現鵑紅同梁某死了？

或者，莫不是……

他沉吟了一會，馬上拿出鑰匙，開門進去。

客廳照舊，只是鋼琴的蓋開著。一進飯廳，余靈非嚇了一跳。

桌子上正放著菜肴，杯盤狼藉；三個人都已變成死屍。

鵑紅倒在地上，她側著身子，她穿一條迷尼裙，露著棕色的大腿，頭髮倒散，臉正貼在桌子腳邊。梁占棟則死在沙發上，伸展著雙腿，張著眼也張著嘴。鵑紅的媽媽則伏在桌上，臉貼著手臂，閉著眼睛，好像還帶著微笑，雖然臉上發出青黑的霉色。

余靈非一時未免有點驚惶失措，他先想搬動死屍；後來又想打電話報警，但終於冷靜下來，覺得他應該細細考慮一下才行。他坐倒在沙發上，抽起一支煙，於是他注意到窗子，窗簾放得很密，顯然她母親不願意外人注意到他們的作樂。酒，有三瓶在桌上。桌上的菜：有雞、有魚、有筍、有蝦……事情的變化竟完全不照余靈非所設想的。現在如果報警，不用說，下毒的凶手當然是他。

不報警，二三天以後也自然會發現。他如果去自首，老老實實地說出他們的通奸與自己的下毒，又意外的殺死了鵑紅的媽媽，他可能不會有死罪，但十年十五年的徒刑是難免的。他已經四十四歲，再十年十五年，他還有什麼？

他想到他當年在勞改集中營的日子，那天天想死而死不得的情形。那時候他年紀輕，出來了還有一場掙扎；現在，現在則什麼都沒有了。

無論如何，「我比你們都活得久，我死也甘心。」這句話竟是為他說的。

他年輕時，讀書聰明，師長誇讚，自己以為了不得。長大了學音樂，自己以為是天才。他先想成為一個文學家，一個詩人，沒有成功，後來他想成一個音樂家，他傾向革命，作曲，他把自己的詩譜成歌，慢慢的就成為革命的歌曲，大家叫他革命的歌手。一度很得黨方稱讚，自己也以為是那麼回事。可是後來政治的風浪來了，大家清算他，他的愛人都出來揭發他是好名好利的一個個人主義者，隨時都在出賣革命。他被逼進勞改集中營，在那裡，他才知道他的榮譽是政治的賞賜，他的被貶，是政治的排斥。他並沒有什麼天才，也沒有什麼成就，他想自殺，一直想自殺。勞改了三年，大鳴大放時出來，他還是想自殺。他研究一個自殺的方法，就是游泳到大海裡，服大量的安眠藥。但是那時候有許多人逃亡到香港，他也就……他成了一個鋼琴教師。他不是革命的歌手，也不是音樂家，也沒有什麼天才，只是一個鋼琴教師，千篇一律的學生，千篇一律的教科書……

自從他的愛人在清算時揭發他的罪惡以後，他對女人早已沒有信心。那個愛人是當他是革命的歌手時同他戀愛的，後來他被判為出賣革命的個人主義者，他的愛人清算他。接著他進了集中營，聽說她做一個市長的愛人去了。以後就沒有她消息。

他不想結婚，但是鵑紅，鵑紅，……她，她並不美，但有一種吸力，一種性的吸力，一種……，他不能說不愛她，如果不愛她，他就不會恨她，也決不會有這樣大的妒嫉。他覺得他還在愛她。

他吸了一枝煙，他想到自殺。

他走到桌邊，看看酒瓶。如果他倒一杯來喝，只要倒一杯，他也就會倒在這裡死了。但是他為什麼要死在他們的中間？他有他的死法，他想了很久的死法，一種最完美的死法；在大海中，躺在海水上，望著天空，吞服了安眠藥。他死在大自然中。

想到安眠藥，他有，那是為一個到越南做生意的朋友買的。他們合伙做生意，買了各種維他命丸、消炎片、肺病特效藥、安眠藥，一次一次的帶去，貨物都放在他手邊。

他到了寢室，從櫃頂裡找出兩瓶安眠藥丸，不大，很輕便的就納入了口袋裡。

他頭腦很亂，但也不想什麼；他開始把三具死屍拖到鵑紅媽媽的房內。他把門關上，上了鎖。現在他覺得房子裡好像清淨許多。他到書房裡，拿出銀行存摺，那裡有兩萬兩千多元，他還有一個活期的存摺是二千多元，另外是口袋昨晚贏的錢是三千多元。他把存摺與現款三千元放在一起，用封袋裝了。上面寫了盛嫂的名字盛蓮娟收。

他開始寫遺書，寫了多次，都覺得不好。最後他留下來的一張，是這樣寫的：

妻與人通奸，我毒殺了他們。但也誤殺了妻的母親。

我自己也甘心就死，可慰的是我已經比他們活得長久了。

我的財產，全部贈給盛嫂，因為她曾經很忠心的在我家打工多年。

他簽了名，又讀了幾次，最後他又在盛嫂下面注了一句：即現在在後座黃幫辦家打工的女傭盛蓮娟。

他把它放在桌上，用墨水瓶壓了。

他在書桌前坐了好一會。他想怎麼樣去通知盛嫂一下，或者先讓她知道他們的死去。後來想想，覺得這樣做，一定會使她驚惶得無法控制，可能會弄得什麼都顛亂了。盛嫂如果早知道他想回來一趟是為放毒藥，一定會阻止，現在告訴她，她自然要後悔把他們通奸的事情告他了。

他胡思亂想了好一回，才注意到外面的陽光已經普照了冬天的香港。他想到這時的海上是非常遼闊光亮與美麗的。

他起身。關上書房的門。到寢室裡，換了一套衣服，又鎖上寢室的門。

他這才慢慢的出來。到了樓下，他想到了張洪記士多。他去彎了一下，這時候，伙計已經開門了。他進去關照了一下，說張母同她女兒昨天晚上去澳門，也許明天才回來，叫他們不要等她。他說完了，還買兩包香煙，這才走出來，到他泊車子的地方，上了車子，一直開到了深水灣。那裡有一個他去過多次的山巖。

十

浴在陽光中，坐在石巖上，望著淡藍色的天，望著深藍色的海，余靈非忽然覺得周圍的景色竟是他從來都沒有注意到的。藍天上的白雲，藍海上小小的白帆，樹上偶爾飛鳴的小鳥，黃色白色追逐飛翔的蝴蝶，甚至枯曲的小草，黃色的泥土，一瞬間好像都同平時兩樣，呈現著一種說不出的色澤與韻律，來逗引他的愛戀與同情。

「這世界是值得留戀的，究竟！」

這一想，使他想到佛教中修道的「凡念」。

據說目蓮的母親貪食，殺生太多，墮入地獄。目蓮把他母親從地獄裡救出來，路上，看見一群雪白的天鵝在天空中飛過。目蓮的母親忽然想：「這天鵝肉的滋味是多麼美妙呀。」就這一念，她又重新墮入了地獄。

他為什麼對世界又重新留戀，這不是正如目蓮母親的一念嗎？

他已經交代一切。他已經結束一切。他的一生已經失敗。人生正如賭博，像昨夜一樣的賭博。

一個人不過是幾張牌，翻了一張，又翻一張，翻完了就再沒有什麼可自欺欺人了。革命的歌手，是騙人的把戲，音樂藝術，是自欺的玩意。他沒有天才，不會再有成就，改行已不可能。

每天教同樣的教科書，一二三四五六七，七六五四三二一，到老到死，一個人……

他想這時候可能有什麼人去找鵑紅的媽，或者有什麼人打電話給鵑紅，但沒有人應，也許都出去了。不會有人去追究，一定要過了兩天，也許三天。三天，是的，學生們也要來了。因為他告許他們去日本大概一星期。那時候人們都會奇怪，於是破門而入，或者……，總之，至少是三天。

三天，他為什麼不再活三天，索興再去澳門，他可以帶一個舞女同去，他可以在那面盡情作樂，然後，他再離開這個塵世。

想到去澳門，他忽然想到他沒帶錢，他身邊只有幾百元現金，所有的錢他都包在封袋裡留給盛嫂了。

難道他應該再回去拿去？他覺得他與家已經脫離，他已經結束了那裡的一切。他沒有勇氣再去回顧，再走進那死了三個人的房子了。而且，也許這時候已經被人發現了，他去不正是自投羅網了嗎？

但是去澳門，他至少要有幾千塊錢。

他想到了汽車。對的，他可以把汽車去押掉，他有車照與駕駛執照。少說說也可以押三千塊錢，即使押二千五百元，那也夠了。他知道一個專做車押生意的商人，是一去就可以辦妥的事。

想著想著，他無意識的站了起來。但是他沒有馬上就走，偶然望下去，他突然看到巖腳邊站著一個穿白衣服的年輕的女人，仔細一看，像是他的學生林素慈。她怎麼會一個人在這裡？

恐怕是認錯了人，再細認一下，覺得真是林素慈，他想叫她，又覺自己多事。既然是為自殺而來，還去招呼人幹嘛？

但是她為什麼一個人在這裡？是不是旁邊還有別人？一個男朋友？管他呢，我還是去押車子，馬上去澳門。

但是，他看到林素慈用手帕揩眼睛，顯然是在哭泣。剛在他想看仔細一點的時候，不知怎麼，林素慈竟縱身跳海了。

在這山巖的下面，並沒有沙灘。他一看林素慈下去，就看出她不會游泳，身體馬上無法平衡，任水流把她拋送。

他很快的從山巖上找坡路爬下去，連跳帶攀，彎彎曲曲的達到了林素慈所站的地方，那裡離水面大概有五、六尺的高度，他脫下上衣，看林素慈已經在三、四丈外浮沉掙扎，即縱身入海，游泳過去。

他的游泳技術本來是有訓練的，他很快地抓到了林素慈，重重地拍她的臉，用對吻幫助她呼吸；看她稍有知覺，教她怎麼樣讓他挽著她。林素慈已經不會說話，但顯然還聽得懂他所說的。

余靈非原想游回原處，但水中暗流很急，這時候已把他們送到很遠。他只得順著水流游向另一個地方。他知道海灘是在右邊，大概有四百碼的距離。他就決定向那面游去。

四百碼的距離並不遠，但第一水流很急，第二是他帶了一個林素慈。他設法脫去長褲，挽了她的手臂與水搏鬥。

海水並不太冷，太陽很強烈，平面看過去，有一串一串金光。

他掙扎了大概有十五分鐘的時間，看看離目的地似乎還是這麼遠。他必須照顧林素慈有點機會呼吸，又要不許她亂動，他力求鎮定，使自己的力量不至浪費，這樣又游了十五分鐘，比剛才似乎稍有進步，但是他已經感到很累，他很怕他會無法支持下去。

於是，他聽到了一聲汽笛的聲音。順著汽笛聲望過去，遠遠的駛來一隻汽輪。他希望它會駛過來，他希望它看到了他的掙扎而來救他。他極力支持自己，並且設法游向汽輪。

汽笛聲叫得更響了，並且一個接一個，他知道這汽輪真是來救他了。

終於汽輪在他前面慢下來。上面先拋下救生圈，他挽住了救生圈就好像不能再動。於是汽輪上有人就把他們救上了船，厚厚的氈子裹在他的身上，把他安放在甲板上。他不知林素慈是否還醒著。他一時不想說話，也不想思想。

他意識到許多人在他周圍，有人端了一杯白蘭地給他。

白蘭地，他喝那杯白蘭地，突然想到他自己家裡的白蘭地，他想到他毒殺了三個人，他想到自己原是來自殺的。

一個中年人過來了，他說：

「謝謝你，先生，你救了我女兒的命。」

「啊，余先生，是余先生。是素慈的鋼琴老師呀。」一個女人的聲音，兩條胖胖的小腿在他的眼前，她似乎蹲了下來：「余先生，你也許不認識我了，我是素慈的母親；第一次是我帶她到您那裡去的。」

「素慈，怎麼回事？」

「還不是小孩子糊塗。謝謝你救她，你不但救了她還救了我，不但救了我，還救了她的表哥。你知道我們都愛她，她要是一死，我們也一定活不下去了。」

素慈的母親忽然哭起來，這時有一個年輕人過來了，高高的個子，他彎下腰來勸慰素慈的母親。余靈非突然想到了梁占棟……他想到他毒死了三個人……

「先生，你真的救了我們三條命。」余太太一面揩揩眼淚，一面又說。

「那麼，你們怎麼找到我們的？」

「素慈留了絕命書，說她只好跳海自殺了。我們報告警察，請他們派了水警輪來找。我們知道她所喜歡與熟悉的幾個海灣。」

「水警輪？」余靈非不覺吃了一驚，他彎起身子。

「姨媽，讓他休息一會吧，不要再同他講話了。」是那個高個子的青年在說。

「余先生，謝謝你。」林太太一面走開去，一面又說：「你真的救了我們三條命。」

「啊，啊……」余靈非想的是他毒殺了三條命，也是一個母親同一對情人。

這時有兩個水警過來了。他們想知道余靈非的是什麼呢？

他相信他們一定還沒有發現他家裡的死屍。但是他忽然想到他的安眠藥。

安眠藥，兩瓶，是的；在他的上裝袋裡。

而他的上裝，他在入水前脫了，拋在巖岸那面。

……

一九六八，六。

蓋棺論定

帶小孩子去看戲與看電影，他總是要問戲裡哪一個是好人，哪一個是壞人；有時候弄得我實在沒有法子回答。在社會裡，人們對於好人壞人的分別也沒有什麼標準。但無論如何，好壞的說法總有一個原則，不會把太好的人說成太壞。

中國還有一句古老的話是「蓋棺論定」，就是一個人死了，才可以有公正的定論。這也就是說，普通想利用他或奉承他的人也會說出老實話了；而人們根據他一生的事跡與行為，就可以給他一個公正的評語。這些想法都像是很有根據，但有時候竟毫不可靠。現在所要講的就是我的朋友朱正先的故事。

一

朱正先是我在抗戰時候認識的朋友。那時候，我們都從上海撤退到後方去，經過金華，大家在那裡等車子。當時的交通非常困難，我們每天就是向貨車打聽，出高價去擠一個位子。

朱正先同我一起住在一個小旅館裡，由交談而認識，大家一起逃警報，找車子。在這樣的困難的時日，有一個朋友搭檔互助，自然彼此有個照應。不幸，我忽然病倒了，那裡沒有什麼醫生，旅館掌櫃介紹了我一個中醫，我就只好吃點草藥。

就在那時候，金華忽然緊張起來。當局預備撤退，軍警天天催我們快點疏散。朱正先那時忽然找到了一個貨車上的車位，但是他因為我病在那裡，不忍先走，一定要陪我在一起。我與他不過是萍水相逢的朋友，所以不願牽累他，叫他不要放棄這個機會。他徬徨了一夜，第二天風聲更緊，有人說日本人已經逼近了。那天他一早出去，回來的時候說他已經放棄了那個車位，他決定伴我到一家鄉下農家去住些日子，索性等日本人來了，將來再找機會出去。

我們到鄉下一家農家住了五天，他天天進城去打聽消息，但是日本人竟沒有馬上進攻，而我的熱度已退，朱正先居然買到了兩個車位。我們於第七天離開金華。

我對於朱正先的見義勇為，重視友情，衷心自然非常感激。以後我們就成了很密切的朋友。我有許多事都同他商量，他有困難也總來求我幫忙。

到了桂林以後，我因為要到外交部報到，所以要去重慶。朱正先則因為有朋友相約作從淪陷區採購貨物到自由區的生意，他就決定再回上海去，但他沒有資本。我說我在上海存有二十幾箱書，反正運不到內地，他可以賣去充資本。將來他如賺了錢，再謀還我好了。我當時就寫了一封信給我一個親戚，交朱正先去領我的書。

朱正先去上海後一直沒有消息。我的親戚則來信，說我的存書已經交給他了。日子一多，我也把這事情忘了。但是一年半後，朱正先忽然在重慶出現了，他的身體壯健，面色紅潤，口吸雪茄煙，舉動豪闊，談吐爽朗，一看就是發了點財的樣子。他來找我，對於我的書籍一字不提，只約我一起去吃飯。在吃飯的時候，他說，他知道公務員生活很清苦，說我如果要錢的話，儘管問他拿。我說，我一個人生活很簡單，住職員宿舍，每天辦公，收入雖微，馬馬虎虎還能生活，只是我不久就要結婚，情形恐怕就不同了。

他聽到我要結婚的消息，就要知道我的情人。我說她是我的同事，叫李相玉。當時自然是我付賬，但他一定要在晚上請我與我的情人吃飯。

在吃晚飯的時候，不知道怎麼我們談到結婚最大的問題就是房子，因為當時重慶人多房屋少，不但租金高，有的還要很大的頂費。朱正先當時就說他有房子可以給我住，地點是在上清寺。

第二天他就帶我與相玉去看房子，那房子是樓上三間，樓下四間，周圍則有一個相當大的花園，他說隨便我要樓上或樓下。我問他租金多少，他說這房子是他自己的，他並不想出租，只是借給我住。他說三個月後，他也要來重慶定居，他在桂林的家要搬來，那時候我們住樓上樓下，可以常在一起。

這是我第一次聽說他在桂林有一個家，但是我沒有問他什麼。我當時就接受了他的好意，但說定租金一定要讓我付一點。至於樓上樓下，請他指定，因為老實說，這房子是已經遠超一個公務員的想望了。

二

我結婚後，就住在上清寺朱正先房子裡。我住在樓上。樓下的房子則一直空著。朱正先忽然又去別的地方，隔了三個月果然帶他太太回來，搬進了我們的樓下。

他太太是一個年輕美麗的女孩子，有一個英文名字叫安妮，我們熟了以後，都叫她安妮。相玉和安妮相處得非常好，但我們並不是常常在一起。朱正先的生活圈子我的完全不同。他交際廣闊，生活豪奢；家裡有兩個佣人，常常請客、打牌。我們是窮公務員的生活，相玉與我每天出去辦公，早起早睡，往還都是一些舊同學與同事。相玉是一個極為普通的女人，她在我們這樣清苦的收入中，還要謀積蓄，一五一十的計算著，存在銀行裡。安妮則並不做事，幫她丈夫交際應酬，打扮入時，晚起晚睡。她是中西女塾出來的，所以很會講幾句英文，家裡有時也招待一些洋人。

我們的花園，自從朱正先搬來後，布置一新，春天裡花開得很好。安妮很喜歡花，因此常常叫佣人送一點給我們。後來他們還養了一隻洋狗，叫阿狼。

一年以後，相玉與安妮都有孕了。起初還談到一起進醫院一類計畫，後來朱正先很突然的告訴我，他的經濟情形有了變化，他要搬到昆明去住，他的房子想賣去。我當時非常詫異，但是因為我對他的生活完全不了解，也無從問他究竟。我所想到的，是我必須早點找房子搬出去。

大概隔了一個月，朱正先真的摒擋一切去昆明了。我們搬到一個較小的房子去，幸虧相玉知道積蓄，所以也付得出少數的頂費。相玉與安妮起初還通信，只知道安妮在相玉分娩後四天，也養了一個孩子，名字叫做朱綸。以後，就慢慢地再沒有消息了。

相玉有了第一個孩子，名字叫做足慶，這自然是為她在重慶出生的關係，小名叫慶慶。有了慶慶，相玉自然忙了，也再沒有寫信給安妮了。

以後生活變化很大。我被派到美國，相玉則在重慶獨居。勝利後，相玉把慶慶托給在上海的母親，自己也來美國。當時時局很亂，我們在美國住了幾年，最後是慶慶跟了她外祖父到了香港，我們也於五〇年搬到了香港。那時足慶已經十三歲了。

於是，有一次，記得是一九五三年秋末，當我從香港過海的時候，在九龍輪渡過道上，忽然有一個人從後面追上來，拍我的背。我一看，不覺吃了一驚，是朱正先。他還是壯碩的身材，紅潤的面孔，但兩鬢已經斑白，肚子像大了很多。

「老徐，」朱正先的聲音還同以前一樣，他握著我的手說：「是你，果然是你，你沒有變。」

「我已經老了。」

「老了，你怎麼說這話，我才真是老了。」

「我們一別真是很多年了。」

「十年，足足十年。」他說。

「你好嗎？」我說：「現在你有空麼？我們先去喝一杯茶談談。」

「好極，好極。」他說。

我們當時就到彌敦道一家咖啡店裡，一談就是兩個鐘頭。

談到安妮，說她很好。他們的大孩子已經十七歲，去了加拿大，第二個孩子朱絳，是一個女的，在香港讀中學。安妮於一九四七年到了香港，就一直在香港，朱正先則於安頓了安妮後又回到上海，到一九五一年底才出來。

談到上海，朱正先說他的十分之八的財產都在那面，現在是只好全部放棄，他想再沒有機會回去了。

談到我與相玉，他勸我有機會還是去美國、英國，或者南洋一帶；香港這地方地小人多，又是做生意的世界，對我們來說，不會有什麼前途。

我們第二天一起吃飯，相玉與安妮見面自然非常高興。以後我們常有往還。

大概兩個月以後，朱正先說他有機會做生意，只是缺少本錢，希望我同他合作，作為借款作為投資都可以。我同相玉商量，相玉想到當年我把上海存書給他做生意，後來在重慶住他房子，一點租金都沒有付，覺得他是一個夠朋友的人，我們當時就決定把我們多年來所積蓄的錢給他一半，算同他合伙。

朱正先收了錢，就同我簽了一個合約，我們成立了協記進出口公司。以後他在做什麼生意，我都沒有去過問；倒是相玉比我了解得多些。

一年以後，朱正先經濟情形忽然有了改變；他搬了房子，買了大汽車，雇用了司機，安妮也像在重慶時候一樣，天天應酬交際、打牌。她同相玉因為生活不同，所以來往不多。

這樣隔了一些時候，於是有一天，朱正先同我說，我們的進出口事業已經很成功，上次借我的錢可以還我；不過他希望擴充資本，他還我的錢可充作我的加資，那麼我的資本成為三萬五千元，而他另外投三萬五千元進去。他計畫擴充寫字樓，請相玉到裡面去做事。

我們一切都聽從了他。年底我們分了一萬元的紅利，相玉薪水支一千元一個月，所以我們合作得很愉快。朱正先的排場應酬交際豪闊，這些錢都是出公司的賬。有人把這些話同相玉講。相玉同我講，我說這些話有挑撥的嫌疑。像朱正先那樣有能力與氣派的人，排場應酬交際都是應該的。只要公司賺錢，一切由他去做好了。這樣過了一年多；我因為有機會去澳洲教書，所以就離開了香港，很少有朱正先的消息，但第一年年底倒有一萬元紅利寄來。

我們在澳洲匆匆兩年過去了。我一直想寫封信問問朱正先與公司的情形，後來因為想在假期中回香港一次，覺得索性見面再談好了。誰知我們剛剛放假，正預備來香港前夕，突然接到安妮的電報，說朱正先患心臟病逝世了。我聞悉後，只得提早回港；相玉則因為有孩子等雜務，仍逗留在澳洲。

三

我到了香港，馬上去看安妮。

安妮粗壯了許多，她的女兒朱絳則長得秀麗出眾，非常像當年在重慶時候的安妮，她們都帶著孝，但並不十分悲傷。

朱正先喪事在殯儀館進行，一切都由他公司裡的幾個職員在辦。朱正先臨終時受洗，成為基督教徒，他們在基督教墳場裡安排了一個墓穴。

安妮同我談到我們協記進出口公司的事，她說公司的賬目都在麥炳會計師事務所清理中。她說，她想把這個公司交給我，如果我不想辦，那麼還是結束算了。她自己想同女兒，搬到加拿大去，因為她的兒子在加拿大已經大學畢業，進了一個工廠做事了。

我與安妮談了一個鐘點就出來了。

第二天是大殮的日子，我到殯儀館參加祭奠。那天天氣很熱，來賓又多，但是我認識的人很少。公司的職員對我也不認識。我致禮後有許多感慨，坐在旁邊看三三四四的人們進來弔唁。

儀式開始時，是由一個牧師致唁辭，大概是說朱正先現在已經在天國裡安息，因為上帝對他的慈愛，在他臨死時使他看到主的意思。他一生沒有接觸過福音，但在他死前一瞬，他竟豁然認識真主，及時皈依，這可見朱正先一生做人的正直與慈愛，上帝早就注意到，而在他臨終時給他最大的恩寵，使他能平安地進天國……

牧師講完後，有一位姓許的，是朱正先的表弟，他是在一家船公司任職的，報告朱正先的生平。他特別強調朱正先對朋友的忠信，與抗戰時的功績。說他多次冒著生命的危險把物資運到後方，他舉了一二個例子，形容他的勇氣與魄力。怎麼樣在許多困難的情形下，把淪陷區的物資搶運到自由區。

儀式最後是瞻仰遺容。

我與朱正先一別只兩年多，想不到再會的時候，他已經是躺在棺材裡了。人生真是一場春夢！我望著僵木的屍體，回想到我們的過去，心中有說不出的悲傷。

瞻仰遺容後，許多來賓都散了，我本想跟著去送葬，因為人多雜亂，我又為兩天的勞頓，感到不適，我想還是隔天伴安妮獨去憑弔，所以當時就一個人出來。

走出嘈雜的馬路，我感到非常口乾，就到了一家咖啡館裡去喝茶，也是借它冷氣來避暑。咖啡館門口有一個報攤，我就順便買了一份報紙。

坐在咖啡座，翻閱報紙，無意中看到了朱正先家裡的訃告。出我意外的是他卻有四個孩子，兩個男的，兩個女的。因為我一直只知道兩個，一個男的叫朱綸，一個女的叫朱絳。現在訃聞上另外兩個，一個叫朱經，一個叫朱緯。兩個名字排在朱綸、朱絳的上面，看來一定比他們大了。

就在我看報的時候，外面有兩個人進來，坐在我前面卡位裡。起初我並不注意他們，後來聽他們突然談到朱正先，我知道他們也正是從殯儀館出來的弔喪者。一個是五十多歲的人，穿一襲米色的襯衫，方方的面孔，半禿著頭；一個是四十幾歲瘦長的人，穿一襲深灰西裝。

「真想不到朱正先死得那麼快。」那位年紀大的說。

「他是五十六歲，是不？」那位年紀輕的說。

「我算他有五十九歲了，到香港來的，都騙了些年紀。」

那時侍者端了兩杯咖啡給他們，年輕的喝著咖啡就問：

「你認識他很久了？」

「我在抗戰時候認識他。」

「什麼搶救，還不是自己做生意。」那位年長的笑著說：「那時候，內地物資缺乏，大家在淪陷區搶購物資，到後方賣去，那真是一本萬利的生意。」

「那麼日本人呢？難道許你這樣搶購物資？」年紀輕的說。

「哪裡，還不是通過漢奸送錢，朱正先那時同一個姓陸的溝通，他們買通日本人，做這項生意，發了不少財。可是姓陸的在上海，勝利後變成漢奸，被判了終身徒刑，而朱正先則變成愛國志士了！」

「你是說，他並不是像今天那許先生報告的，是存心為國家搶運物資了。」

「還不是那麼回事！」那位年長的微笑，吸起一支煙，又說：「一個人都是運氣！」

「那麼你是說一個人做好人壞人也都是運氣。」

「好人壞人有什麼標準？多少人外表看起來是好人，骨子裡往往是一個壞人；還有許多人表面上行為是壞人，可是倒有一顆很善良的心。尤其是現在什麼都沾上政治，好壞的分別就更難說了。」

「你這種說法，就有點玩世不恭了。無論如何，一個人是好是壞，我想一般說起來，總有一個客觀的標準的。」

「哪有什麼標準？我不相信什麼宗教，但是一個人的好壞，真是只有上帝才可以知道。」

這時候，外面有幾個吵吵鬧鬧的青年人進來，我就聽不很清楚了。

我坐了一會，付了賬出來，就回到旅館。

四

晚上，我去看安妮。我原是想去安慰安慰她，誰知她竟是非常堅強。她見我去了，就同我談我們的協記進出口公司，她說：

「正先真是對不起你，這個協記公司的錢，我想他都用掉了。這幾年也賺了不少錢，他給你的，比應該給你的十分之一都沒有。」

「人也已經死了，還有什麼可說呢！我的資本能夠不賠去，已經很幸運了。不知道這次結束是不是還有錢分？」

「能夠不要虧空就很好了。」

「那麼他把這許多錢花到哪裡去了？」

「誰知道他。」安妮說：「他把我的錢都弄得精光，要是不死，我想情形更不得了。」

「你的錢？」

「我一直沒有告訴過你。我們結婚以後，我的錢都被他用去了。他可是騙著我，他在上海有太太還有孩子。」安妮怨恨似的說。

我當時想到昨天在報上所見到的訃聞上的另外兩個孩子的名字，那當然是安妮所指的另一個太太所生的了。我感慨似的說：

「你們在重慶時候，好像你並沒有提起過。」

「我到了香港還不知道。他把我安頓在香港，自己去了上海三年，一點消息都沒有，我自己做事，養這個家。」

「後來……？」

「後來，他出來了，兩手空空，就住到我的地方，現成做主人。」安妮說：「我們碰見你，就在那個時候。由你的幫忙，他才又重新建立起來。」

「協記公司做得不錯，那也是他的本事。」

「後來你們走了，他的上海家就搬出來了；我經公司職員知道這件事情，就要同他離婚。他不肯，但是我們的夫婦關係也就完了。」

「現在，他們在哪裡？」

「前年那個太太過世了，兩個孩子也都送到美國去了。」

「那事情也算過去了。」

「可是我沒有再同他在一起。你想想，他在上海三年都不管我，家裡有太太，騙了我十多年，我對這樣一個人還有什麼感情。我要離婚，他不肯；我要他把以前用去我的錢算還給我，他又不肯。他自己又賭錢，又玩舞女。你想想他這個人。」

「我想不到你們感情會變得這樣。」

「我的一輩子被他害成這樣，還談得到什麼感情。」

安妮很氣憤的說著。我覺得安妮同重慶時代的安妮似完全不同了。

我們談了一會，我就告辭了；我當時心裡非常難過，怎麼朱正先在安妮的眼中會是這樣無情無義的人呢？

關於協記公司，賬目都在麥炳會計師樓裡，我想何妨直接同麥炳會計師去談談。

我到會計師那裡。麥炳先生知道我是從澳洲回來的，對於公司情形完全不知道，所以很合作的告訴我一切。他說照現在的看法，協記的結束是很可惜的事。如果你們不要辦下去，何不問問職員中有沒有人想要，頂讓給他算了。現在的情形，要結束還需要一、兩萬元現金；如果有人辦下去，這現金就不急。照他說是協記年年都是賺錢的，是朱正先個人這樣虧空下來的。現在如果有人好好做下去，這還是一個很好公司。

從會計師事務所出來，我去看安妮，安妮不在，但她的女兒朱絳在家。朱絳長得很像重慶時代的安妮，她很會交際。我與她談了許多學校裡的情形。後來我同她談到她的父親。她說：

「我是靠我母親長大的，同我父親可以說很少接近。我像是一個沒有父親的人；不過我從母親的苦難中，知道他是一個冷酷的自私自利的人。」

「為什麼這樣說你父親呢？我想他對自己的子女總是愛的。」

「他用去了母親很多錢，不但不還，而且家用也不給，他自己外面同一個舞女同居。」

「同一個舞女？」

「可不是，他們都知道。」

「誰？」

「公司裡的人。」

「你母親也知道？」

「自然知道。他的家搬來後，母親就要同他離婚，他不肯離：但也沒有再同我們來往了。只是每月給我們很少的家用。」

「你哥哥在加拿大，是你父親供給的嗎？」

「他向我父親要，父親給了他一筆旅費，以後一直在那面半工半讀，也很少再去接濟他。」朱絳說：「可是我父親自己的生活就非常奢侈。」

朱絳還是中學生，但是談話的態度竟像一個成人。我們談了不久，安妮就回來了。我把會計師那裡的話告訴安妮，要她同公司的高級職員商量，最好把公司支持下去。

之後我們又談到朱正先。安妮從朱正先在桂林用她的錢，騙她結婚種種，談到朱正先去上海時，她介紹她的舅父給他讓他們合作走私的生意。這走私的生意自然也就是別人所說的搶運物資到內地的愛國行為。可是勝利後，她在香港，她的舅父被判為漢奸，兩個廠同幾宅房子，都是朱正先接收去的。

我當時想起那天殯儀館出來，在咖啡館裡所聽到的兩個客人的談話，記得那個同朱正先合作的是姓陸的，因為我就問：

「你的舅父，是不是姓陸的。」

「是的，他是我的舅舅，是我介紹的，他在淪陷區很有點關係。朱正先有了他的合作，通過他才做起走私的生意。」安妮說：「他後來做了違背良心的事，可是一直沒有告訴我。你看他是什麼樣一個人！」

我當時覺得一個人死後是非似乎比活著還難算清，因此關於朱正先的為人，我也越來越糊塗了。所以當時我就用別種話題把問題支移過去了。

五

我為料理公司的事情，在香港待了兩星期。

公司裡一個姓張的職員，對這協記很有興趣，同我計畫很久，大家努力找了一點股子，成立一個有限公司，由這位張先生繼續辦下去。

就在這個期內，在美國的朱緯——朱正先第一個太太的女兒，突然回到香港。她同我不認識，所以由麥炳會計師介紹，同我見面。

朱緯是一個三十歲左右的女人，她在美國已經結了婚，丈夫是學工程的，在一個工廠裡做事。她也已經有了一個孩子。她說她哥哥因為工作忙，無法回來，所以只好由她回來一趟。

她說，她一直聽她父親談起我，知道我是她父親的好朋友。她想多知道一點她父親的事情，她可以寫一篇紀念她父親的文章。

我同她談了很久，又陪她去瞻拜她父親的墳墓。我建議她也可以去同安妮談談。但是她不想與安妮見面。她說她父親的死大半是安妮逼死的。

據朱緯所說，朱正先與安妮的關係，好像同我了解的很不同。

安妮在桂林時候是一個交際花，她知道朱正先那時同公路上的人很熟，又有一批跑單幫的朋友，她就同他搭上了，要他到上海，同她舅父合作走私。

朱正先到上海後，就同她舅父那位陸先生合作走私，大家很發財。勝利以後，姓陸的以漢奸罪名被控，朱正先為了營救他，把自己的財產都用盡了，回到香港後，還一直匯錢給陸某的家屬。但安妮說他侵占她舅父財產，要他賠還。

朱緯又說到她母親同她哥哥對父親很同情。雖然一直不同朱正先在一起，但朱正先對家裡一直照顧得好好的，後來上海情形不好，朱正先叫她母親大家搬到香港，這就引起了安妮的妒恨，操縱協記公司的財政，所以朱正先一直很痛苦。她母親死後，朱正先就把朱緯兄妹送到美國讀書，自己就過著一個人的生活，自然難免另外有女人。

朱緯於是說她父親是一個了不起的好人，處處都為別人想到；但因為人太好，有時候就為感情所累。

朱緯並不想過問她父親的財產與協記公司，她說他們已經在美國，也許一輩子也不會回中國大陸了。她對父親也無法表示一點孝意，所以想為她父親出一本紀念集，希望我可以幫她忙。紀念集裡除了她自己要寫的紀念文以外，她哥哥自然會寫一篇，她希望我也可以寫一篇文章。她還想收集一些他父親的照片，以及他一生的事跡。她托我在香港為她編印，印刷費多少，她可以同哥哥來負擔。以我與朱正先的友誼，對於這點事情當然是義不容辭的。

朱緯在香港住了兩星期就回美國去了。我們一直有聯繫。

現在這本紀念朱正先的紀念集也出版了。

內容有朱緯同她哥哥朱經的文章。我寫了一篇回憶與朱正先友情經過的文章。我還請了那天殯儀館的牧師寫了一篇文章，因為他認識朱正先也有好幾年，而在朱正先臨死時為他領洗的。我自然還約了那天報告朱正先生平的許先生寫了一篇朱正先的生平。那位許先生是朱正先的表弟，他那裡還有好幾張朱正先童年、少年時的照相，我也把他編印在一起。據許先生說，他們還有一個同鄉前輩，是教朱正先書的，我因此也同許先生請他寫了一篇關於朱正先的童年，文章裡也特別談到朱正先童年時的聰明、勇敢與負責。

這是一本很像樣的紀念集，我們分發給許多朱正先的親友。

這總算把朱正先的一生「蓋棺論定」了，雖然沒有安妮與她孩子的文章。

因為安妮後來去了加拿大，我也再沒有她的消息了。

一九六八，八，二三。上午。香港

花神

一

阿福是一個高高瘦瘦的人，他在我伯父家裡種花。我不知道他們是怎麼認識的，只記得我伯父那時有一個花園，裡面種滿了奇花異卉，阿福就住在那個花園裡，兩個人整天弄花。可是我伯父是一個公子哥兒，他的興趣常常改變。後來聽說對一個女戲子發生興趣，他就不再玩花，他把花園交給了阿福。阿福以後就專心經營這個花園，靠移植、分盆、接種來發售賺錢過活，為我伯父維持了一個非常美好可愛的花園。那時候我才八歲，常常去玩。我叫他阿福叔，他對我很好。但是有一次我沒有得他同意，摘了幾朵月季，他一時大發脾氣，打了我一頓，我頸上被打青一塊。我哭著回家，告訴我母親，母親告訴伯父，可是我伯父輕描淡寫的說：

「阿福太喜歡花，士奇採了他的心愛的異種，所以……也難怪他。」

我母親當時很生氣，以後就不許我再去伯父的花園，我很少再見阿福。伯父死後，阿福也離開伯父的家，以後沒有人談起，我自然也把他忘了。

我長大後，到上海附近一個叫真如的地方讀大學。有一個星期日，我偶爾在學校附近散步，發現了一個花園，圍著短籬，門口木柵上用樹枝綴成「福園」兩個字。我看見裡面花卉開得很茂盛，就進去隨便看看。我忽然看到阿福正在花園角落裡剪花。他雖是老了不少，頭髮也白了些，還戴了一副眼鏡，但是我一眼就認出是他。

「你不是阿福叔叔嗎？」我說。

「啊……啊！」他站起來，用手推起眼鏡說：「你是……？」

「我是士奇，你不記得了？」

「啊，士奇，對啦，你已經是大人了。」

「我現在就是在暨大讀書。」

「那好極了，那麼就是我的鄰居了。來，來，裡面坐。」

他說著摘下眼鏡，帶我到裡面去。

穿過了花架、樹木、盆景、石岩等，我看到前面三間平房。中間一間是起坐間也是客室，我們在那裡坐了好一會。

他告訴我，他離開我們家鄉後，曾到上海沈家花園裡打工。後來自己買了這個小園子，就沒有離開過。他一直沒有結婚，一個人靠賣花過活，甚為安詳。他現在有一個助手，也可說是學徒，是一個十七歲叫做三元的孩子，幫他做一些事情。他說，三元是一個半啞子，說話不清楚，但是人倒還聰明。那天三元正去上海買東西。我談了一會，告辭出來，他約我明天一起去吃飯。

這就開始了我與阿福的交往。

當他與我伯父在一起的時候，我才八歲，他是三十一歲，我們沒有法子做朋友；現在我是二十二歲，他大概是四十五歲，我們竟有許多話可談。

第二天我去吃晚飯，阿福自己燒了幾樣菜，大家喝了點酒，我們一直談到十二點。主要的是談我伯父。我的伯父是一個聰明人，但在我們族中大家都認為他是個敗家子。他玩牌、玩花、玩鳥、玩狗、玩馬又玩女人。他把他家裡相當大的家產都玩光，玩光了就死去。所以在我們家鄉，沒有一個人稱讚他的。可是阿福對我伯父則非常稱讚，他說我伯父是一個了不得的人，是一個聰明絕頂才華蓋世的人。他並且談到他與我伯父在一起時候的有趣生活。他說有一次，天下大雪，他們在寧波的一家花園裡看到四株梅花。這四株梅花格式一樣，但是四種顏色。我伯父想買，但是需要兩百四十塊錢，我伯父身邊錢不夠，他就脫了身上的皮袍子，當了二百塊錢，把梅花買了回來，第二天，我伯父就病了一場。他又說到我伯父玩鳥。因為一隻心愛的鸚鵡死了，他就把所有的鳥送給一個和尚的故事。他講了許多有趣的事情，證明我伯父是一個不平常的人。他還從箱子裡拿出我伯父寫的字與畫，他說我伯父如果肯專心畫畫，他就會是畫家，專心寫字，也就會是書法家，只是因為他把什麼都當作玩玩就算了，沒有恆心，所以沒有成就，可是也因此他就成了一個了不得的人。

自從那次以後，我就常常去看他，我們成了很好的朋友。他除了花以外，只是喜歡喝一點酒，他雖懂得種花，但不會燒菜，我去看他，有時候就邀他到外面小飯館裡去吃飯，有時候就帶一點酒菜去。在他的花棚下，我們常常一面喝茶，一面聊天；慢慢地我就發現了他也正是一個很不平常的人。

我同他交往了幾個月以後，我忽然發覺他在喝了幾杯酒後雖是談笑風生的人，但是從來沒有同我談到關於「花」這個題目。有時候我偶爾提到，他也總是避開不談。

於是，有一次，我看他很高興的時候，我認真地問他：

「我可以問你一句話嗎？」

「自然可以。」

「我好幾次同你談到花，你總是避開這個題目。」我說：「你是不是覺得我不配同你談這個題目？」

他聽了我的話，臉上露出漠然的冷笑。於是，點點頭說：

「對於花，是的，你太外行了。」

「自然，我希望你教導我。」

「真的？」他忽然說：「你想正式拜我做師父？」

「你本來是我伯父的朋友，是我叔叔。」

「可是，不瞞你說，你伯父也是正式認為我是師父以後，我才同他談到花的。」

「那麼你要我下跪來拜你嗎？」我說。

「不是這樣。我是要你有誠意。」他忽然說：「誠意，你知道嗎？你知道你伯父，他的偉大的地方就是誠意。他愛玩女人，可是他從來不把女人當玩物。他喜歡一個女人的時候，他什麼都奉獻給她。他一喜歡，他把普通的妓女當作仙子。當他玩鳥的時候，他半夜三更都起來侍候鳥；當他玩花的時候，他可以為一株花三天三夜不睡覺。這就是你的伯父。你要懂得花，你要認我為師父，你就要誠心誠意的聽從我的教導。」

「自然，」我說：「我對於花可以說完全外行，怎麼會不聽你的教導呢？」

「如果你真想了解花，你先要相信花神。」他認真地說。

「花神？你是說花神？」我詫異地問。

「花神，不錯，每種花都有神。」

「你可真像賈寶玉一樣，以為晴雯死後去做花神嗎？」我半開玩笑似的。

「我可不喜歡你這種輕薄的態度。」他忽然嚴肅地教訓似的說：「只有你相信每種花都有神，你才會尊敬花，了解花。」

我看他的態度，一時變成非常嚴肅，我就不敢再說什麼。只是很尊敬的聽他的談話。

二

那天以後，阿福開始把他花園裡的花介紹給我。

他的花園，占地並不大。粗看起來，像是亂糟糟的，但經他指點說明，才知道他安排得井井有條，而且裡面非常豐富複雜。

在一個放著許多花盆的木架對面，是一個低矮的玻璃暖房，裡面凌亂地放著好幾十盆花。

他忽然說：

「這個暖房裡面，同暖房外面是兩個世界。」

「是不是這裡面的花是最寶貴的？」我說。

「可以說是最嬌嫩的，有的是還沒有長成，有的則是本性受不起風霜。」

那時正是秋天，滿園都是菊花，他把各種的菊花解釋給我聽。他說：

「這裡大部分的花是為營利的，但有兩三種完全是自己欣賞的。」

「是非賣品嗎？」

「沒有人出得起價錢。」

「是哪兩種？」

「這一種就是，」他指指花架上的一盆紅色細長花瓣的菊花說：「你看得出它的名貴嗎？」

我看那菊花花朵很大，花瓣捲在裡面很結實，伸在外面的很挺細；裡面的顏色是鮮紅的，外面則帶紫色。跟別的菊花比較雖有特別，但也看不出什麼名貴的地方。

「這叫龍鬚菊。」

「外面倒是沒有見過。」我隨便地應酬他說。

「這裡面有一個故事。」他說：「我慢慢會講給你聽。」

參觀了花園，我們一起吃飯；也就在他拿起酒杯的時候，我乘機問他龍鬚菊的故事。他開始講給我聽，他說：

「在唐朝的時代，有一個宰相，他有很美的鬍子，可是管理他花園的園丁，也有很美的鬍子。那位宰相，善於看相，他知道自己的相就好在鬍子上，但他覺得那個園丁的鬍子，同自己可說完全一樣，怎麼自己做當朝一品大官，而那個園丁則只是一個園丁呢。他想這裡面一定有一個道理，所以他每天注意這個園丁的鬍子。他越研究越覺得那園丁的鬍子同自己的鬍子毫無差別，他越看越不解。

有一天，有人送來四盆菊花，他覺得很平常，他問那個園丁，園丁說：

『這不是平常的菊花，這是龍鬚菊。』

『沒有什麼特別麼！』

『怎麼沒有什麼特別？它同老爺的鬍子一樣是龍鬚。』

『可是你的鬍子不也是一樣嗎？』

『我的鬍子，老爺，小人的鬍子怎麼可以同老爺的比！這正如別的菊花不能同這龍鬚菊相比一樣。』

『這怎麼講？』

『老爺不信，可以拿一盆清水來。』

當時那位宰相就叫人捧一盆清水來。

於是，這個園丁就把龍鬚菊的花朵浸在水裡，他說：

『老爺你看，它的鬚瓣是直伸到底的；你再看看別的菊花看。』他說著又拿別種菊花浸在水裡，他又說：『你看這花瓣，都是飄在水上的。』

『真的，那麼你是說你的鬍子也是……』

『一點不錯，老爺，我的鬍子也正如這些菊花，而您的鬍子可同龍鬚菊一樣。』

這就是龍鬚菊的故事，所以這菊花並不是人人會欣賞的。」

我聽了阿福的故事，很想拿一盆水叫他試給我看看，但是我怕他會不高興，所以不敢提出這個要求。我當時只是問：

「這一個特別種類，現在很少嗎？」

「唐以後就沒有人知道什麼是龍鬚菊。」

「那麼你的呢？」

「我是從接種中研究出來的。」他說。
「你又不賣，種這類沒有人欣賞的花幹嘛？」
「你們娶太太養孩子，難道也是為出賣的嗎？」他笑著說：「這些都是我的妻子，我的花都是我的妻子。你知道了嗎？」
……

三

這以後，我慢慢地認識阿福的確有一個藝術家的個性。他有一種為創作而創作的欲望，只是他所運用的素材不是普通藝術家所運用的。正如畫家運用顏色，音樂家運用聲音一樣，他在運用植物。我認識一些畫花卉的畫家，他們運用顏色繪寫出色的、奇妙的花卉，而實際上都是對實有的花卉的摹臨。現在阿福所做，則是用現有的實物創造新的花卉。我了解他的努力方向以後，他開始對我比較接近，認為我是他真正的知己。他開始讓我知道他真正在努力的工作。他給我看一盆木本的花卉，這盆花幹子不過三、四尺，幹上也只有幾瓣深綠色帶黃的葉子。他說：
「這裡有我二十年的心血。」
「真的？」我說：「它會開花嗎？」
「我要它開出一種世界上還沒有過的花朵。」他說：「它應該又香、又大、又鮮艷，而且不容易枯謝。」
「它會在冬天開花嗎？」
「我想應該在春天，但當花開足的時候會在夏末秋初，而它會一直到第二年才凋謝。」
「你是說每朵花都是如此？」
「我只能保留它一朵花，或者最多是兩朵花。」他說。
「你打算把其他的蒂蕾都剪去。」
「一點不錯。」
「那麼這叫做什麼花呢？」
「這倒沒有想到。」
「是梅花的一屬的嗎？」
「這很難說。」他說：「等它開花出來時再說吧。實際上我也不知道它會開出什麼樣的花朵來。」
他把這株花介紹給我後，很小心的搬到有陽光的地方去。他說：
「如果開出了一朵合於我理想的花朵，我要好好請你客。」
「那應該我來請你才對。」我說：「我想這花總要有一個名字。」
「那麼你替我想一個吧。」
「要從你工作的經過來想一個名字，我可沒有資格。」我笑著說：「不過要從您剛才所說的花就是你的妻子的話來看，我想倒可以叫它『嬌妻愛女』。」
我說這話不免有點玩笑，可是他倒很認真地說：
「好極了，就叫它『嬌妻愛女』好了。」他說著笑了笑：「我本來只想它開一朵花，現在我要保留兩朵：一朵『嬌妻』，一朵『愛女』。」
這以後，天氣慢慢冷下來，我偶爾去看阿福。問到「嬌妻愛女」，他說，它已經到了冬眠時間。要來春才有消息呢。
天氣冷下來，寒假裡我回家鄉，開學時我帶了一些土產給阿福。
阿福很高興的招待我，並且告訴我，他已經請了一個燒飯的女工，很會燒幾樣菜，當天就留我在他那裡吃飯。
等我看到那位女工的時候，我才發現，她就是季發嫂。
季發嫂常常在我們學校的女生宿舍出入，好像多數女生的衣服都是由她洗的。因為她長得很秀氣，精神愉快，動作敏捷，很受我們男生的注意。
我一見她就說：
「季發嫂，你真能幹，阿福叔說你還會燒一手好菜。」
「你是……是徐先生是不？」
「你怎麼知道我姓什麼的？」
「你們到女生宿舍來找過小姐的男生，我們個個都知道。」

「你們背後一定在批評我們了。」
「這還免得了。」她笑著說。
我忽然發現她戴著孝。
「怎麼，你戴著孝？」
「你不知道季發過世了？」
「季發過世了？」我吃了一驚。我雖然同季發沒有來往，但是大家都認識他。季發是一個矮矮的結實的人，他在真如車站裡做工，相貌不揚。我們男生們常說，季發嫂嫁給季發，真是鮮花插在牛糞裡。
「真可憐，他是上個月被火車撞死的。」阿福接著說。
季發嫂唉一口氣，說：
「總是自己命苦。」
「你不是有一個小女孩嗎？」我問她，因為我忽然想到了她曾經帶她小女兒到女生宿舍去過。
「是呀，已經六歲了。」她說。
「你明年應該讓她到我們平民夜校來讀書才好。」我想到了大學附屬的平民夜校，我說。
「是呀，我正打算明年讓她上學。」
「你家就在附近嗎？」

「就在學校西面那個村莊裡。」

「那麼你出來了，你的女兒呢？」

「還不是托我鄰居照顧照顧。」她說：「她們都很好，像自己人一樣。」

季發嫂當時匆匆地到廚房裡去，她開了飯，就回去了。原來她只是管買菜與燒飯；洗碗、洗鍋的工作，都是三元做的。

不過，自從那次以後，我到福園去的時候，總可以碰見季發嫂，有時候也看到她的小女兒，她的小女兒叫做阿銀。有一次，季發嫂叫我替阿銀取一個好一點的名字，可以讓她進平民學校時去用。我當時就為她取了「銀香」，以後我們也很自然的叫她銀香。

這樣過了兩個月，天氣暖和起來了。福園裡梅花都已開過，我不免有時候要問起「嬌妻愛女」的情形。有一次，恰巧季發嫂在場，我忽然問起「嬌妻愛女」，不知怎麼，季發嫂竟然紅著臉就出去了。這不過是一個很湊巧的誤會，但是給我有了一個很奇怪的感應，我當時忽然想到，如果阿福娶了季發嫂，該是多麼美滿的一樁婚姻呢？

於是我找了一個機會同阿福談起，可是阿福竟板起面孔，申斥我一頓。他說我怎麼有這種不潔的念頭，他說他要結婚早就結婚了，不會等到現在。當初我伯父曾經為他做過很多次媒，他都沒有接受，現在年近半百，怎麼還會去成家。

我當時就告訴他，說不定季發嫂倒有此心呢。我提到那天我談到「嬌妻愛女」時，季發嫂紅著臉跑進去的情形，可是阿福竟完全沒有注意到。

「有這事嗎？」阿福忽然焦急地說：「這要同她說明，這一定要同她說明才好。」

「這有什麼關係，我們隨時都可以對她說明的。」

「我不喜歡她以為我們在開她玩笑。」

「就算我們背後對女人評頭品足，也是男人間的常事。你沒有聽她說，她在女生宿舍裡，也在說我們男生嗎？」

「不管怎麼樣，我不要她對我有什麼誤會。」他說。

四

天氣暖和了許多，春天終於來了。

「嬌妻愛女」從冬眠中醒來，它抽出了嫩綠色的芽葉，白色的蓓蕾也突然出現。我看了自然非常興奮，但阿福則很冷靜，雖是他時時非常小心的在注意它的成長與發展。

在同學中，我有幾個較好的朋友知道我與阿福的交情，我也曾把阿福的個性與他藝術家的氣質同幾個朋友談起。那天因為我談到了「嬌妻愛女」抽芽結蕾的消息，有一位叫劉寶城的同學很想去看看。

我於是在一天下課後同劉寶城一同到福園去。那天天氣很好，園中開滿了紅色、白色、紫色的花卉，滿園蜂蝶營營。阿福坐在小櫈上，戴著眼鏡，正在用大剪子剪那株「嬌妻愛女」的枝葉。他幾乎把滿枝的花蕾都剪去了。

我為他介紹了劉寶城。劉寶城對這些被剪去的花蕾非常惋惜。

「自然是很可惜，」我說：「但是他必須忍痛剪去這些，才可使他想創造的花朵特別美麗健朗而肥妍。」

「這也正是一將成名萬骨枯了。」劉寶城當時就說：「原來花朵也同人類社會一樣，一個偉人的成功，就要殺死許多人。」

阿福放下剪刀，摘下眼鏡，邀我們到裡面去，倒茶給我們吃。劉寶城仍舊繼續講他的感慨。他說了一個有錢的女人的故事，說那個女人用她的美色，前後毀壞了六個男人，她現在變成了一個有錢有地位的女人。將來「嬌妻愛女」可能就會同這個女人一樣美麗。

「可是，人類社會是彼此互相殘害，花朵則是由我栽剪的。」阿福說。

「但是這世界何嘗不像一盆花，誰知道冥冥之中沒有神明在做栽剪工作呢？」

「所以這世界上實在是沒有平等、公正可言。」我說：「正如這些花蕾，每個花蕾本來都可以成為名花，一被剪去就什麼都沒有了。」

「可是，這盆『嬌妻愛女』則極為不同。」阿福忽然說：「我用二十年的心血才有這樣一株花——我試驗過樹木與花種，少說也有一、二千種。其中為我的理想而犧牲的不知有多少。現在我還不知道是否可成功多少。」

「那麼怎麼樣可說是成功呢？」

「我希望我這次開出來的花，要色澤奇異，花朵肥大，香氣出眾，而且要歷久不謝。」阿福說。

「如果成功了，我覺得你應該展覽一次。」劉寶城說。

「對了，我倒沒有想到。你應該讓全上海的人都知道你創造的成功。」我說。

「也許有人會高價來買你的。」劉寶城說。

「我不想把它賣去，」阿福說：「如果有點成功，我要作進一步的研究與創造。」

「這當然很好。不過，如果有人知道你的成就，可以資助你，使你有更好的環境與條件來創造，不是更好嗎？」劉寶城說：「也許有什麼大的植物園要請你去也說不定，那時候，你可以利用全世界的植物來作你的試驗了。」

劉寶城的話，顯然有點打動了阿福。當時我們就談到等這「嬌妻愛女」的花開了，我們怎麼樣來宣傳。總之，我們可以通過報紙、電台、照相，讓大家知道阿福與阿福所創造的空前的花朵。臨走的時候，我們決定在「嬌妻愛女」開花以前，再也不告訴任何別人。

劉寶城似乎對於這件事竟非常興奮，他告訴我他的舅舅就是《大陸日報》的社長，同新聞界都有關係，要宣傳是很容易的事情。他說，如果「嬌妻愛女」真是像阿福所說是世界從未有過的一種創造，阿福馬上就會成為一個轟動國際的人物的。

以後，劉寶城很熱心的常想到福園去，三天兩頭約我去看「嬌妻愛女」。

江南的春天，像女人的脾氣，幾乎天天都有變化：一陣冷，一陣熱，一陣雨，一陣晴。

「嬌妻愛女」也跟著每天都有變化，嫩葉一層一層的長起來，綠米似的花蕾也不斷的在枝葉間顯露，但是阿福似乎每天都在剪綴。當花蕾長成有小手指般大，頂尖稍稍露出白色的時候，恰好只剩了兩顆，一顆在右枝，一顆在左枝。阿福對此非常驕傲，他說：

「我本來只想讓它開一朵花，可是因為你所題的花名，我就保持了兩朵。」

「那麼上面這一朵是嬌妻，下面那一朵是愛女了。」我說：「都是白色的嗎？」

「顏色？」阿福說：「我還不知道，不過應該不只是一種顏色才對。」

「你是說一朵花裡有好幾種顏色嗎？」

阿福點點頭。

果然，大概一星期後，嬌妻愛女的花蕾的白瓣伸出了有兩分左右，頂尖上出現了淡淡的粉紅色。

以後，我與劉寶城幾乎每天都去看「嬌妻愛女」，一天不去就覺得若有所失，像是忘記做了重要的事情一樣。我們顯然對「嬌妻愛女」都有了感情，看它一點點的變化都感到詫異。

劉寶城似乎急不及待地想開始發動宣傳，他現在每天為它照一、二張相，他很想拿出去發表，但是阿福認為太早，他說：

「這花大概到夏天才能盛開，至少六個月裡不會凋謝。現在驚動許多人都來麻煩我們，又不會發現它的特別的地方，反而不好。」

我也反對劉寶城的急躁，因為客觀地說，照現在的「嬌妻愛女」花蕾來看，實在還看不出有什麼驚人之處，要解釋給人家聽，也很難使人家相信。

劉寶城當時接受了我們的意見，他把他所照的「嬌妻愛女」的照相按日貼在照相簿上，還注明日期；這確是非常有意義工作，使我們隨時可以拿出來同現在的「嬌妻愛女」來比較。

我相信這本照相簿將來會成了名貴的紀錄，足供愛好者的把玩與研究。

阿福看了「嬌妻愛女」成長的過程現狀，他開始有把握地預言它的發展，他認為他的試驗也許是完全成功了，他說：

「這花開足的時候會像小面盆這樣大，而且一定會有迷人的異香。它也許可以一直到明春都不會凋謝，只是這花一生只會開一次花，以後就不會再開花了。」

我與劉寶城都不知道他是根據什麼來判斷的，但是我們開始發現了「嬌妻愛女」淡淡的香氣，一種無法形容的迷人的異香。阿福說：

「等它開足的時候，恐怕整個的屋子都會彌漫著這種香氣了。」

就在「嬌妻愛女」的花蕾漸漸開放的時候，它的異香也一天一天的濃起來。而我發現花瓣的顏色似乎也一層一層的在變化，它由淡淡的粉紅而濃成鮮紅，可是只是限於花瓣的頂端，從頂端下來，似乎由橙黃而淡成了白色。

這些顏色的變化，使劉寶城不得不用彩色照片來照「嬌妻愛女」。那時候彩色照相在中國還很少，劉寶城托人在美國購買膠卷，照完了又寄到美國去洗。這變成一件很大的工作，但劉寶城竟非常高興來做，他似乎已經愛上了「嬌妻愛女」了。

五

日子一天一天的過去，天氣也和暖起來。「嬌妻愛女」的香味越來越濃，顏色也越來越複雜，裡面的花瓣一層又一層的苞放出來，從深紅到紫，又從紫到藍，鮮艷綺妍，千嬌百媚。

我們很難想像這一層一層是從那裡生長出來的。好像外面綻放一點，裡面就增加一層。就在這花朵有玻璃杯這樣大的時候，劉寶城剛剛又收到了美國洗來的照相，我們不約而同的覺得現在應該發動宣傳了。第一步，由劉寶城去告訴他舅舅，把他所有的照相都拿去給他看，叫他派記者來訪問阿福，為它照些相片，寫一篇特寫。我們把這個意思同阿福談，阿福也沒有反對，所以當天夜裡劉寶城就去看他舅舅，他舅舅聽了非常高興。第二天他自己同劉寶城一起到學校來，他要先認識阿福。他來福園參觀了「嬌妻愛女」，又同阿福談了好一會。他說他明後天就會派記者來攝影訪問。不過這篇訪問記一見報，一定有許多記者與中外人士來拜訪阿福，「嬌妻愛女」也勢必送到公園裡去展覽十天，讓社會人士參觀才對。他可以用報館名義來舉辦這件事情。他走了以後，我們都非常興奮。那天晚上阿福約我們吃飯。飯後，我們又到園中去看「嬌妻愛女」。那天天氣很暖和，月色如畫，「嬌妻愛女」的蓓蕾在月光中，顯得格外嬌艷，它的豐富的顏色閃光有如奇異的寶石。

這還只能算是兩個花蕾。雖然在半啟的頂端中，露著參差奇異的色澤，身上大半還是白色的，可是即使在我們外行人眼中，也可看到如果它全身開放時將會有出眾的龐大。而它的香氣則更是一個無法形容的特點，它雖是一種幽香，但令人有一種奇怪的溫暖的感覺。我忽然感到一種特殊的聯想，覺得這「嬌妻愛女」竟像是一種有靈性的動物。

「你現在相信有花神了？」阿福忽然問我。

「花神嗎？」我說：「那麼你的創造難道不是花，而是花神？」

「花神是屬於精神的，可以說是花的靈魂。」阿福說：「改種、變種的花朵很多，譬如龍鬚菊，就是一種變種；它是屬於菊花的，它的精神是菊花的精神，也就是說它的神是菊花的神。可是『嬌妻愛女』，則有它獨特的靈魂，不光光是一種變種。」

「那也就是說，你在創造這花種以外，難道還創造了一個特殊的花神？」劉寶城詫異的問。

「我沒有能力創造花神。」阿福非常認真地說：「但是我可以把我的靈魂分一部分給他。」

「這話太神祕了。」劉寶城說著看看我，似乎要我發表些意見。

「也許他有特殊一種感應，我自然要尊敬阿福叔的意見的。」我說：「不過就『嬌妻愛女』的個性來看，它一定有精神方面的成分的。」

這個問題我們沒有再談下去。我們都在「嬌妻愛女」的異香中有點陶醉，在附近的石塊上坐了好一回，到十點多鐘才告辭回校。

在回校的途中，劉寶城又問我：

「你是不是真的相信他的花有靈魂的說法嗎？」

「這只是他的感覺，一種神祕的感覺。」我說：「照我的解釋，這還是不外乎藝術家的創作精神。每一個藝術家的創作，作品裡自然都有精神的成分，這成分也就是藝術家把自己的精神賦予藝術作品的地方。中國以前的說法是『心血』，即是說，我們在藝術作品中花了多少心血。現在我們說藝術作品裡都有作者自己在裡面，或者說都有作者生命在裡面，也就是這個意思。阿福的體會雖是有點神祕，其實意思還是一樣的。」

「不過，這可不是一幅畫，或者一首詩；這是一株花，是有生命的花。如果阿福真的要賦予它靈魂，那麼它就該有阿福的個性了。」劉寶城忽然這樣說。

「你似乎已經被阿福說服了。」我說。

「我好像已經被『嬌妻愛女』迷惑了，尤其他的香氣。」他說：「我這幾天有一種奇怪的想法，我一直不敢明說，我現在不妨告訴你，我覺得這花恐怕不是真的，阿福會不會只是要一套奇怪魔術來騙我們呢？如果我們把它宣傳開去，把這花展覽出去，被人家發現只是欺人的魔術時，那麼這不是被人要笑壞了！」

「寶城，你真是越說越遠了。阿福是一個花匠，是一個實實在在的花匠，我十多年前就認識他。他不是魔術家，也沒有理由要耍魔術來騙我。我覺得你的想法也太奇怪了。」

「我自己也不懂，」劉寶城說：「也許就是那『嬌妻愛女』的香味，我聞了這個香味後，就有許多想入非非的念頭。譬如上一次，當我凝視了『嬌妻愛女』許久以後，你猜我想到了什麼？真奇怪！我現在告訴你也沒有什麼關係，我想到了我表妹的嘴唇。」

「你表妹的嘴唇？」我說：「寶城，我實在不懂了，你愛你表妹？」

「是的。」

「那麼她的嘴唇？」

「我從來沒有吻過，但是我相信，只有我表妹的嘴唇可以有這樣的美麗、芬芳。」

「你表妹也愛你嗎？」

劉寶城點點頭。

「那麼你何妨帶她來看看『嬌妻愛女』。」

「我表妹嗎？」劉寶城忽然抬起頭說：「她已經死了三年了。」

「死了三年了？你可是從『嬌妻愛女』聯想到她的嘴唇？」

「我所以覺得自己很不正常。」他說：「自從我表妹死後，我精神就開始有點不正常。因此我覺得如果阿福不是在運用魔術在欺騙我們，就是他同我一樣，是有點精神病的，甚至比我還厲害。」

「如果我以藝術家來看他，那麼他有點精神病也是應該的。」我半玩笑似的說。

通亮的月光照著空曠的大地，福園離學校本來不遠，我們談著談著也就到了。我們的宿舍不在一起，分手的時候，我們並沒有約定明天什麼時候去福園。可是我回到自己的寢室時，我忽然想到：也許寶城的舅舅明天會派記者去找阿福，如果阿福也同記者們談到他花神的理論，那就可能會被人誤會他的精神不正常，所以我想明天早點去看他，關照他不要發表這些神祕的理論才對。

六

第二天一早，我一個人去看看阿福。我對於今天《大陸日報》記者來拜訪他有一種說不出的不安，我很怕別人會像劉寶城似的把他當作魔術家。

那天天氣不太好，灰雲低壓，輕霧彌漫。我走出校門，走上公路，就在快轉入小路到福園時候，一個女人嚎哭著奔過來，她兩手掩眼，低著頭，頭髮披在面上，似乎沒有看見我似的，直撞到我的面前。我一看是季發嫂，我一把拉住她的手臂，我說：「季發嫂，怎麼啦？」

「我就要找你……你……他……他把銀香打死了。」

「怎麼？有什麼事，先說清楚了。」我說。

「我應該怎麼辦？」她慌張地說。

「怎麼回事？你先告訴我。」我說。

「他打死了銀香。」

「誰呀？你說誰呀？」

「阿福。」

「怎麼回事？讓我去看看。」我說著拔腳飛奔到福園去。

季發嫂看我奔去福園，她也就跟在後面。

福園的籬門開著，裡面靜悄悄的，並沒有一個人。我闖到裡面，穿過花園，就在花棚前面的一個小小空地上，我看到了「嬌妻愛女」。但是它已經被砍了頭一樣的、失去了它的兩朵鮮花。我馬上看到這兩朵鮮花竟血肉模糊的躺在地上，旁邊是一堆鮮血，血漬中是一把阿福用來剪花的大鐵剪，我愣了好一會，才大聲的叫：

「阿福叔，阿福叔。」一面我直奔到他的屋裡去。

就在阿福的寢室裡，我看到阿福正在床邊照料著銀香，銀香已經躺在床上，身上蓋著一條毯子，頭上包著白布。

我走到床前，沒有敢作聲，阿福說：

「讓她睡一會吧。」

「她……她……」

季發嫂這時候也跟了進來，她本來已經停止了哭嚎。一見銀香，又大嚎起來，撲到床邊。

「媽……」

「啊，銀香，銀香，媽在這裡。」季發嫂拉著銀香的手，把臉貼上去。

「你讓她休息一會吧。」阿福過去拉季發嫂。

季發嫂抹去臉上的淚水，露出非常純潔的笑容說：

「啊，她沒有死！」

「到外面去，外面去。」阿福推著我們兩個人到了外間的廳裡。他站到門口，望著門外的「嬌妻愛女」。忽然，從他愣著眼睛中，湧泉般的流出淚水來。他把手臂靠在門框上，頭靠在手臂上。

「我完了，我完了。」他聲音發抖全身顫抖著說。

我把他扶到旁邊的藤椅上，我叫：

「三元，三元。」

「三元去找醫生了。」阿福說。

「去上海了？」

「就在鎮上。」阿福說著，一時似乎又想到了銀香，說：「怎麼還不來啊？」

我當時看到旁邊桌上的熱水瓶，就過去倒水。季發嫂本來愣在旁邊，這時候趕過來說：「我來，我來。」

季發嫂倒了水，一杯給阿福，一杯給我。我拿著那杯熱開水，喝了一口，也就坐倒在旁邊的竹椅上。

大家都沒有說話。季發嫂這時候又輕輕溜進裡面，隔了好一會，她才走出來。

就在那時候，我看到三元帶一個人進來，我知道他一定是醫生了，三元為他提著診療的皮包。

阿福站起來同那位醫生招呼，像是很熟稔。他沒有為我介紹，就帶他到了裡面，季發嫂也跟著進去。

這時我開始問三元事情的經過，但三元是半啞的人，只能到現場用手勢向我解釋。我揣摹了半天，才知道了一個大概。

原來先是銀香跑進花園來，把「嬌妻愛女」的兩朵花剪下來。阿福看見了就怒吼著跑出去，打了銀香一個耳光，銀香倒在地上，她的頭恰巧碰在鐵剪上，滿頭是血，一時竟昏迷不省人事。阿福當時就噴冷水弄醒銀香，把她抱到裡面，這時季發嫂從外面趕來，看這情形就哭號著來搶銀香。阿福與季發嫂爭奪之下，把季發嫂推倒在地上。當時三元扶起季發嫂，但阻止她跑到裡面來，季發嫂才奔了出去。阿福一面照拂銀香，一面派三元去找醫生。就在三元在門口指指劃劃告訴我這些經過的時候，劉寶城從外面進來，他一見就揮手同我招呼。但當他走到裡面，看到「嬌妻愛女」的慘狀；他愣了好一會。忽然跪倒地下，兩手捧起血肉模糊的花蕾，把它貼在面頰上，眼淚開始從眼眶裡出來。我不免慌張起來，過去拉著寶城叫說：

「寶城，寶城！」

寶城抬起頭來，用淚眼望著我低聲地說：

「誰搞的，是他自己殺死的？」他自然是指阿福。

從寶城的神情與聲音看來，似乎他是準備為這兩朵花蕾去復仇一樣。我一面拉他起來，一面說：

「你先到裡面坐一回。」

我們到裡面時，恰巧阿福同醫生從寢室出來。

阿福同我們介紹。原來那位醫生姓曹，在鎮上有一診所，因為常來買花，同阿福很熟。

曹醫生已經重新為銀香包傷，並且打了針；他說傷口並不厲害，只是受了一點驚嚇，有點熱度，休養一二天就會好的。

聽了曹醫生的話，我們大家都放心了。

劉寶城於是問阿福這件事的經過，但是阿福並不想談，我就不得不就三元告訴我的複述一遍。

「還講它幹嘛？」阿福很厭煩的說。

我忽然想到今天有記者要來訪問阿福，我說：

「回頭《大陸日報》的記者來訪問，我們怎麼辦？」

「只好照實的告訴他了。」劉寶城說。

「不能叫他不來嗎？」阿福說：「我不想碰見什麼人，也不願意有人再同我談這『嬌妻愛女』了。」

「是的，暫時把這件事忘了吧。」我說：「寶城，你回頭打一個電話給你舅父，叫不要再派記者來了。」

「是的，是的。」寶城說：「我現在就去打去。」

寶城走的時候，曹醫生也告辭了，他要銀香好好休息幾天，他明天再來看她。

季發嫂要到別處洗衣打工，家裡沒有人，銀香既然有熱度，自然不便移動，曹醫生又是那麼叮嚀，所以阿福就要季發嫂暫時讓銀香住在他那裡。季發嫂自然也很感激這個安排。阿福當時叫她去燒點稀飯給銀香吃。

我因為學校有課，就告辭出來。臨走時，我叫三元把外面的花屍收去，把那株「嬌妻愛女」搬到園角上去。這一場風波就這樣過去了。

七

銀香第三天就起床了，但創傷沒有完全好，隔天要三元帶她到醫生處去換藥，所以阿福仍留她住在那裡。

但是阿福則像死了親人一樣的非常傷心，時時到園角去看斷了頭的「嬌妻愛女」。他既無心吃飯，又不能安睡，他對滿園的花卉，像也失了興趣。

這不但使三元非常擔心，我也為此很不安。我幾乎每天去看他，但找不到話可以安慰他。以後我因為有事，有幾天沒有去。大概是星期四，一個下午，因為教授告假，沒有課，就買了幾只海蟹與一瓶酒去看阿福，也想安慰安慰他。

到了福園，只看見季發嫂一個人在那裡。她說三元去了上海，阿福帶著銀香去看曹醫生，她正預備為他們燒飯。我把海蟹與酒交給她，一面也跟她到廚房，問她關於阿福的情形。

「這真是，」季發嫂開始告訴我：「他每天像是失神一樣的，什麼話都不說，什麼事都不做，東坐坐，西站站，長吁短嘆的。我覺得真對不起他。那天我帶了銀香到隔壁王先生家去洗衣服，不知怎麼一轉背就不見了銀香。誰知她溜到這裡來，出了這件事。這孩子，平常看阿福拿著剪刀東剪西剪的，她也就把那兩朵他心愛的花剪下來了。」

「要是剪了別的花也好，怎麼偏偏剪了這花，這真是比殺了他孩子還使他痛心，你知道他在這花上花了多少年的心血呀！」

「是呀，我知道。我聽劉先生說過，這花少說說也要值幾千塊錢。」

「這倒不是錢的問題。說到錢的話，也許是無價之寶也說不定呢！」

「我自然知道，這正如銀香對我一樣，不是錢買得到的。」

「銀香現在怎麼樣，她完全好了？」

「她沒有什麼，今天換了藥，就不用再去看醫生了。」季發嫂說：「我想今天帶銀香回去了，她在這裡也打擾得太多了。」

我與季發嫂談了好一會，過後我就看見阿福牽著銀香的手回來了。

銀香走到季發嫂身邊，她忽然說：

「福伯伯已經不對我生氣了。」

我迎著銀香，她頭上的繃帶已經解去，我特別想看看她的創疤。我看這個傷口約有一寸多長，好在上面有頭髮可以掩去，只有鬢角邊有一條，恐怕將來會有小疤的。我說：

「創口很長。」

「我也不懂。」阿福忽然說：「許多事情只能說是命運。」

「幸虧不是太深，不然怕真有點危險呢。」

季發嫂這時候提起我帶來了海蟹與酒，她就帶著銀香到廚房去了。

三元這時候也從上海回來，他也帶了一些菜肴與一些糖果。阿福就拿著糖果到廚房裡去送給銀香。

我看阿福的精神似乎比前幾天好些，我就開始問他「嬌妻愛女」的消息。我說：

「你是不是還可以使那『嬌妻愛女』重新開花呢？也許明年。」

阿福搖搖頭，嘆了一口氣說：

「不可能的。這也許是造化不要它存在世間吧！」

「也許，」我也覺得他的話很有道理，我說：「你這樣的創造，可以說是巧奪天工。這恐怕正是遭天忌的事。」

「但是這也太殘忍了。就是要收回去，也讓我看看這花到底可以開多久，能夠開多大，他的香味會有什麼影響。」他說著嘆了一口氣。

「你現在還恨銀香嗎？」

「我一直沒有恨過她，當時只是一時生氣，我叱她，打了她一下，不意出手太重，幾乎出了命案。她是一個好孩子，……你記得你小的時候來採花園裡的花，我也打過你嗎？」

「啊！是的，是的。」我說。

「你沒有恨我？」

「後來我母親告訴我伯父，我伯父偏幫著你；以後就不許我再到你們花園裡來了。」我說。

三元叫我們吃蟹喝酒。我們到了外間，阿福叫三元帶銀香一同來吃蟹。季發嫂先不肯，說是她就要帶她回家去。後來我進去了，才把銀香帶出來，坐在我的旁邊。銀香倒是一個很可愛的女孩子，很文靜。阿福對銀香很好，像是要補贖他的打傷她一樣，不斷的夾菜給她，同她講話。我也就放心許多。

當天晚飯後，我就回校了。以後有好幾天沒有去看阿福。於是，有一天，三元到學校來看我，送來阿福一個條子，說有事同我商量，約我去吃飯。

我到福園時，阿福已經很焦急的在等我。我看他精神很好，問他有什麼要緊的事。他說：「自從『嬌妻愛女』被殺以後，對於花卉已經心灰意懶，我什麼都不想做。但因為我覺得對不起銀香，我不免要好好照顧她，我慢慢發現這孩子的可愛。現在銀香回去了，我覺得非常空虛。我想請你同季發嫂商量商量，仍舊讓銀香來這裡住，正式過繼做我的女兒。你說怎麼樣？」

「季發嫂只有這麼一個女兒，她怎麼會答應呢？」

「她對於銀香剪毀了『嬌妻愛女』的事情很抱歉。她說只要有什麼她可以賠償我的，她都願意。我當時說，她沒有什麼可以補償我這個損失。現在我發現她可以把銀香過繼給我做女兒，銀香可以填補我的損失。」

「你真覺得她可以填補你的空虛嗎？」

「我一生沒有喜歡過小孩子，沒有喜歡過動物，我只是喜歡花木，銀香是我第一個注意到的小孩子。我從她身上發覺造化創造她，正如我創造『嬌妻愛女』一樣。不過我藉助的是植物，而造化所藉助的是人類。自然，沒有比創造人更偉大的創造了。而我知道造化是怎麼樣把靈魂移植到銀香身上的，因為我是把我的靈魂移植到『嬌妻愛女』的身上。

當我把她打倒在地下的時候，我本想拉她起來再去打她的，但我看到她倒在地上一動也不動，不斷地流著血，我才著慌了。我把她抱進房內，放在床上，拿棉花紅藥水把她的頭包好時，我發覺在我面前的她，也正像一朵被我摧殘的花朵。

但是奇怪的這孩子並沒有恨我打她，她後來還常常問我是不是還在對她生氣。

我相信緣法，她也許正是上天賜給我的一朵鮮花，要我從自己的創造覺醒過來，接受它的恩賜。

我不是告訴你每種花都有花神嗎？『嬌妻愛女』既然不是天生的花，是我所創造的，它也許就沒有花神，上天就派銀香來做我的花神了。」

阿福這種神祕荒誕的想像，使我無法解答。但是我只答應他一定同季發嫂商量，這個沒有父親的孩子有一個寄父，自然可以多一個依靠。

吃飯的時候，季發嫂開飯出來。我就問她銀香在家裡的情形，我說我要去看看銀香，問她平常什麼時候在家。當時我就同她約定第二天下午兩點鐘到她家去。

吃了飯，我告辭回校，劉寶城來看我，他也很關心阿福。我就告訴他阿福的情形，我說：

「阿福本來悲傷得無法活下去，現在倒好了，他找到一個花神。」

「花神？」

「他愛上了銀香。」

「銀香，這個謀殺『嬌妻愛女』的小孩子。」

「是的，他發現了一套奇怪的理論。他認為銀香是上天的創作，而他所創造『嬌妻愛女』總還遠不如上天的創作。也許因為『嬌妻愛女』是他的創作，沒有一定的花神，所以上天就派銀香做它的花神。他現在已經沒有勇氣再去創造另外一株『嬌妻愛女』，而覺得能夠填補他心靈的空虛的則只有銀香。現在銀香搬回家去，他變成非常悲哀，所以他要我同季發嫂商量，把銀香過繼做他的女兒，再搬到他家去住。」

「真的？」劉寶城忽然興奮地叫起來。

「怎麼？」

「你相信季發嫂肯把自己的女兒過繼給他？」

「我也是這麼說。」

「你真是傻瓜，你為什麼不索性為季發嫂與阿福撮合一下，使他們有一個幸福的家。那麼銀香也很自然成了阿福的女兒了。」

經寶城一提，我恍然大悟起來，我想到也許這正是阿福下意識的要求。我當時就拉寶城第二天同我一起到季發嫂那裡去做媒。

八

這件婚姻，快的就由我與劉寶城撮合成功。

阿福後來就有了嬌妻與愛女。

季發嫂也有一個美滿的家庭。

銀香也有了一個愛她的父親。

阿福仍舊經營這個花園，但只是以此為生活。他再沒有想創造一種世界上所沒有的奇花。他只是安安分分的做一個花匠。

一九六八，六。

新寡

一

忙亂了多少天，突然靜下來，周圍是一片死寂。

黃昏，窗簾下垂著，淡淡的陽光映在窗簾上。她坐在沙發上，從空漠的悵惘中，她意識到自己，她開始注意自己的周圍。

他已經不在，房子是空的，椅子是空的，床是空的。

那些衣服、鞋子、還有那書，那錶、那煙盒、那鈕扣……凡是他的，永遠是他的影子。他已經不在，但是他留下一個影子，一個到處存在的影子。

這影子，在鏡子裡，在茶杯裡，在澡盆裡，在毛巾裡，……其實是在這整個房子的空氣裡。

他的照相。照相在她是一些生活的碎片，不是影子；影子是一種活動的東西，照相則是固定的東西；照相是具體的、個別的，影子是抽象的，一般的。

一想到他，是一個模糊的影子；如果回憶他的形容，那則是他最後痛苦的、歪曲的、僵老的形象。她不想回憶，回憶是一種痛苦，那無法回來的過去都是悔惱。一個人一生可以做錯這許多事情，而無法設想，如果在某一階段不這麼做，下一階段又是怎麼樣一個生命。

她為什麼嫁給他，一個比她大二十歲的男子。

有錢，有地位。她尊敬他；於是，愛情。

愛情，只有在金錢培養下才能生長。

他懂得如何培養。

而他，另外一個他，一個二十五歲，姓沈的。二十五歲？現在該是三十一歲了。沈說，她貪財，她嫌他窮，她不懂愛情。

愛情，她記得一個文學家說過，人間的愛情都是有條件的，只有神的愛情是無條件的。在人間，在她的經驗中，愛情同金魚一樣。金錢正如水，愛情在金錢培養下，顯得又活潑又玲瓏，正如金魚在水裡一樣；沒有金錢的培養，正如沒有水的金魚。很快就枯萎而死僵。

她就是這樣愛定了他，這就是「愛情」。她嫁給他，她肯定愛的是他，並不是沈。

再見了，沈常之；我並不愛你，我愛的是他。不是他的錢，而是他。

二

於是，四年後。那時她已經有了孩子，孩子三歲，有一次在海灘，她碰見了沈常之。

沈露著一身紅棕色壯碩的肉體來同她招呼，客客氣氣的，很有禮貌。

還沒有結婚？

沒有錢，結什麼婚。

但是沈有一個女朋友，他給她介紹，是林小姐，並不美，但比她年輕。她開始覺得羨慕，也有點妒嫉；她趕快叫小玲——她的女兒，遠遠的在海灘上，由保姆帶著在玩沙。

保姆帶著小玲過來，她很驕傲的抱著小玲。她叫小玲叫沈叔叔。

小玲叫沈叔叔，沈抱了小玲，很親熱的。

他抱著小玲去玩。

她只得同林小姐閒談。

沈抱著小玲回來時，小玲小手裡拿著一個冰淇淋在吃。

沈帶著林去游水，臨別時，問了她的地址，她告訴他，但沒有問他的。

她逗引著小玲，望著沈與林的背影，有些悵惘。

三

一張請帖，是生日。寫的是陸醫生與夫人。

「這是誰呀？」他一時竟想不起沈常之是誰了。

「啊，是沈常之，你知道的。」

他知道沈追求過她，她並不愛沈。他是勝利者。

「那麼你去參加嗎？」他問。

「我們去去也好，星期三你也沒有什麼約會。」

「我可不去。」

「你不去，我也不去。」她說：「那就送他一份禮算了。」

「你要去，我陪你去也沒有什麼。」

星期三，他們去參加沈的宴會。在一家夜總會裡。席上都是年輕一輩的人。有兩個年紀大一點的，沈介紹說是他的老師，沈也替陸介紹，讓他們坐在一起，他對陸也像老師一樣的尊敬。

有好幾位小姐，林小姐也在，但並沒有與沈特別接近。她就坐在林小姐旁邊，林小姐也特別在照拂她。

於是大家跳舞。沈常之一定要陸醫生與林小姐跳舞，他自己請她共舞。

當沈抱著她跳舞的時候，那有力的手臂，使她想到她的海灘上所見到的壯碩的紅棕色的肉體，她聞到他身上的男子氣息；她忽然覺得自己有一種犯罪感。她有點自責與羞慚。

她想到小玲，極力想到小玲。

又是紅棕色壯碩的肉體抱著小玲走開去的影子。

他抱著她在跳舞。

「結婚很幸福吧。」沈問。

「唔！唔！總算……，小玲，我的女兒……」

「我那時候真是幼稚，後來我就明白自己沒有資格結婚，也的確沒有能力可以使你幸福。」沈說。

「我看你現在很幸福。」

「也可以說，但是一個男人沒有事業，……你想，我也已經快三十歲了。真是慚愧。」

「那麼你現在在幹什麼？」

「我們老朋友了，我也不必隱瞞，我在一家保險公司……你知道經紀人，拉點生意，賺點佣金。」

「那也很自由。」

「鬼混，鬼混。」

四

這樣一隔有一個多月。

沈常之忽然來了一個電話，他要來拜訪她。

她沒有拒絕。

沈常之來時，帶來一輛玩具汽車給小玲，看來也要花二十來塊錢。

有什麼事呢？

是拉保險，人壽保險，自然，最好是兩個，否則一個也好。

她答應一個。

晚上陸醫生回來，她告訴他，他答應了。自然完全為幫沈的忙，一個保險公司的經紀人要是一年都拉不到一個保險，那就很難幹下去了。

他們替陸醫生保了三萬元美金的人壽保險。

為辦理這件事情，沈常之到陸家幾趟，每次都有東西送給小玲，小玲同他也很熟稔熱絡了。

於是，有時候，沈常之同他的朋友去游泳，要帶小玲同去。小玲很高興，她也就讓他們帶去。

有一次，陸醫生回家，他對她說：

「今天沈常之陪了一個小姐來看眼睛。」

後來，又有幾次，陸醫生對她說：

「沈常之介紹了一個病人來。」

這以後，沈常之就更多的在陸家出現了。他是小玲的朋友，他也是她的朋友，他也是陸醫生的朋友。

五

於是，陸醫師病了。他自己是眼科醫生，他認得不少醫生。他們發現他是癌症。他進了醫院，一星期，兩星期，時好時壞。

她每天到醫院去，還要跑銀行，辦雜務，陪小玲，買這樣那樣，日子在黯淡中過去。從醫院到家，飯桌上是一個人，她可以看到的是空闊的客廳與飯廳，還有是不斷地問爸爸的小玲。她沒有求人幫忙，但是伸手而幫她的，是沈常之。

於是，她的丈夫自知不會再生存下去了，他告訴她的產業，他的存款，最後他告訴她，他在大陸還有一個太太，有兩個孩子，每個月要匯寄五百港幣去，他死後請她不要中斷……

於是，他閉上枯萎的眼皮，張著歪曲的嘴，就撒手不動。於是肉體慢慢的冷去，冷去……

以後，醫生把她扶開去，她暈了過去。

以後，殯儀館，喪事，一群群的弔唁者。她伏在靈前，哭泣……

墓地，墳墓，墳墓前還要一塊石碑……

她什麼都不知道，她依賴一個伸手給她的人。

這個人是沈常之。

六

喪事中，小玲一直寄存在親戚家。家裡只有一個人，她在房內坐著。

房間是空的，床是空的，但是到處是他的影子。

那些衣服、鞋子，還有那書、那錶、那煙盒、那鈕扣，凡是他的，都是他的影子。她要活下去，就必須忘去這些影子。

搬一個家，拋棄一切他的遺物，從新做人。

她愛他？她真的愛他？

她是多麼寂寞與空虛！這寂寞與空虛好像並不是從現在開始，而是很早就存在的東西，天天繁殖起來。

愛情是要靠金錢培養的。

他臨終時竟告訴她每月寄五百元給大陸，他還有太太在大陸。他怎麼以前一直沒有告訴她？他沒有忘記在大陸的太太，每月五百元。很便宜，用金錢培養著在大陸的愛情。

她看他的照相。

她決定明天先取下這張照相。她要放上自己的，或者是小玲的。

她忽然想到一個壯碩的紅棕色的肉體，抱著小玲，在海灘上。

她需要那一個男人，馬上。

但是——

為什麼不？

假如他的大陸太太出來了。

金錢培養著愛情。

而愛情，她沒有看見愛情。愛情是一個影子，它可以躲在金錢的背後招手。也可以躲在壯碩的紅棕色的肉體招手。她現在……

而他已經死了。

他像，譬如他是回到他在大陸的太太那裡去了。而她，她想不起什麼使她看不見沈常之，又什麼使她看見了沈常之；她知道，而且早就知道，她愛的是沈常之。

搬家，這一切，這代表他的一切是一個逝去的影子。

如果把房子粉刷一下，換個顏色，把家具移動一下，重新布置一遍？……

照相，換上一張照相。
現在……金錢，她已經有了。
人生是一場夢。夢是幻的，但在夢裡時還要當它是真才好。……
電話鈴響。
她站起來。
拿起電話！她笑了。
「啊，常之，常之。」
「……。」
「啊，很好，很好；我只是累了。」
「……」
「啊，是的，謝謝你，那保險費，一時我到忘了。」
「……」
「這全是你，你不來兜保險，他決不會想到保險的。想不到，這，啊，想不到是這麼快。」她忽然覺得說錯了話。
她有點面紅。
「……」
「好，好，西餐也好。我等你。」

「……」

「小玲，還在乾媽家，今天不回來。」

「……」

她掛上電話。看到鏡子。

她看到鏡子裡的自己。

她到梳妝台上。

她抹粉，她抹口紅，她梳她的頭髮。

這三萬美金，應該是沈的……

愛情……

一九六八，七。

靈的課題

離魂

一

妻是一個沉默寡言，瘦削清秀的女性。我們結婚四年後，她患心臟病死去。那時正是抗戰的前夕，我把她葬在普渡山莊。

普渡山莊在上海浦東，當時還剛剛建立，在報紙上登廣告。我去看了一次，覺得周圍風景很好，地區也不錯；四周有很堅固樸實的圍牆，正門起砌得像中國城樓似的，上面有「普渡山莊」四個顏體的金字。那時裡面正在修葺，管事的人正在計畫如何保持原有的一些樹木與種植新樹，我同管事的談了一回，看了看地圖，就為妻訂了一個穴。那是在一株大樹後面，我認為是頂好的。

妻的墳墓也是我自己設計的，因為墓地的價格是論尺寸，高空是不計較的空間，所以我特別為她立了一個菱形的柱子，有九尺高。在妻葬到那個墓穴時候，四周還是很空，一切布置剛在慢慢就緒，每逢假期，我總是常常帶著鮮花去看看。抗戰以後，我離開上海，我就一直沒有再去。

我與妻感情很好，她死後，我起初常夢見她，後來大概因為內地生活忙碌艱難，逐漸不再常常想到她，所以夢也絕跡了。

我於抗戰勝利後回到上海，那時舉國歡騰，興奮無已。我們在內地一直很苦，勝利後，像久悶的心一時鬆懈般的，大家尋歡作樂。我那時喜歡了一個歌女叫做齊原香，這是一個年輕活潑，皮膚白皙，性情愉快的女孩子。她的長相是豐腴明朗的一型；與我亡妻剛相反。我那時同幾個接收大員的朋友，幾乎天天在一起花天酒地。自然我當時早已忘記了亡妻，也從未想到去看看她的墳墓。我們有一個十二歲的孩子，我去內地時一直住在我姐姐那裡，現在在學校住讀，我也很少見他。

有一天，那是殘夏的中午，天下著微雨，那天我駕著一輛很大的別克車同齊原香以及另外兩對朋友，預備到郊外樂生農場去吃中飯。車子在國際飯店門口，因為恰巧有喜事受阻，我等在那裡，望著一簇人，擁著新郎新娘出來。我忽然想到那也正是我與妻新婚的地方，一瞬間好像我眼前的新郎新娘就是我們一樣，往日的細節竟一一在我心裡浮了起來。

等交通恢復，我的車子又在微雨濛濛中駛出的時候，我的心真是浸在過去的回憶中。出了南京路，在轉彎的地方，我為躲避一輛軍車，我的車子竟撞向了路邊的郵筒。這一剎那的時間，我在後來回憶時可以說非常清楚：我很快的想使車子轉過來，但我竟會失去了控制，車子斜到濘滑的馬路上，恰巧與前面來的一輛卡車相撞了。

以後就像天翻地覆一般的，我失去了知覺。

於是我聽見有人叫我：

「你回來啦。」

我一看是我的太太，她穿一件灰色的衣服，黑色的絨線衣，兩手插在絨線衣袋裡，露出她特有的略帶憂鬱的笑容迎著我。我迎上去，握著她的兩隻手，像是帶著白色的手套，很冷，一種奇怪的沁人骨肉的陰冷。她鬆了我的手，兩手圍著我的身子忽然哭起來。

我勸慰她許久。

她用手帕揩揩眼淚，於是破涕為笑說：

「現在你不離開我了吧？我已經為你留了一間房子。原來的人剛剛走。」

「真的，你真想得周到。」

這樣，妻好像就帶我進了那間房子，很黯，但是很暖和，我進了裡面，就打呵欠，坐在床邊，我就躺了下來。我說：

「這許多年來，我真很疲倦，讓我先睡一回吧。」

說著我就迷迷糊糊的睡了過去。

但是不知怎麼，忽然我屁股上像蟲咬似的被什麼刺了一下，我吃了一驚，張開了眼睛。

「醒了，醒了。」有人在說。

一個護士在我旁邊，醫生正在為我打針。原來：

我是在醫院裡。

我慢慢想到我翻車的事情。我打聽我同車的幾個朋友。我開始知道坐在車後的四個人都受了輕傷，坐在我旁邊的齊原香則傷得很重。我自己，頭部受傷外，還斷了一根肋骨，腿上出了不少血，面部也有點輕傷，其他都沒有什麼。醫生告訴我要養四五個星期才能出院。當時我對於自己倒不覺得什麼，我一直關念齊原香的傷勢。起初護士們還瞞著我，後來她們終於說了出來，原香第二天夜裡就死了。

原香的死真是給我一個很大的刺激，我雖不殺伯仁，伯仁實因我而死，且不說我非常愛原香，我心裡真是非常痛苦。但是當時的報紙上對於原香的死則有很奇怪的論調，說原香是偽組織的一個大官的情婦，勝利後，那個偽官家庭的財產都被沒收，而原香則擁有很大的財富，一變而為地下工作者，與重慶來的人每天在一起，日夜花天酒地，終於不免慘死，雖是可憫，亦暗示著天網恢恢，有報有應。

當時我在醫院裡養傷，自然有許多朋友來看我。每當我談到原香，許多人好像都有同報紙上論調一樣的想法。有許多甚至明說我之迷戀原香，與我的事業與前途太有影響，以前因我們正打得熱絡，不敢破壞我們美事，現在原香既死，不妨談談。他們認為這次失事雖然不幸，但也正是給我一種警告。還有的甚至告訴我以前我所不知道的，原香過去的糜爛貪婪奢侈無恥的私生活，以減少我對於原香的許多戀念。

我不相信這些言詞對我的心理有多少影響，但是當我靜靜的一個人躺在病院時，我對於自己這些日子來的生活的確有了一個靜靜的反省。我發覺這些日子來，我真是昏天黑地的每天花天酒地，什麼事情也沒有做，什麼正經事情都沒有想。這雖說我是自己糊塗，或者是環境使然，但是，齊原香給我的影響也是很大。我很後悔我這一段糜爛的生活，我立志要在出院後重新振作做人。

我住在學校的孩子，已經十二歲了；本來我們很少見面，現在則每星期六都來醫院陪我，住一晚，第二天才走。這時候我才注意到他是很像我的亡妻的。於是，一件奇怪的事情發生了。我又常常夢見了我的亡妻。

有時我夢見她在上海，有時夢見她同我一起在重慶，有時也夢見她同我一起在日本飛機轟炸下逃離，總之各種奇怪不同的夢都有。有時清楚，有時糊塗。但有一點則是不變的，那就是亡妻的容貌。

妻去世已經九年。九年的時間不算短，我自己的變化可以說是很多，但是夢中的妻無論是在那一段生活中則永遠是我們初婚時的她，永遠是這樣年輕清秀，她的一種略帶憂鬱的笑容是特別動人的，在夢中竟永遠是這樣新鮮清楚。

當時我就深深的自疚，我怎麼勝利後竟沒有去看過亡妻的墳墓，想來該是荒蕪非凡了。我決定我出院後的第一件事情，就是到我亡妻的墳墓去看看。

我於陰曆八月十四日出院，正是中秋節的前夕。

齊原香死後，由朋友們為她治喪，停柩在雲林庵，我去祭奠。

停柩的地方是一間小小的房間，柩前掛著靈幃，幃前供著她一張照相。我就在她照相前點上蠟燭，燭光下我看到照相中的原香的美麗，她一直是浮著我所熟悉的笑容的。

我獻了一束鮮花，站在那裡很久，心裡感到說不出的悔恨與內疚。

我一直等那兩枝蠟燭燒盡了才出來，她的印象始終浮在我的面前。

那天晚上，是中秋節，朋友們為慶賀我死裡逃生，舉行了一個很熱鬧的宴會，我喝了不少酒，才算排遣了我內心的許多創痛。

我記得我是在中秋節後的四天，才去普渡山莊去看我亡妻的墳墓。

二

普渡山莊在浦東，搭市輪渡到東溝，上岸以後，還要走一里多路。那天我於下午搭兩點鐘的輪渡去東溝，船上人很少，都是到上海賣掉蔬菜而回家去的村婦們。我吸了一支煙，看完帶在身邊的兩份報紙就到了。

天是陰的，沒有風，沒有雨，也沒有太陽，天空如病人的舌苔，厚濁而灰黃。江南八月的天氣已經不熱，翠綠的樹梢有斑剝的黃意，田野是寧靜的，行人很少，我感到一種落寞。從東溝到普渡山莊有一里多路，我走到那面大概還不到三點半。但是我幾乎認不出這是普渡山莊了。原來堅固樸實的圍牆，現在已經七倒八缺，前面城樓似的大門已只剩了兩個高低不齊的方柱。殘缺斑剝中，上面還塗了些雜亂的字跡，也殘留著歪倒不齊的「打倒漢奸」一類的標語。

我在外面站了一回，就走向裡面，裡面更是什麼都變了。當年新種的矮小的樹木現在已經高大，而原來的樹，有的已被砍去，只剩下了無法搬動的樹根。路徑已經無法認出，到處都是荊叢雜草，本來很整齊的墳墓，現在像是非常凌亂。許多束著爛草的棺木放在墓隙間，有的甚至擱在別的墳上；大部分的墳身已被荊叢雜草掩埋，只露出歪斜不齊的墓碑。

我像是憑弔古戰場一樣慢慢地走了進去，踢著雜草，撥著藤蔓，在沒有路的墓隙中尋路，到處是瓦礫亂石，泥沼土堆裡，隱藏著斷續悽切的蟲聲。四周是靜寂的，樹叢裡時而有拖長的鳥叫，麻雀上下跳動，發著吱喳的低鳴，但這些只是增加了這墓場的陰森與淒涼。而許多暴露在草叢的棺木已裂，有的似還經過野狗的竄劫，屍骨像枯枝一般的拋在外面，這已完全不是墓場，而是一個無人管理的荒塚。我想除了我以外，當不會再有人弔慰死者了。

我忽然想到在這什麼都變了的情境中，怕不容易找我亡妻的墓地了。我站了好一回，細認我從外面進來的方向，再往裡走去，但是裡面的路很難尋找。破瓦殘磚，荊莽雜樹，許多地方的泥土像是被人挖掘過，高低不平。在一個較高地方，堆著一堆十幾口的棺木，上面有的還寫著死者的姓名。

就在我找路的時候，一條綠色的蛇忽然從草叢中襲來，我吃了一驚，只好往來路轉回。我轉了另一方向，並且在附近拾了一跟粗實的樹枝，打著地上的雜草，再向裡面走去。

於是我走到一塊水坑，兩面都是荊棘、棺木與亂石。我要過去，就必須踐這水坑；我彷徨了一回，四面望望，覺得非常落寂與淒涼。

一個整潔幽靜的墓地，曾幾何時變成了這樣，我想，那麼葬在墓地裡的人又會變成怎麼樣呢？想來不過是一堆人人都一樣的枯骨，那麼活在世上的親人，為什麼還要關念這枯骨所安頓的墳墓呢？

我當時呆立了許久，但猛一抬頭，正看到了不遠的地方樹林的疏密處一個灰色的碑尖。這碑尖是我認識的，這正是我亡妻的碑志，可是它前面的大樹則已經消失了，想是已被砍去，在一切變化中，而這墓碑竟沒有倒塌。這概算是非常幸運了吧，我想。

這個發現頓然使我的心輕快許多，我不管前面的水坑，我就涉著水走了過去。所幸裡面多是砂石，我只是溼了鞋褲就跨到了一堆亂石。越過亂石是一堆雜草。我用手中的棒打著草走過去，於是前面是兩株歪斜的樹木，繞過樹木，我就看到了我亡妻的墳墓了。但是出我意外的，我竟在我亡妻墓旁，看到了一個女子。

我吃了一驚，再細認時，這女子竟是我的亡妻。

但是這是無法相信的，妻已經死了九年，怎麼還可能活在那裡呢？我站定了望了許久。但越看越覺得她就是我的亡妻。

那麼難道是鬼魂麼？一個人從小受的迷信教育，這時候就發生了作用。

她穿的是一件灰色的衣服，套一件黑色的絨線衣，非常樸素，她的背向著我，我沒有看清她的臉，但是她的頭髮的形狀與背影，我是非常熟識的，我知道不會是別人。

如果是鬼魂的話，那麼我走過去她會不會消逝呢？我一面這樣想著，一面還是輕輕的走過去了，自然我眼睛是望著她的。

大概離妻的墳墓有一丈路的辰光，那個我以為是鬼的影子好像發覺了我。她看我手裡捧著花，好像也不以為奇了。這時候我發覺她是站在另外一個不遠的墓前。她匆匆的望我一眼又回過頭去，而我就在這時候看到她清秀的臉。但是她是這樣的年輕，正如我夢中所見的妻一樣。妻如果活著，隔了九年，她一定不會是這樣的。

在我們那裡，有一種迷信的說法，說是一個人活在世上一年年老去，死了以後，就一年一年的年輕，一直回到襁褓的時代，於是再去投胎的。這種說法是我幼年聽到的，我從來都沒有想到過，但是這時候竟變成了一個十分充足的理由。

一時間，我很想飛過去拉她，一敘別後的情況，但我的理智是清醒的，我覺得我還應當再走近去看看。我怕她在我走近時會消失的，所以我一直注視著她。

我終於走到我亡妻的墓前，青草茸茸的裡面，墓廓有點歪斜，但幸還沒有崩裂，碑志的水泥已經剝削，上面的字已無法認識，有幾個地方已露出裡面的鋼筋……

這時候，我清清楚楚的看到那個女子是站在離我十幾步以外一個墓前，似乎站在哪裡禱告什麼。我極力鎮靜自己不去看她，鎮定地把我手中的花放在妻的墓前，我心中默默的禱告，我說：

「假如隔壁的人是你的陰魂，那麼請你同我談幾句話吧。」

就在我的禱告完成的一瞬間，我聽見了一陣奇怪的啜泣聲；我真的還以為我墓中的亡妻在哭呢！我楞了一下，才知道哭的是鄰墓的女子，在這荒蕪的墳牧場中，她的哭聲是多麼淒涼！不知怎麼，我望著她坐在石塊上的背影，越看越覺得她是我亡妻的鬼魂，無限的傷心浮在我心頭，我竟也像一個小孩似的哭了起來。

我不知道待了多少辰光，突然一陣風掠著樹梢，接著如針的細雨落了下來。我猛然醒來，發覺那面的人還在哀哭。不知怎麼，我像夜行人一樣走了過去，她沒有發覺我。一直到我走到她的背後，奇怪，這時候我的心突然的跳了起來。我在她背後站了有半分鐘，我看她還是不斷的哀哭，於是我就輕輕的對她說了：

「天下雨了，你，你……我想還是回去吧。死的已經死了，活的還是要活下去……」

突然，她吃驚似的站起來，回過頭，退後一步；但沒有對我生氣，好像是發覺我有點傻頭傻腦的，她說：

「啊，是你！」這聲音使我想到了昨夜夢裡我亡妻的聲音。

我看到她的臉了！她的臉實在就是我亡妻的臉，但是不知怎麼，她使我相信她不是亡妻的陰魂。我沒有再說什麼，我一直站著。

她在揩她的眼淚，忽然說：

「那是你，你的……」

「我的太太，」我說：「葬在那裡已經九年了。」

說著，我看到她所獻花的墓地了，原來也是雜草茸茸，除了看得出是一塊方形的墓場外，好像什麼都沒有似的，我沒有問她那裡面是她的什麼親故。

「啊，我該回去了！」她說著，從黑絨線衣的領間拉出一條藍白黃夾花的綢巾，她在包她的頭髮，就在這一個裝束之中，我真分不出她與我亡妻的不同。我好像發現她實際上是我亡妻的陰魂而故意不肯承認似的，我有非常的意志，想查究她的究竟。

「是的，我們該回去了。」我說。

這時候雨似乎更密了。

在這些雜亂崎嶇的路徑中，我伴著她一同匆匆地走著，彼此沒有說一句話，但是我是一直注意著她的動作，我時時提防她會像鬼魂似的在我身邊消失。我一面用手中的棒打著雜草，一面幫助她越過亂石，跨過水窟。雨點雖不大，但是很密，我發現她身上已經很溼。我望望四周，看到左面有一株很密的大樹，我說：

「我們到那裡躲一回雨吧。」

「雨快停了，讓我們離開這裡吧。這裡實在太淒涼了。」

她揩揩眼睛，和我一同走出來。她只是低著頭，沒有再說什麼。這時我好像已不懷疑她不是我亡妻的鬼魂，但是她竟是這樣的像我亡妻。

三

走出普渡山莊，我們向東溝村走去。舉目可見的是遠處青山與近處田野。天黯的煙霧中，也看到幾家民房，但離我們的小路都有相當的距離。天很低暗，有輕輕的風，飄揚著灰黃色的雲霧。附近沒有一個可以躲雨的地方，我很怕再下起雨來。

我們從一條煤屑路轉到石板路。石板路很窄，我讓她走到前面。我從她的後影越看越覺得她像我亡妻，後來我甚至認出她腳上的那條平底的紫色皮鞋，正像是我多年前陪她在先施公司買的。

這時候，我的心不知不覺害怕起來，我望望周圍，我說：

「你認識路麼？」

她沒有理會我，只是往前走。雨剛剛下過，石板路是溼的，許多地方很濘滑。我看她走得很輕便自然，我又說：

「不好走吧？」

「很好。」她說。

接著彼此又沉默了，我可以聽見我們押得很齊的腳步聲。我從袋裡拿出紙煙，吸上一支。看天色像是越來越暗沉，越來越覺得前面的她是我的亡妻。一方面我有點害怕，一方面我又有一種好奇的心理，很想知道一個究竟。我很怕她會突然的隱去，我緊緊地跟著她，吸完一支煙，我又吸第二支。

周圍看不見第三個行人，也沒有一隻狗、一頭牛。我很想找句話同她談談，但是竟想不出該說什麼，於是我吹起口哨，拋去了我手中的紙煙。

我吹的是一隻歌兒，我想到這是我妻所熟識的，我就問她：

「你知道我吹的那隻歌？」

「知道，很熟很熟的。」她說，我忽然想到這聲音實在是妻生前的聲音，好像略略有點傷風。我趁勢說：

「你有點傷風？」

「也許。」

接著我們又沒有說話。一瞬間，不知怎麼，我很想可以看看她的臉，但是路很狹，她走在前面，我沒有法子搶上去。

忽然，我們頭上響起了烏鴉的叫聲，原來前面是一株柏樹。繞過柏樹，轉彎，前面是一條小河。我們要沿河走一段路，才可過橋。

於是我在小河裡看到她的影子。我非常冷靜的細認這個影子，這時候，我真是無法懷疑她是我的太太，我心跳得很急，我的臉熱起來，我真是很想拉住她問她一個究竟。可見她忽然咳嗽一聲，問我說：

「先生，你有孩子？」
「啊……」我吃了一驚，我說：「是的，我有一個孩子。」
「很大了？」
「十二歲了。」我說。
「是男孩子，是不？」
「是的。」
「現在住學校裡？」
「是的。」
「沒有母親的孩子，一定很可憐。」她忽然說：「先生，你怎麼沒有再結婚？」
「你？……你怎麼知道我沒有太太？……沒有……沒有再結婚？」
「我看你是獨身的。」她輕笑了一聲，忽然又說：「如果你結婚了，你會來這裡看前妻墓地？」
「為什麼不呢？」我說：「那麼你來弔你亡夫，你也一定是沒再嫁了。」
「正是這個意思。」她說。
這時候，我們已經走到橋邊，她忽然讓我在一邊說：
「你走前面，好不？」
「為什麼？」我說著走前一步，想看看她的臉。但是她頭上包著一塊花綢，又低著頭，所以無法看得很清楚，她沒有回答我的話，只是站在路邊讓我走過去。

我當時就掠過她的身子走上橋去。那是一個小橋，不過四個石階，就到了橋上，橋上並沒有石欄，只是兩條併在一起的長長的石條，有點溼滑，我就說：

「當心。」

橋下的水聲潺潺可聞，我在那滾動的水中可以看到我們兩個人的影子。走過了橋，又是兩邊都是田野的石板路了，這路比以前更狹小，我說：

「還是你走前面吧。」

「我喜歡在後面，我怕有蛇。」她說。

這樣我就走在前面。天色好像越來越暗，但我的錶還不到六點鐘。我知道最後一班輪渡是六點半，時間上自然是來得及的。

這樣大概走了七、八分鐘，雨忽然又下起來，雨點雖不大，但是很密。我說：

「這怎麼辦？」

「快走吧，前面有一家人家。」

我抬起頭，看不到前面有什麼房子。我說：

「哪裡？」

「前面，那竹林後面。」

真的，就在三、四丈外我看到一條支路，不遠的地方有些竹叢，竹叢裡像是有點房子。當時我就加緊了腳步。從支路走向竹叢去。

雨下得越來越緊，我們也走得越來越快。

原來竹叢是種在土坡上面，走下土坡是矮矮的竹籬，籬內有一個草坪，前面是三、四間平房，旁邊則另有兩間，比較矮小。

我向著正面奔去，但是她在後面說：

「這邊，」一面叫：「七星婆，七星婆！」我聽她在叫人，很奇怪，我想：

「她怎麼認識這裡的？」

我發覺，我站在土坡上又溼又滑。她好像知道旁邊有條磚路，一直走在路上，天色很暗，但我看她的衣裳已經溼了。

這時候我走到她的旁邊，我說：

「你認識這裡的？」

她不作聲，臉上浮起一種我極熟的憂鬱的笑容，點點頭。

果然，那矮小房子的門開了，裡面伸出一個老婆婆的頭來。但我只看到她一頭蓬亂的頭髮，沒有看清她臉。

「啊，是你！快進來，快進來，這麼大雨。」她說的是一口上海話。

她走在前面，我在後面，我們走進了那所房子。那是一間昏暗低矮的房子，裡面只有一張板桌，四把竹椅子。

一瞬間，我忽然感到不像是人間似的，有點陰森森的感覺。

我發覺七星婆雖是一頭白髮，但有一副粗矮健朗的身軀。她好像對我一點也沒有注意，親切地走近「她」的身邊，一面很慈祥地說：

「真的他又走了？這許多年，好容易來了，怎麼又要回去做人呢。」

「七星婆，我還有朋友在這裡，想問你借把傘。」

「請坐，請坐，我去點一盞燈來。」她並沒有注意我，只是清健地往後面走去：「我現在眼睛越來越看不清。啊，請坐，請坐。」

我望著七星婆從後右角的門進去，有聽見她在說：

「也沒有這麼大雨出來的。」

外面的雨聲越來越大。房內有兩扇板窗，半掩著。我從窗隙裡望出去，只看到乳白的霧與閃亮的銀絲般的雨絲。

房內一時什麼聲音都沒有了，四周圍只剩雨聲，坐在我側面的她，忽然說：

「七星婆眼睛很不好，她什麼都看不見了。有燈，沒有燈在她都是一樣的。」

這時候我心裡已經有一種戒備。我逐漸相信對方實在是我亡妻的鬼魂。我雖也有點害怕，但是我的好奇心更切。我沒有作聲，拿出紙煙與洋火。我含上一支煙，忽然問她：

「你吸煙麼？」

「不，謝謝。」

我劃亮了火，點我的紙煙。這時候對方已經站起，她走向後面背著我，用上海話說：

「七星婆，你不要忙什麼！我們要趕輪渡，就要走的。」

「這麼大雨，你住在這裡好啦。」

「那麼你找把傘，借給我朋友好不好？」

「啊，真是，我的燈連油都沒有了。」七星婆一面走出來，一面說：「你知道平常我睡得早。」

「你快去找把傘吧……」

「你住在這裡好了，這麼晚，又下雨。」

「可是我的朋友。」

「啊，對的，對的，你的朋友。」七星婆說著，恍然大悟似的就匆匆忙忙地到前面推開門就出去了。

「她真是老悖了，可是也不容易，今年六十八歲了。」

「八十六歲？」

「啊，我是說六十八歲。」她說。

「真的，你預備住在這裡，不回去啦？」

「這麼大雨。你知道她是很熱心的，一定不放心我走，所以我想明天回去也好。」

七星婆忽然推門進來，她手裡拿著一把紙傘。她匆匆的放在板桌上。

這時候，那個像我亡妻的女人走到桌邊，隔著桌子同我說：

「有傘啦，你先回去吧。謝謝你。」

「你？」

「我今天不會去了，明天……」

我一時到有點躊躇起來。

「怎麼，你一個人怕麼？」

「不是，不是。」我說：「我還可以再碰見你麼？」

「為什麼不？」她說：「也許還像今天那麼巧。」

「我可以問你上海住在什麼地方麼？」

「上海，我住在親戚家裡，我就要回蘇州的。」

蘇州，我想到亡妻正是蘇州人，現在我真是不再懷疑她是我太太的幽魂了。我說：

「我沒有告訴你我的亡妻也是蘇州人麼？」

「真巧！」她低聲地說。

「可以請問你貴姓麼？」

「我姓陳。」她說：「你太太也姓陳麼？」

「真的，她也姓陳。」我說。

「真巧。」她說。

七星婆這時候正在「她」的身旁，忽然說：

「你看，你一身都溼了，快到裡面去換換吧。」

「好，好。那麼，先生再見。」

「我不能再看見你了麼？」

「這裡，有時候我也來這裡。」她說著就想避開我。我搶先一步，正攔住她想裡面去的去路，我一直想碰碰她，都沒有機會，現在我伸出了手同她告別，我說：

「再見。」

她微笑了一下，也伸出右手。我同她握握手，發覺她手上帶著白色的手套。但使我吃驚的則是我的感覺。這個感覺是多麼像我以前夢中的感覺。是一種奇怪的，沁人骨肉的陰冷。

「再見。」她縮回了手指，匆匆地進去了，七星婆也跟了進去。我一個人楞在那裡很久很久。

房中再沒有其他的聲息，只有外面颯颯的雨聲。

天色更暗沉，房內已經不容易看清楚什麼，我拿起放在板桌上的紙傘，推開門，走了出來。

四

一跨出門外，我發現雨比剛才更大了。

我撐起雨傘，望望周圍，空曠昏暗，寂無人影，我有點害怕，不斷打寒噤。我匆匆跑出籬圍，感到又餓又冷；我每走了幾步，都回頭看看那籬落間的房子，一直到竹林的坡上，我回身站定了，冷靜地想想剛才的際遇。我想這房子總不會是假的，還有那傘，還有七星婆。就在這時候，我忽然看到那籬圍中的正房亮起了一點燈火，可是右首七星婆住的房子則仍是漆黑的。

我有重新回去看看的衝動，但被奇怪的飢寒所阻。我又怕輪渡趕不上，所以我就匆匆的離開那裡。

趕到東溝，我向一家小鋪裡買了兩個大餅，一杯白乾。這時候我才看到傘柄上刻著周記的字樣，我想那一定是七星婆的姓了。

十幾分鐘後，輪渡來了；它在東溝只有五分鐘的停留。我上了小輪，很快的就到了上海，我還是感到又冷又餓。

那時候我住在我的姐姐家裡，我一回去，大家都說我面色可怕。我走到鏡前，發覺我臉色又白又青。

我喝了兩杯白蘭地，洗了一個熱水澡，吃了一碗麵，跟著我就倒在床上。

一覺醒來是第二天下午一時，天還在下雨，我頭腦昏重。起來洗洗臉，漱漱口，一量熱度，竟有三十九度，我吃了一驚，又躺在床上。

醫生說我受了風寒，叫我靜靜的躺幾天。我於第三天才退熱度。當天下午我就又去東溝。我拿著刻有「周記」的雨傘，去還七星婆。

那天天氣暖和，太陽很好。我在輪渡上感到很舒服，我冷靜地思索那天的際遇。

我想到可能是我在醫院裡關於亡妻的夢太多，使我心神恍惚地把那個女人越看越像我的亡妻了。也許她的確很像亡妻。天下相像的人很多，這當然是可能的。可是在我眼裡，加上了我的幻覺，她自然變成越來越像了。要是她是亡妻的鬼魂，她又為什麼要在鄰墓哭泣，又說那是她丈夫的墳墓呢？

再說，她如果不是人，是一個鬼魂，無論是不是我亡妻，她為什麼又要跟我一齊出來？而又對我很和善，並無對我有加害的意思呢？

我再細想當時各種細節，越來越覺得她可能是一個平常的女人。於是我想到七星婆，這個老太婆一個人住在那裡，又是什麼人呢？為什麼一直沒有點燈。不知怎麼，像閃光一樣的突然使我想到了七星婆對她說的一句話，好像是說「……好好的為什麼又要去做人？」這可能就是指她在哭泣的那個墳墓，那麼她也許真是妻的亡魂，在那個墓地上她同鄰墓的男人成婚，現在那個幽魂去了人世，她變成了寡居，因而時常在痛哭。

但是我是他生前的丈夫，她難道不認識了？而且她明知道我在憑弔她，她為什麼一點無動於衷呢？而且她竟敢明認那鄰墓是她的丈夫。
難道……啊，我忽然想起我翻車後的第一個夢境，難道我的靈魂是被她帶到那個墓穴過，我的復活正是她又失去了丈夫，所以她要哭泣呢？
我在船上一直這樣的胡思亂想，我有各種的猜測，但是得不到一個結論。
船到東溝，我上了岸，頭腦裡仍是許多奇怪的設想。那天天氣晴和，野景在陽光下顯得非常明朗燦爛。
我走著走著，忽然想到：如果七星婆是鬼，那麼我那天避雨的房子可能也是一個墳墓，那麼我怎麼找得到呢？可是可靠的則是這把傘，這把傘在我的手裡竟是這樣的實在，證明我這個懷疑不是多餘的麼？
天是高高的，藍藍的，只有淡淡的幾抹白雲浮在空中。遠處是重重疊疊的青山，近處是或黃或綠的田野。偶而有一、二聲牛叫外，是飛鳴而過的小鳥。也有一、二個行人在田野間來往。我想到那天雨中的情形，真像完全是兩個世界了。
於是我看到了那圍著竹籬的草坪，這草坪雖不是碧綠的，但很乾淨。我看到那天看到的房子，平安地站在那裡，我從土坡上奔下去，一直闖進竹籬。於是我就看到那狹狹的磚路是直通到七星婆的矮房的，我就走了過去。
那矮房的門關著，板窗也關著，我就用雨傘敲那扇板窗，我叫：
「七星婆，七星婆！」

沒有人應，我又叫：

「七星婆，七星婆！」

還是沒有人應。

我發覺那板窗上有手指寬的裂縫，我去張望試試。板窗很高，踮起腳趾，用手板住窗框，勉強可以望到。

這一張望可真使我吃驚了，原來裡面停放著一口棺材，另外則是一些破舊的家具與木料。我還以為是我看錯了房子。我退下來，回到草坪上，仔細的端詳，覺得那天進去的實在是那兩間房子，而除了那兩間房子外，旁邊再沒有第二所了。

我彷徨了很久，最後我想到正對草坪前的那三間房子。我記得那天我曾經看見那面是有燈火的。我慢慢走近去。

我走到正房前面，我聽見裡面有人聲，我就大膽地敲門。

應門的是一個七十歲左右的老頭子，手裡拿著旱煙管，精神矍鑠，詫異地望著我。

「老先生，你可是姓周？」

「是啊，你找誰？」

「這傘是不是你們的？」我問。

他接過傘，看了一看說：

「是呀，我們丟了好幾天。您先生從哪裡拿來的？」

「啊，我在前面草坪上拾到的。」我撒謊了。

我常覺得，當我估計說真話不會被人相信時，不如說謊話為比較便當些。在這樣的場合，我就有愛撒謊的脾氣。

「謝謝你，謝謝你。」老者接過傘說。

「我可以要一杯水喝嗎？」

「自然，自然。」老者說著就邀我進去。我看到一個年輕的少婦在縫衣服。我想可能是他的兒媳婦。桌上就放著茶壺茶杯，老者就倒了一杯茶給我。我接過茶，就問：

「我剛才到那面小屋去問，沒有人應。」

「那裡不是住人的。」老者說。

「我看見停著一口棺材。」我喝了一口茶說。

「是呀，沒有墳地，一直沒有去葬。」

「是老先生自己人麼？」

「正是我的亡妻，停在那裡也有六年了。」

我一時不知該說什麼，心裡狐疑不安，楞了好一回。正想告辭時，他忽然問我：

「先生，你是不是從普渡山莊來的？」

「是的。」我說：「你怎麼知道？」

「我猜想是的，不然像你這樣的先生怎麼會走到這偏僻的地方來？」他說：「我們以前就是管理那個墓地的。」

「你們？」

「那個山莊的業主姓史，這裡許多地都是他的，我們是他多年的佃戶。開闢了那個墓場，他就托我們照料。」他說：「先生有什麼親人葬在那裡。」

「是我的亡妻。」

「墳墓還沒有毀壞吧？」他說：「這許多年來，日本鬼子……地方完全不像。我們的東家正打算從新修葺那個墓場。你知道那後面還有許多空地可以開闢的。你隔幾個月來看，一定會覺得很像樣的。」

「要恢復以前的樣子，也很不容易的，我想。」

「你知道我們東家在抗戰時去了重慶，現在剛剛回來。他們說，這幾年來許多死在內地的上海人，有許多棺材都要運回來，墓場一定很需要，所以這是一個好主意。這裡的地本來論畝計算，他改為墓場，就變成論方尺計算，這還不好賺錢麼？」

我一面聽那位老先生談話，一面心裡還是很不安。當時我沒有再說什麼，謝謝他的茶，就告辭出來。

當我走出草坪時，籬外正來了一個背著鋤頭的青年農夫。我知道他一定是那老者的兒子，也是那屋裡那位少婦的丈夫，而且也是那位死了的七星婆的兒子了。

我看看他，向他笑笑。他好奇地望望我，我就走了出來。走上土坡，我回頭看看那個青年農夫，他也正在看我。我忽然想到，那所安謐的站在那裡的小屋前，那位七星婆是不是也正望著我呢？或者我的亡妻也正在她的身邊？

五

我自經過這翻車的變故，同墓場裡的奇遇後，心情很不好，所以頗想到外面旅行一次。妻的墳墓我本來想去修葺一下，現在既然普渡山莊的業主要整個整頓，我想索性等他整頓好了，再去做個別的整理，所以也覺得不是急務。

我原來想去北方，但恰巧有經商的朋友要去香港，邀我同行。那時候已經是秋末，北方正冷，我想到香港玩玩也好。

那次在香港住了兩個半月，換換空氣後，心境與身體總算好了許多。

那時候，從上海到香港的朋友很多。一位在我翻車時，坐在我後座受傷的孫君恰巧也到了香港。我們談談往事，都覺得生死真是天命。他忽然說：

「你記得，齊原香那天本來要坐在後面的，她走進車子時，一直在同我太太談什麼。是我叫她坐在你旁邊的。」

「這個我倒沒有注意。」

「不然死的也許就是我了，是不？」

「這很難說，也許你坐在旁邊，就不會翻車也說不一定。」我說：「現在我一想到原香，就覺得傷心。她姐姐來上海沒有？」

「她姐姐早來了，她們把齊原香遷葬在普渡山莊。」

「普渡山莊？」我吃了一驚。

「怎麼？」

「沒有什麼。」我抑制了自己說：「你去送葬了麼？」

「我同我太太都去的。她姐姐很想碰見你，同你談談。」孫君說：「她還在上海，我想你回去她還會在的，她同她妹妹很像。」

「為什麼葬在普渡山莊？」

「那地方很好，新修的，非常漂亮。」孫君又說：「他們大概是看報上的廣告去找的。」

孫君的話，使我心裡有很多感觸，但是我當時並沒有說什麼。

我於陰曆十二月中回上海，我沒有去找齊原香的姐姐，就獨自一個人到普渡山莊去。

那天雖是冬天，但是天氣很好。普渡山莊果然已經煥然一新，圍牆已經修好，粉成黃色，像廟宇一樣，遠遠地在陽光下閃光。大門前的路也修寬了許多，鋪了煤屑，大門的方柱已改成圓柱，漆成紅色，還裝上了綠色的鐵門。裡面的污穢都已清除，路也重新鋪過。原來的樹木也經過了整理，因為不是種樹季節，還沒有添種新樹與花草，但已經開了花圃與棚架。有幾個工人去搬運雜物，我以為可以看到那位周老先生或他兒子，但是沒有。周圍倒有些在訪尋親友墳墓的來賓。

我一直進去，好像是到一個新的地方一樣。我記得有一處堆著十幾口棺木的地方，現在竟再也無法找到。周圍許多舊的墓地，有的也都已修整過了，有的還立了新的墓碑，刻著抗戰後重修字樣。許多的墓前放著鮮花。

於是我看到了我亡妻的墳墓同那個稜形的高高柱子。墳墓前後的雜草都已清除，所以看起來已經乾淨許多。碑柱雖沒有倒，但上節已彎了，下面則斑剝殘缺，墓廓有點傾斜，右側有點裂縫，但總算棺木未露。

離亡妻的墳墓十來步的地方，那個正是我以前碰見亡妻鬼魂的所在，我看見了一個簇新的墓地。這所墳墓是方型的，用紅色的花崗石板完成的，很簡樸，沒有什麼十字架或其他的裝飾。石廓外有很大草地，外面圍著兩尺高的短欄，短欄的石柱是尖頂方形的，穿在上端的是一條鐵鏈，前面則有一塊石碑。石碑不高，橫寫著「齊原香小姐之墓（一九二四－一九四七）」字樣。

那天我沒有帶鮮花。我只是默默的在她的墓前站了好久。我忽然想到那天看到我亡妻鬼魂站在那裡的情形。難道我的亡妻真是預感我汽車出事，要葬在這裡的嗎？而現在葬在這裡的則是齊原香。

齊原香為什麼要死，死了為什麼又真的會葬在這裡？她難道是代替我死的嗎？我的死為什麼要齊原香來代替？……一時間這些問題都湧到我的腦中，但是我竟一個也不能回答。

我不知道站了多久，才意識到自己。我吸上一支紙煙，預備離開那裡，但當我一回頭，我忽然遠遠看到齊原香走過來了。

「原香！」我不知不覺得叫了出來，但我忽然悟到她已經死了。當時我真是吃了一驚，心怔怔地跳著。我想，怎麼我又遇見鬼魂了，在光亮的太陽下面！

我楞在那裡，望著她一步一步走近來，但是竟不是別人，而是原香。我迎上去，我想，我何妨叫她試試看，我用我往日叫她一樣的叫她：

「原香！」

對方看我一眼，忽然笑了，這笑容竟是她靈前遺像上的笑容。她說：

「我是原香的姐姐。」她看我好一回，於是說：「你是徐先生吧？」

「啊，你是她的姐姐。」

「怎麼，我們很像吧？」

「是的，是的，太像了。」我說：「你怎麼知道我是……。」

「我在原香的照相簿裡看見過你。前天聽說你要回到上海來了，我正想找你，同你談談原香，想不到在這裡碰見你了。」她說。

「啊，原香，我真是對不起她。」

「這種意外事誰能想得到呢？我們只能怪命運了。」她說著，忽然唏噓地哭了起來。

一時我悲從中來，望著原香的姐姐，我不禁流下淚來。我嘆息著叫她：

「啊，原香……」

「她……她，原香已經死了。」

……

一九六〇，七，七。

時間的變形

一

我與殷三姑的友誼開始於我小學畢業那年。那時我是十一歲，她是二十三歲；這很容易記，因為她告訴我，我們都是屬雞的。

我小學畢業，把小學用的教科書理在一起的時候，她接過去，翻了翻，她說：

「小四，你做我老師好麼？」

「我？」

「教我讀書。」

「你真要我教你麼？」

「真的，你答應我，我就拜你做老師。」

「教你什麼？」

「就教這些書。」

「好，好。」

「真的，可不能賴呀。」

「自然了。」

說著，我就去玩去了。

可是，晚上吃飯的時候，桌上多了一隻雞。母親說，這是殷三姑特別為我買的，自己燒的，為的是要拜我做老師。

這以後，真的，殷三姑每天一清早就硬迫我教她書，時間是七點到八點，有時到八點半。教完書，等母親起身來，才吃早餐。

殷三姑那時是我家的女傭。她一天都有工作，她到晚上才有工夫來溫讀我教她的書，她又做了許多功課要我改。她以前讀過初級小學，所以我的高級小學的教科書，正好銜接她的程度。

我起先以為教書是一件有趣的工作，現在才知道這是一件苦事。而且殷三姑把每樣東西都要弄清楚，問了又問，弄得我很苦。有時候，我很想偷懶，但是殷三姑迫著我，弄得我一點也沒有辦法。這樣教了二十多天，我發覺殷三姑竟快讀完了高級小學半學期的學程。

有許多地方，譬如數學上的習題，她很能領悟。許多難題，她有時比我還做得快。大概是一種好勝心督促我，使我在教她前開始做一點準備，我漸漸的對教書的工作發生了一種競賽的興趣。

那年兩個多月的暑假，殷三姑讀完了高級小學二年級的學程。

我進中學後，她仍舊要我繼續教她高級小學三年級的書。每天晚上，她做功課時，就拉我一起讀書。我可說是被拉著也用功起來，那年中學一年級學年考試，我考了第一。從那時起，我與她很奇怪的成了非常好的朋友，或者說她確確實實的成了我的大姊。她讀完小學的學程後，就買了一套我中學的教科書，很快就趕上了我。除了英文外，她什麼都比我好。這樣我們可以說足足同學了三年。

初中畢業後，我到北平去讀書，分別時，我們真是有點戀戀不捨。我們彼此叮嚀互相通信。

我到了北京進高中以後，同我母親通信時，總有殷三姑的信附來，有時候母親的信也由她執筆。

但是一年以後，正是我高中二年級的那年。母親來信，忽然談到殷三姑已在杭州佛教孤兒院找到一份工作，所以已不在我們家幫忙了。母親還說杭州的工作待遇也高，地位也好，但她沒有告訴我詳細情形。

以後，我也就接到了殷三姑自杭州來信。她說她現在是在佛教孤兒院做事，那個孤兒院有三百多孤兒。院長一人，副院長一人，下面是四個保姆，她就是四個保姆之一。主要的工作就是「當家」，主理一切用具物品、孤兒的衣著、食物……。保姆下面有十二個護士，以下還有四個女工，三個廚工。她說，這個工作，雖不要什麼學問，但不能沒有初中的程度，而這還是要謝謝我這位老師。

我自然寫信給她，為她高興。以後我們也常常有信來往。她要我介紹書給她看，有時還寄杭州的土產給我。她還要我暑假回南方時，到杭州去玩，她可以在她姨母家弄一間房子給我住。

二

我每年暑假從北平回南方時，常去杭州玩，不過每次總是只住三五天。殷三姑一定要招待我，陪我遊山玩水。我們竟有許多話可談，我發覺她看了不少書。

那時候的殷三姑該是二十七八歲，比以前似乎漂亮許多。她本來就有白淨細緻的皮膚，與晶瑩的牙齒，同一頭漆黑的頭髮；現在她的髮型改了樣，更顯得風光鑒人。她的服裝自然與以前不同了，但並不趕時髦，打扮得很樸素，比她年齡該穿的要大些。

那時候我已經開始注意到女人的時候了。我免不了暗想，如果她年輕十年，做我的太太不是很好麼？

我們每一次假期見面，使我們通信得更頻更長。我們在信裡什麼話都談，她的文字也顯得非常進步，早已遠離初中程度的階段。

高中畢業那年暑假，因為要考大學，我沒有回南方。我考進大學後，有一個親戚到北平，她說，殷三姑曾經去拜訪過我母親，送了一隻手錶給我，賀我考進了大學，要我母親收下，等有便人到北平時帶給我，所以她為我帶來了。這是一隻自動的白色的浪琴手錶，我當時真是非常感動。我因為考試，好久沒有給她寫信，所以當時馬上回她一封長信，在那封信裡，後面我談到了她的婚姻問題。這是第一次向她提到兩性的事。我說像她這樣美麗聰明的人，一定有許多人追求她，何以她來信一直不告訴我這些事情。我說我現在已經是大學生了，早已不是小孩子，所以開始關心她的終身問題。

她來信說，她因為在佛教孤兒院做事，碰見相信佛教的人，有些是很有德性的尼姑，所以她也許終身不會結婚了。

我當時駁斥她的話，說佛教也不一定叫每一個人去做尼姑。她說，她並不一定做尼姑，也不是抱獨身主義，不過現在自已並不想結婚，如果有合適的對象，也許會隨時結婚的。

從那時起，我們通信很勤。她也開始在信裡同我談到佛教的教義。

在大學讀書，因為假期裡常有其他旅行或研究計畫，所以有兩年沒有回南方。三年級的學年終了，暑假裡我到南方。那年我與殷三姑在上海見面，我們大家都變了不少，最顯著的是我抽上了紙煙，她則已經茹素。她住在一個她們佛教孤兒院的一個董事家裡，請我吃飯，也是素席。我們盤桓了幾天。她告訴我她正在杭州買了半個庵堂，預備將來退休時去住的。那庵堂的住持是一個叫做蘊真的尼姑，因為房子大，尼姑少，所以願意把旁邊一個院落賣給她。她們還用這筆錢買了一個果園，想可以增加一點收入。

我看殷三姑，那時已經是佛教的信徒，看她身體很好，人又愉快，很為她高興。

三

從上海到寧波，可以搭海船，一晚上可以到；也可以搭火車轉杭州走。因為我與殷三姑在上海相敘了幾天，所以我那次就搭船到寧波。殷三姑叫我出來時先到杭州，去看看她所買的那幾間房子。可是暑假過後，因為我要陪一個堂妹妹到上海考學校，為趕時間，所以仍是搭海船出來，沒有去杭州。

以後我就回到北平讀書，我與殷三姑自然還常有信札來往。

第二年我畢業了，因為忙於趕畢業論文，所以就少有時間與心情寫信。好像是春假以後不久，寫了封信給殷三姑，沒有她的回信，我也就沒有再去第二封信，這樣就一直到了暑假。

暑假我先回到上海。上海有一群親友，每天宴遊，跳舞，所以也沒有再寫信給殷三姑。我於七月十日動身到杭州去，為給殷三姑一個驚喜，沒有預先告訴她。到了杭州，我在湖濱住定旅館後，就到佛教孤兒院去拜訪她。

那是一個雨後的黃昏，杭州的夏天本來很熱，那天倒還涼快。到了佛教孤兒院，真巧，殷三姑剛剛從裡面出來。她穿一件灰色的旗袍，一雙很引人注目的白色皮鞋。

我趕上去叫她：

「殷三姑！」

「是你！啊，讓我看看你，你是大學畢業生了。」她兩手緊握著我的兩臂笑著說：「巧極了，我正要到我……，啊，那幾間我同你說過的房子去。你陪我一齊去看看吧，以後我希望你常常會去住。」

我當時就同她一齊從長巷中走出來，我問她要搭什麼車。

「我們可以搭船去，船裡我們可以談談。」

從佛教孤兒院到湖濱，也有不少路，可是我們一直步行，我們有許多話可以談，所以也不覺得路長。到湖濱時，天色暗下來，到處已亮起燈火。

殷三姑不斷地問我在大學的情形以及我以後的計畫，最後，她說：

「你是不是已經有了女朋友？」

「都是同學，沒有特別要好的。」我說。

「如果你還要到外國去，還是不太早結婚好。」

「我不想到外國去，也不想結婚。」我說。

「那麼打算怎麼樣呢？」

「我想，在杭州，找一個風景好的地方，辦一個中學。」

「這倒是很好，可惜……」

「可惜什麼？」

「可惜……可惜我不能幫你的忙。」

「在杭州做事，可以時常看到你，不就很快樂麼？」

「是的，是的，我會常常來看你的。」殷三姑說著，眼睛望著前面，她好像對我的話並不十分注意。

搭上小艇，泡了一壺茶。起初我們對坐著，後來她叫我坐到她的旁邊，我們一同欣賞湖景。

湖上沒有什麼遊人，四周景物，在黃昏中顯得非常柔美。那三潭印月的輪廓與白堤、蘇堤的垂柳，在湖水中浮蕩著閃光的倒影，使我聯想到北京頤和園的景色。殷三姑忽然說：

「我一直想到北京去玩，總是沒有去成。」

「那還不容易麼，明年暑假我陪你一同去。」我說：「我們可以順著滬寧路，津浦路一路遊上去。」

殷三姑沒有說什麼，她只是輕輕的微喟一聲。

天邊有隱約的上弦月，灰色的雲朵重重疊疊在推動。殷三姑好像很有感觸的遠望南高峰與北高峰。我發覺她同以前有點不同。至少她對我好像沒有以前一般的熱忱了。

船到了岳墳，我們上岸，殷三姑叫了三輪車，我們就乘車進去。殷三姑告訴我那地方叫北斗路。

這時候，天似乎晴好了，黃昏最後的陽光在西方亮起來。殷三姑只同我談她的房子。她說：

「到了北斗路，我們還要走進去。裡面有一個百丈寺，百丈寺周圍有五、六個庵堂。我們的叫做慧寧庵，慧寧是最早建造這個庵的尼姑的名字。她是一個很有錢人家的小姐，因為身體不好，許願出家，先在靈隱寺那面的一個庵裡修行，後來她父母為她造了這個庵，就以她的法名作為庵名。現在的住持就是她五傳的徒弟，叫做蘊真師，同我們倒是好朋友，今天她說有佛事，要我來。剛出門就碰見你了。真巧。」

說著說著，車子到了北斗路口，我們就下車了。我付了車錢。殷三姑就走在前面，她說：

「裡面也有一段路。」

這路是上坡的路，越走越斜，也越走越狹。路越來越不平，樹木竹林也越來越多。

大概走了半個鐘頭，殷三姑說：

「前面就是了。」

果然我看見竹叢中一帶黃牆。這樣又走了十幾分鐘，我們就到了庵前，匾額上「慧寧庵」三個字，是顏體。庵門關著，我以為殷三姑要去叫門了。但是她說：

「我的房子在後面，我們從後面進去，可以不驚擾她們。」

繞到後面，是籬笆圍著的一個花園。殷三姑推著籬笆柴扉進去。我發現這花園很凌亂，有兩株高大的龍鬚柏，頗青翠。中間有一口井，四周有不少沒有整理的花叢，牆角還堆著一些雜亂的花盆與破磚等。

走過這個小園，那裡是一道鐵欄門，鐵欄門上加著鎖。殷三姑把鑰匙交我，我為她開了鎖，她拉開門，又用鑰匙開一扇新漆過的發亮的黑色的木門。裡面是一個小過路，下了四個階梯，是一個院落。這院落可是很乾淨，石板地，空空洞洞的什麼都沒有。

有三間房子正對著這院落，那是在同大門平行的地位。檐廊很寬，檐口掛著竹簾。在這三間房子的左面，又有三間平房，比較低些。殷三姑在院中佇立了一回，才從石階走到檐廊，我跟著她上去。她用鑰匙開了門，邀我進去，進去後她就開了電燈。

「有電燈？」

「那是托百丈寺的福。」她說。

……

四

廳堂裡面的布置非常乾淨，最觸目的是掛在當中的一張半身照相，那是殷三姑的照相。但是穿著尼姑裝，手裡拿著念珠，頭上戴著絨線帽。

「怎麼？」我說：「你真的出家了？」

「照著玩的。」她笑著說：「很好，是不？」

「但是你的頭髮。」我說著，看看殷三姑的頭髮。我想做尼姑是要剃度的，殷三姑這樣美麗的頭髮，剃削去了豈不可惜。我當時看殷三姑的頭髮梳著髻，前額垂著幾絲髮絲。她一直是美的，但那瞬間，在那不頂亮的電燈光下，她顯得很蒼白。她微笑著說：

「頭髮我梳在帽子裡，真做尼姑時自然要剃去了。」接著她一面坐下來，一面說：

「怎麼不坐？」

但等我坐下來了，她又站起來說：

「我去燒一點水。」

「我想不用了。」我說：「我們一起去外面吃飯吧。」

「今天蘊真師父那面有佛事。」她說：「現在我吃素，外面不乾淨，很少出去吃。我只是讓你來看看房子。」

她剛坐下，又站起來，說：

「來，你來看看裡面的房子。」

她推開門，讓我到裡面去。裡面放著一張紅木檯子，幾張椅子，掛著竹刻的一副對聯。我也沒有細看。

她又帶我到裡面一間，那是一間寢室，放著一張床，一張桌子，同一個有鏡子的梳妝檯。

我說：

「很好，很好。你還沒有來住過吧。」

「還沒有布置好。」她說。

「可是，很乾淨，好像粉飾過不久。」

「那是蘊真師父弄的，她最喜愛乾淨。」她說：「我希望你會喜歡這個地方，你可以常常來住，讀讀書，休息休息。」

「我希望有機會來住一個月。」我說。

「我們走吧。」她忽然說。

「我們一起去吃飯好麼？你可以吃點素齋。」我說。

「我不是告訴你，蘊真師父等著我麼？」

「那麼？……」

「你大學畢業了，是不？你還沒有回老家過，是不？你媽媽一定很想你，你明天就回去吧。」她忽然說：「我希望你會同你媽媽一齊來，到這裡住些日子。」

「你請她，她一定很高興。」我說：「現在我空閒，正好陪她來杭州玩玩。」

「那好極了，你快去快來。」殷三姑笑了笑，一面站起來，一面說：「不瞞你說，這兩天這裡做佛事，我來幫忙，也許要住好幾天呢。現在我不留你了。」

我當時就跟她走出房門。她送我出來，繞到慧寧庵的正門前，就同我告別，她說：

「你懂得怎麼走吧？」我笑了笑點點頭，她又說：

「明天早點回去吧，我不送你了。」

我沒有說什麼，我心裡總覺得殷三姑待我同以前有點不同。那時天色已經暗下來，我回頭看她，她已經不在，想她已從慧寧庵的大門進去了。我果然聽到慧寧庵裡的鐘磬聲。

五

第二天一早，我就搭公路車，過錢塘江回家去。一到家裡，有許多親鄰來看我，母親也忙於招呼親鄰，沒有談什麼，但到了晚上，母親開始說：

「那麼你是經杭州來的？」

「是的。」

「那你什麼都知道了。」

「知道什麼？」我不當一回事，說。

母親似乎沒注意我說些什麼。

「我因為你正忙於寫畢業論文，所以不敢告訴你。」她說著，嘆了一口氣：「真可惜。」

「媽媽，你是說什麼？」

「自然是殷三姑，真可惜。」母親說著，眼角忽然潮溼起來，她用手帕抹抹眼睛，忽然囁囁著，再也說不出話來。

「殷三姑，你是說她……」

「那麼，你並不知道？」母親奇怪了。

「知道什麼？」

「她不是死了嗎？兩個月以前。」

「胡說，胡說，」我跳起來，我說：「我在杭州明明見到她。昨天，你知道，我同她談了很久。」

「阿四，我知道你難過。但是死的已經死了，沒有辦法，你只好想開一點。」母親以為我太傷心了，心裡有點變態，她勸慰著我。

「媽媽，真的，真的，我不騙你，我昨天同她在一起。我們到佛教孤兒院一起出來，在旗下搭船到岳墳，又坐三輪車到北斗路……」我一面走來走去，一面說。

「阿四，你頭腦清醒些，不要發瘋好麼？」母親站起來，很嚴肅地對著我說，「她已經死了。死了就是死了，沒有辦法。你不要胡思亂想。」

「但是媽媽，」我站定了。面對著我母親，我說：「我沒有發瘋，請你相信我，我真的……」

「坐下來，喝一杯水，阿四，我同你說。」她拉我坐下來，又把一杯茶遞給我，於是冷靜地說：「她是死了，兩個半月前，在省立醫院裡，她打電報給我。我趕去看她，她就死在我的身邊。阿四，她是死了，真的死了。我們有什麼辦法？」

我說：

「不可能，不可能，媽媽。」我禁不住叫起來，我兩手捧我的頭，再回憶昨天的情景，

「媽媽，到底是怎麼回事？」

「她死了，真的死了。她臨死時，說沒有見到你很不安。她遺囑裡是要把她慧寧庵的房子送給你。」

「慧寧庵的房子？媽媽，你去看過沒有？」

「我去看過，是她死後，蘊真師父帶我去看的。」我母親說。

「是不是前面是一個花園，花園裡有兩株龍鬚柏，園中有一口井？門是黑色的，外面還有鐵欄門。進到裡面，有一個小院。」我說著站起來，用手勢比排著地位，我一面又說：「那面是三間正房，那面是兩間偏房。正房前面，還掛著竹簾。裡面，一進去，牆上就掛著她的尼姑裝的一張照片。再裡面，房中還掛著一副竹刻的對聯……媽媽，是不是，我也去過。」我說了盯著我母親，很肯定地說。

「那麼你也碰見了蘊真師父了？」

「我？我沒有碰見蘊真師父，我是昨天殷三姑帶我去的。昨天傍晚，我到佛教孤兒院去看她，她剛從裡面出來，說要去慧寧庵，邀我一起去。」

「阿四，你千萬不要胡想，這是不可能的。」

「真的，媽媽。」我哀求我母親說。

我母親用手摸摸我的頭，她說我公路車上太累了，該早點休息，明天再來談這件事。

但是我再三央求母親相信我。我於是清清楚楚把昨天到杭州後的細節一五一十的告訴母親。我說：「這是千真萬確的事。」

母親那時候開始有點半信半疑，但是關照我千萬不要同第二個人談這件事。

我在家休息了一星期。

一星期後，我與母親到杭州，拜訪蘊真師。我又重新把我的經過告訴蘊真師，我問她，是不是七月十日那天她們在庵裡有人做佛事。

蘊真師想了一會兒，她說是的，那天是一位姓陸的施主為她母親冥壽，做三天佛事。我問她是不是相信我的經驗是可能的。

「自然是可能的。她無論如何應該見你一面的，是不？」

一九七三，六，二九。香港。

歌樂山的笑容

一

林學儀知道他太太去看醫生，她同他通過電話，但是這時候已經七點十三分，他想她怎麼也該回來了。

學儀走到裡面，看見書桌上放著他太太的一幅山水畫還沒有完成，他想是他太太上午開始畫的。這幅山水畫，遠處是淡淡的山影，近處是一條小溪，溪邊是一條小徑。

學儀忽然覺得這幅風景畫有點像重慶的歌樂山，是他當年住過的地方。但是史淑明——他的太太並沒有去過重慶，更沒有到過歌樂山。

學儀覺得淑明對於繪畫的確有一點天分，前些年為生活關係，她好久沒有拿起畫筆。現在他的事業比較順利，經濟環境較好，她不用工作，最近又搬了家，她又開始繪畫了，而且竟是很有進步。

這幅山水畫，就很有味道。學儀想等她畫好了，應該裱起來，掛在客廳裡。

學儀把幅畫再拿起來看看，越看越覺得像他在歌樂山時所常走過的那段風景。

他對那幅畫特別起了一種特別的親切感。

把畫放在原處，學儀有點不耐煩，他到了客廳裡開亮了燈，倒了一杯酒，自己坐在沙發上啜飲著，等淑明回來。

他坐的位子剛剛可以看到正門，也可以看到右面牆上的時鐘，時鐘的長針這時已走到八字，那是七點四十分。

「怎麼她還不回來，不知道又到哪裡去了？」他想著，有點不耐煩。他忽然想到他剛才帶回來的晚報，他站起來想去找來看看。但他發現他已經拿到裡面去了。

就在他拿了晚報出來的時候，正好淑明從外面開門進來。

學儀抬頭看淑明，本想怪她幾句的，但忽然看到淑明一笑，一面說：

「醫生生意真好，等了很久。」

學儀愣了一下，不知怎麼，他覺得淑明今天的笑容很特別，好像她從來沒有這樣的笑容過，而這笑容又是他所熟識的。

學儀一時沒有怪淑明晚回來，只問她醫生怎麼說。

「他說沒有什麼，只是輕微的胃潰瘍，先吃點藥試試。」淑明說著，就走進去了，手裡似乎還拿著一包什麼。

學儀開了電視，坐在原來坐過的沙發上。

這是第一次。

大概隔了一個星期，學儀在辦公室接到淑明的電話，說她在趙醫生的診所，他如果下班沒有事，可以到趙醫生的診所接她，同她一起回家。

趙醫生是學儀的熟友，他的診所離他辦公室很近。學儀到他的診所時，淑明正在就診，學儀就坐在外面候診室等她。客室裡還有三、四個病人等著，他就坐在一個男人的旁邊，拿手上的晚報翻閱著。客室裡光線不太亮，他看了一會兒報就不想再看。大概等了七、八分鐘的辰光。淑明從診室裡面走出來，她看見了學儀坐在那裡，臉上浮起了一個笑容。

這笑容！

學儀愣了一下。

怎麼又是這樣的笑容——淒艷而幽冷。

淑明走到他的身邊，他才站起來。

「怎麼啦？」淑明問。

「沒有怎麼。」學儀回答著，若無其事地看看周圍的病人，就同淑明一齊走出來。

在回家的路上，學儀不斷地想念著淑明剛才的笑容，這個笑容絕對不是淑明的，但他很熟稔，似乎是在什麼地方見過的，一定是看見過的。

回到家裡，那天剛剛有親戚來看他們，學儀也就忘了這件事。

這樣大概過了十幾天，有一天天下雨，他從辦公處回到家裡，從電梯出來，看見淑明正在用鑰匙開門。

「啊，淑明。」學儀叫她。

淑明半開了門回過頭來，對學儀一笑。學儀不覺愣了一下。

又是這笑容！

學儀挽著淑明走進家裡，淑明說：

「我剛剛從趙醫生那裡來。今天他的病人不多，所以早了些。」

「他怎麼說？」

「他說X光照出來沒有什麼。」淑明說。

夜裡，當淑明已經睡著的時候，學儀在淺藍色床燈的燈光下看到淑明的臉，他又想到了淑明剛才的奇怪的笑容。這是一種淒艷幽冷的笑容，是淑明以前從來不曾有過的。他不知道在誰那裡見過，總是很熟稔似的。他開始回想這個笑容第一次在淑明臉上出現的時期。

那一天，他記得，是他回家稍早等淑明回來的一天。也正是他看到淑明畫的那一張山水畫的那天。那張山水畫，他以後沒有再見到，不知道淑明畫完了沒有。

當時他為想看看淑明的笑容，故意講一些好笑的事情逗淑明笑，他找了一個辦公室同事怕老婆的故事。

淑明聽了果然笑起來了。

但這是一種甜美和善的笑，這個笑學儀是熟識的。自從他們相愛時候開始，淑明就有這個笑容。現在她雖然大了好多歲，但她的笑容仍是這樣甜美與和善。

但為什麼近來忽然又出現了一種完全不是屬於淑明的笑容呢？而這淒艷幽冷的笑容，他的確是在什麼地方見過的。

學儀想，這可能是在別人的臉上，他先想他以前的女朋友，又想他的過去的同事們，又想他同事們朋友們的太太同小姐。

他想了許久，他知道自己失眠了。但是他還是想不起他曾在哪裡看過這樣的笑容。

二

第二天吃早餐時，他同淑明談到她的那張山水畫。

「啊，我畫了一半，放在那邊。」

「怎麼不畫完它？」

「自己不喜歡。」

「我倒很喜歡。」學儀說：「我想等你畫成了，裱一裱，掛在客廳裡。」

「等我畫出好一點的再說吧。」淑明笑一笑，輕描淡寫地說。

學儀忽然注意到淑明的微笑，這才真正是她的笑容，甜美的，和善的。

他想著，但是沒有說什麼。他原想說為什麼他會特別喜歡那張畫，但他沒有說，只說了一句：

「那一張就很好，早一點把它畫完了，我拿去裱去。」

又隔了幾天，那是一個下雨的黃昏，淑明打電話給學儀，說她正在看趙醫生，完了到樂聲戲院門口見面，一起去看那場電影。那是一部蘇菲亞羅蘭演的片子，頭一天晚上學儀談起過想去看的。

學儀到樂聲戲院時，淑明還沒有來，他買了票子，等在門口。那時候離開演還有十幾分鐘的時間，學儀就到外面踱踱。剛一出門，碰見一個熟朋友，談了幾句話。就在那時候，一回頭，淑明已經在他的身邊。他忽然見到了淑明臉上的笑容，又是那個淒艷幽冷不是她的笑容。他愣了一下。這時候，那位熟朋友忽然對淑明招呼說：

「林太太！」

他的招呼打斷了學儀的思緒，後來大概是應酬幾句，大家就進戲院去看戲了。

晚上，當淑明已經就寢的時候，學儀忽然想到她的奇怪的笑容，他心裡有一種說不出的感覺。因為他明確地意識到，這笑容實在不是屬於淑明的。

這樣過了一個多月，淑明的那張畫已經畫好，學儀把它裱好了掛在客廳裡。

淑明看到她的畫掛在客廳裡，她說：

「這多難看。」

「我喜歡這張畫。」學儀望著畫，很得意似的說。

「為什麼？」

「因為它像當年我在重慶時的歌樂山的風景。」

「我胡亂畫的，也沒有去過歌樂山，也沒有去過重慶。」淑明笑著說。學儀喜歡她甜美和善，屬於淑明自己的笑容。

「也許你看過我那時的照片，受了影響。」學儀忽然想到他以前的照相簿。

「沒有這回事，我也好久沒有再看那些舊相片了。」淑明說著就走開了。

那張山水畫還掛在那裡。學儀站在那裡又看了一會。

淑明的病原先是普通的胃病，有時候好一點，有時候壞一點。逢到好的時候，淑明就懶得去看醫生。不舒服的時候，就去看趙醫生。趙醫生是他們的熟朋友，他門診時間是二時到六時，淑明有時候早去，有時候晚去。

有一天，淑明於四點多去看趙醫生，在候診室打電話給林學儀，約他到趙醫生的診所來接她，一同回家。林學儀於五點十分到診所，淑明正在就診，他就在候診室等了一會。候診室這時候還有一個病人，是一個年輕的少婦，很秀麗。淑明出來的時候，護士就邀那位少婦進去了。候診室一時就只有林學儀同淑明。淑明沒有馬上就走，好像很疲乏似的坐下來說：

「趙醫生要我再去照一次X光。」

這句話一說出，她臉上忽然又浮出一種淒艷幽冷的笑容，帶著說不出的高貴而孤傲。

林學儀一怔。他已經好久沒見有淑明有這樣的笑容，今天似乎提醒了他過去的經驗。這笑容絕對是不屬於淑明的。他忽然想到淑明出現這樣笑容，總是在看醫生以後，他回憶過去第一次看到淑明浮起這樣的笑容，正是他在家裡等淑明從醫生那裡回來，而他在寂寞之中發現她那張山水畫的那天。而以後，每次看到她浮出這個淒艷幽冷的笑容時，正都是在她看醫生以後的場合。

當淑明笑容收斂以後，兩個人就起身回家。

林學儀心裡有奇怪的不安，但是沒有說什麼。

第二天，淑明去照X光。

隔了三天，趙醫生忽然打電話給林學儀，要他下班後到他診所去談談。

林學儀想到這是為淑明的病。他下班後到趙醫生的診所，趙醫生告訴林學儀，說他現在相信淑明可能患的是癌病，她應當盡快的去動手術，只是先不應當去告訴她自己。

趙醫生還介紹了一個外科專家林醫生。

三

淑明很快就進了醫院，動了手術。

從此，淑明的笑容一直不是她自己的。她似乎變了許多，她很沉默，時時在臉上浮出那種淒艷幽冷的笑容。而她的臉是蒼白的，人也瘦下來。這笑容也就好像越來越淒艷幽冷，帶著一種不屬於人間的美。

淑明的情形越來越不好。

十一天以後，又動了一次手術，沒有割治就為她縫好。

不到六天，淑明就死了。

她死在林學儀的身邊。

林學儀為她掩上眼瞼，他看到淑明臉上正浮著笑容，是這個淒艷幽冷可怕的美麗的笑容。

當淑明的喪事結束，最後一次瞻仰遺容時，林學儀從她灰白的屍體臉容中，他又想起那個奇怪的淒艷幽冷的笑容，他不明白為什麼淑明有這種奇怪的笑容。

淑明火葬以後，林學儀帶著悲哀寂寞的心情，回到了淒涼的家。

他倒了一杯酒，坐倒在客廳的沙發裡，他想到過去，當他早回家時，等淑明回家時的情形。

現在，淑明是再也不會回來了。

鐘聲打了七點，天色已經暗下來。他開亮了燈，他望望四周，酒櫃上花瓶裡的花已經枯萎，有零星的白菊花的花瓣散在台面。

他繞著房子走了一圈，於是他看到了那幅淑明的山水畫，像重慶歌樂山的山水畫。

那張畫並不特別，左後方是山，前右方遠處是一個茅亭，山下是溪流，靠著那溪流是山徑，這山徑就是繞著右角山腳轉彎過去，那裡有幾株樹木掩遮著那轉彎的道路。

淑明沒有到過重慶，更沒有到過歌樂山，自然這原不必一定是重慶，不一定是歌樂山。

但是林學儀竟是這麼熟識，他在重慶的時候，就住在那裡。

就在林學儀注視這幅畫的一瞬間，林學儀忽然想起來了。

想起來那個淒艷幽冷的笑容。

就在那條轉彎的路上，當時是他常走的路，因為那條路正是通到他在教書的一所中學。他因為找到了一所較寬敞的房子，所以住得離學校較遠的地方，他必須從他住所沿著那條順著溪流的小路轉彎過去，要走三十幾分鐘，才可以到一個村落。那個村落裡住著一些學校裡的同事，而學校就在那個村落的盡頭。

就在那時候，有一個學期，學生中忽然有了謠言，說是那條溪流裡死了一個少女，所以夜夜常常有鬼魂出現。

他不信鬼神，所以並不關心這件事。

但是有一天，有一個住在那個村落裡一位同事請吃飯，飯後他一個人回家。他帶著手電筒，但沒有用，因為那天月亮很好，什麼都看得很清楚。但就在他走出村莊十幾分鐘以後，忽然眼前一模糊，感覺上迷糊了一下，前面浮起了一個面孔。這是一個笑容，一種淒艷幽冷的笑容。他一愣，定了一回神，這笑容就不見了。他馬上開亮了手電筒，四周照照，什麼也沒有發現。

這一次奇怪的際遇，他先以為是自己的錯覺。他沒有對任何人說。但是在一星期以後，也是從那村莊裡一個同事家出來。是雨天，他帶著傘，一隻手拿著手電筒，照在路上。大概走了約廿幾分鐘的時間，忽然那個淒艷幽冷的笑容，在前面出現了，大概只有一尺左右的距離，好像就在雨傘裡面。他精神一霎時忽然迷糊了一下，自然就停止了腳步。但是他竟忘了用他的手電筒，一直到人清醒過來，面前的笑容消失，他才挪動手電筒。四周照照，什麼都沒有，只有厤厤的細雨，與潺潺的溪流的聲音。

第二天，他將這兩次奇怪的經歷向同事談起，大家都說他一定是心裡想著學生間的謠言，所以起了這個幻覺。就在這以後，當他在走那條路時，那個奇怪的笑容就時時在他面前突然出現，出現的時候，他的神志總是迷糊了一下。而更奇怪的，是每次出現的地方，總是更近他的家。

有一次，是一個煙霧迷濛的清晨，林學儀從家裡出去散步。一出門就碰見了這個笑容——淒艷而幽冷的，但一轉瞬就消失了。

還有一次，他在燈下讀書，外面月光很好，就寢前他推開窗櫺向外看看，一開窗又正碰見了那個奇怪的笑容，正對著他的眼前——淒艷而幽冷。

從此，他心裡有點不安，幾個月後，恰巧那個住著同事的村莊有空房出租，他就搬到了村莊去住，以後就沒有再碰見這個笑容。

這笑容，現在林學儀突然認清了。

這笑容——那個淒艷幽冷的笑容——不正是在他太太淑明臉上出現的笑容麼？而在她病體嚴重的時候，這笑容也越來越清楚而逼真。

他同淑明結婚是在香港。

淑明從來沒有到過重慶，更沒有到過歌樂山。

而她竟畫出了那幅山水畫，畫中的小路正是他三十年前碰見這個淒艷而幽冷的笑容的那條山路。

園內

願攜漢戟招書鬼，休令恨骨填蒿里。

——李長吉

一

現在該說是三年前了，李采楓從上海到香港，原是想去英國讀書的，但為辦申請英國的大學及種種手續，他滯留下來，在他的朋友何殊所辦珠林中學教了半年書。

何殊是李采楓的同學，何殊在上海讀書的時候，常到李采楓家裡去玩。何殊家在香港，他父親很有點錢，珠林中學在半山區，是他父親創辦的。何殊畢業後回到香港，本來也想去英國讀書，可是他父親病了，半年後就去世。何殊就接辦了珠林中學。

珠林中學在半山區，是一所八層樓的房子。李采楓初來的時候，住在何殊的家裡，後來決定在珠林中學教一年書，所以同何殊商量，搬到學校裡來。

學校八樓是圖書館，後面原有幾間空房。何殊就為李采楓布置了兩間房子，讓李采楓住在那裡。

這是兩間朝北偏東的房子，窗子開出去，下面是馬路，隔著馬路是一排參差的房子。偏左首，在斜坡上有一幢只有三層樓的小洋房，矮矮圍牆裡是一個花木蔥蘢的花園。這花園並不大，但布置得很雅潔。右首有一點假山水池，上下種著竹與日本楓，還架著一個小小的石橋。花園中間有一塊草地，草地周圍是幾株樹木，一株是紫荊，兩株是木瓜。園左面則搭著一條走廊，上面蓋著綠色的塑膠棚，棚下則放著一些藤椅。

李采楓在八樓，開窗出去，居高臨下，可以清清楚楚看到那個花園。李采楓一搬進去就注意這個花園與園後的房子，因為在周圍已建大廈的環境中，它是很突出的房子。它的右首下坡都是七、八層的公寓房子，底層都開著鋪子——雜貨鋪、冷飲店、電料行……自然許多零食店是為珠林中學的學生而設的。

香港這個都市，那時正是繁榮膨脹時期，這所小洋房如果改造為大廈，當然可以賣許多錢。主人並沒有作這個打算，想來他是富有而喜歡有這樣的花園的。

但是三、四天過去了，李采楓只是偶爾看到一個女佣人從房子裡出來，到園中左首走廊上拿點什麼，或曬點什麼；還看到有一個花匠巡視了一、二次。他沒有看到主人到花園裡來過。

大概一星期以後，李采楓在黃昏時散步，繞到這花園的後面去，才發現那所房子的正門是在後面一條馬路上，兩扇灰色的鐵門裡還有一個很寬敞的院子，院子裡停著一輛朋馳汽車。自然，那所房子的主人在那面出入，所以李采楓一直無緣碰見了。

有一次同何殊談起，何殊說這所房子以前的主人是姓鄺的，因為移民去加拿大，所以把它賣了。那位鄺先生也很少住那房子，聽說那房子鬧過鬼，所以人家也不敢買。前兩年才賣給一個上海人，他們買進後，大大地裝修一下，現在沒聽說有什麼鬧鬼的事。何殊也不知道這新的主人姓什麼。

這樣大概又過了一個月，李采楓看到花園裡出現過兩個小孩，一個大概十、三四歲，一個大概是十一、二歲，都是女的。可是僅僅出來一晃，並沒有常到花園中玩。以後，有一天，他看到一位四十歲左右的太太，在花園中同女佣在講些什麼，李采楓想她一定是這所房子的女主人了。李采楓看不清楚她的臉，但是他看到她有一個很挺秀的身材，穿一件淡灰的銀紋的洋裝，極有風致。不過只有幾分鐘的工夫，她就進去了，以後又一直沒有見到她。

李采楓白天教課，晚上有時到何殊家吃飯坐坐，但何殊家親友來往很多，所以他並不喜歡多去。

他一個人有時去聽聽音樂會，有時去看看電影，多數是在自己寓所裡看看書，聽聽收音機，日子就這樣打發過去。

於是有一個晚上，李采楓記得清清楚楚，那是中秋節的前夕，月亮很好。

那天天氣還是很熱。李采楓一個人在外面吃飯，回寓大概是近九點鐘，他坐在沙發上看了好一會書。就在預備就寢的時候，因為有風吹動窗簾，他想把窗關小一點。那時月光如晝，他也就探頭去看看月色。

於是他也很自然地看到了對面的那個花園。

出乎李采楓意外的，是花園裡竟有一個女孩子在散步。

絕對不是他上次看到的那位太太，是一個身材修長瘦怯的年輕的女孩，穿一件白色的寬大衣服，肩上披一件似乎是淡灰色薄毛衣，披著長長的漆黑的頭髮。李采楓從來沒有晚上在那個花園看到人過，而他也從來沒有看到那所房子裡有那麼一個女孩子，所以他很快的就想到何殊說過的，那所房子鬧過鬼。李采楓就非常好奇的注意那個女孩子的動作。

而那個女孩子只是非常閒散的在散步，有時則用手理理自己的頭髮。忽然，她好像為看月亮而抬起頭來，李采楓一瞬間看到她的臉，只是一晃，像一閃淒白的光亮一樣。接著，她就悄悄地走進屋子裡去了。李采楓隱隱約約看到花園後房子的燈亮了。

花園，現在只是一個空空洞洞的花園。

李采楓覺得非常詫異，他想明天應該告訴何殊才好，但繼而一想，這樣也許會使何殊笑他。索性再靜觀幾天看看是不是她還會再出現。

二

第二天李采楓一早起來，就開窗去注意那花園。回憶昨夜的情形，他覺得絕對不是他的錯覺或幻覺，而那個女孩子的動作與體態也正在他的面前。

在上課的時候，他忽然想到，可能這些學生中有人知道那花園裡的人的。他又覺得住在那花園裡的兩個小女孩，是不是可能也是這裡的學生呢？他精神有點恍惚，他幾次三番想同何殊談談，但終於控制了自己，他想他還是等下課一個人散步到那家房子去兜一圈看看。

但是當他下課的時候，何殊邀他到家裡去過節。那是前幾天約定的事，他竟忘了。

何殊還約了另外兩個獨身的同事，所以四個人就一起到了何家。大家談的多是學校裡的瑣事，也談到學生。李采楓就說起對面花園洋房裡住著的兩個小孩，是不是也在我們學校就讀？何殊說沒有。其中一個同事姓林，他知道那家人家姓謝，說是天主教的教友，他們孩子或者在天主教學校裡讀書。李采楓於是就藉此作為話題，向林先生探聽了一下。

林先生說他有一個親戚認識謝家，但也沒有什麼來往。他只是知道那位謝先生在大陸時很有地位，到香港後，自己開了一家小銀行。李采楓於是問到他家的人口，林先生說也並不清楚；何殊於是接著說，他們是只有兩個小孩，有一個女佣人，一個司機。平常似乎也很少有朋友，親戚到他家來等等。李采楓本來想提起他昨夜所看見的那個女孩子，但是他還是忍住了，他決定等他看清楚些再問。

飯局散的時候已近十時。從何家出來，月光如晝，李采楓搭著街車回寓，他急於想看看他窗前的花園，看是否還可以看到昨天那個女孩子。

李采楓走進自己的房間，就到窗口去遠望。

花園在月光下非常靜美，樹木呈現著暗綠色，在微風吹動中，隱隱約約閃著微光。後面的房子窗口隱著點點燈光，花園裡則是闃無人影。李采楓看看天上的月亮，又看看花園，大概坐了半小時方才就寢。

不知怎麼，這時候他真是懷疑昨夜所見的是自己的錯覺了。

可是，第二天，當他下課回到房間時，他到窗口去望一望。出其不意的，花園裡正有一個女孩子躺在一個藤椅上看書，地上放著一個收音機，大概正在聽音樂。

那是五點半的時候，天氣晴朗，天上沒有一瓣雲彩。陽光已經西斜，所以那花園只有一半浴在陽光裡，那女孩子則躺在陰影裡，穿一件白色藍條的襯衫同一條藍色的牛仔褲。她的兩隻腳支在藤椅邊上，沒有穿襪子，柔白得像兩瓣蓮花的花瓣。

「那一定是昨夜的女孩子了。」李采楓想：「那麼一定不是我的幻覺，也一定不是什麼鬼魂！」

李采楓想著想著自己笑起來，他想多看見些什麼，可是再也看不清了，只注意到她本來長長的頭髮，現在束了起來。

李采楓猜想她一定是謝家的一個親戚，或者是新請了的家庭教師。他很想知道她手裡拿著在看的是什麼書，但他無法看到。他忽然想到他應該買一個望遠鏡才好。

「她可能是謝家的客人，來玩一兩天的。」

「也許是新從上海出來的本家的人——是姪女，外甥女，或者……」

「但是她的服裝，髮型……絕不是，絕不是……」

三

第二天下午，李釆楓又發現那個女孩子在花園裡。放在那裡的已不是一把躺椅，是一把有把手的藤椅，她坐在椅子上，旁邊是一個綠色的靈巧的塑膠小桌。上面放著大概是一杯茶或者是咖啡，那個昨天放在地上的小收音機也放在桌上。

她坐在那裡，李釆楓不知怎麼，發現這花園霎時有了生氣。她還是那條牛仔褲，但換了一件銀灰色的襯衫，頭髮披在背後，在微風中不時飄動。

李釆楓發覺他必須買一架望遠鏡才行。

於是又隔了一天，李釆楓配備了望遠鏡在窗口等她。那時候是四點半。李釆楓估計她會在五點鐘出來，他很有耐心的坐在窗口，也是手裡拿一本雜誌，一面翻閱著，一面望著下面的花園。

果然，不出所料，就在五點五分時候，她從房子裡出來了，李釆楓馬上拿望遠鏡來觀望。

他先注意到她的臉。

她有略略上斜的修長的眉眼，挺直的小巧的鼻子，人中很短——他想也許因為是從高處望下去的緣故。她有一個玲瓏的嘴，薄薄的嘴唇，好像在微笑似的。額角很開闊，似乎很瘦削，從她的牛仔褲看來，她的腿很長，應該有五尺六、七寸體高吧，李采楓想。

她出來了，後面跟著一隻白貓。她手裡拿的書是洋文的，他看不到書名。

她從走廊那裡搬移了那張昨天用過的藤椅與小桌，放到昨天所放的那個地方。她掠一掠頭髮坐下來看書。這時候，那個李采楓看到過的那個女佣人出來，手裡端著一個盤子，盤子裡是一塊蛋糕同一杯茶。她同她說了幾句話，把盤子放在桌上就走了。

李采楓看著她吃了蛋糕，喝了茶。當她吃蛋糕的時候，她的書覆在桌上。他看到了書名，是*Andre Maurois: Un Art de Viver*。李采楓讀過兩年法文，剛剛看得懂這個書名。

「啊，她懂得法文。」他想。

從那次後，除了天氣不好以外，她總是在吃茶時候坐在花園裡。但有幾次晚上，她也出來到花園裡散步，有時候竟在十一點以後。

奇怪的是，她好像一直不去別處似的，也沒有朋友來看她。而裡面主人的兩個小孩，也並沒有來伴她玩玩談談的。

就在她獨坐在藤椅上或躺在藤椅上時，李采楓常常癡望著她，她的一舉手一投足，李采楓都覺得一種奇異的美。他發現當她斜倚在椅上，一手拿著書在閱讀，一手撫弄著她漆黑的長髮時，竟有一種無上高貴出俗的風姿。

李采楓想到自己備了有望遠鏡頭的照相機，於是就開始偷攝她的照相。

他照了相，洗曬好了，就收藏起來。他意識到這是一種不道德的行為，所以他不願意讓第二個人知道，只是夜深人靜時，自己拿出來看看。

現在李采楓在下課以後，總是想回到自己房間裡來探望花園裡的她。偶爾有一天等不到她時，他就感到一種空虛；而花園裡沒有她，他竟像是沒有靈魂的軀殼了。

李采楓起初似乎也許因為好奇，現在則發覺他真的很想接近她與了解她。他時時想到她，甚至在晚上，有時候故意晚睡，想在花園裡發現她，有時夜半醒來，也總到窗口去望一望，看她有沒有在那裡。

李采楓在大學裡自然有過男女同學的社交，但都是很自然的朋友，他沒有戀愛過，似乎也沒有想到戀愛。現在他想，這是不是所謂「墮入情網」了？

有好幾次，他都想同何殊談談，但發覺自己在愛那個女孩子，覺得還是不談好，他還有點怕別人會笑他。而平常，同事間也有人要介紹女朋友給他，可是他說他就要去英國，幾個月工夫不想找這個麻煩。而現在，這樣遠遠望望，竟「墮入情網」，這不是太幼稚了？

他一方面笑自己，一方面又擺脫不了這個心理的壓迫。

「這是怎麼回事？我難道真的愛上了她？」

有一次，他在睡前許了一個願：

「如果我真的愛上她，讓我今夜夢見她吧！」

果然，他就做起夢來。

先是他在那花園的外面蹓躂。再是他在花園的圍牆上發現了一個小門，他推門進去。到了花園裡面，他剛想四周望望的時候，他看到那位女孩子從後面房子裡出來了，像一縷光。

一霎時，四周的空氣像是冷下來了。他覺得非常狼狽，勉強開口說：

「對不起我……我是……」

「我知道，我知道。」她眉梢一挺，薄薄的嘴唇浮出甜美的微笑，兩頰浮起了笑渦，說：「你是在那邊教書的，是麼？」

「真沒有想到，她的臉近看是這樣的美。」李采楓想，但馬上發現她的皮膚的光潤柔和，但是有點淒白。他說：

「我看你常常一個人在花園裡，如果你不討厭，我來看看你好麼？我下午下了課總是空的。」

「我不喜歡同什麼人來往的，」她笑著，把視線投在自己的腳下說：「不過你已經來了，就坐一會吧。」

他坐在藤椅上，這藤椅好像早就放在那裡的。

她呢，她也就坐在他的對面。可是她再沒有看他一眼，也不再說一句話。她拿出那本Andre Maurois的書，自己閱讀起來。他一時也想不出該說什麼。隔了一會，她嘆了一口氣。他再看她時，她的形象忽而模糊起來，像是自己的眼睛失去焦點，對方變成一個影子，這影子越來越稀薄，稀薄，霧一樣的淡起來。他忽然覺得自己待在那裡不是辦法，他想站起來去拉她。

就在他站起來的時候，他突然醒了。

一看時間是十二點十三分。他像是有靈感似的，霍然起身，他跑到窗口，他望向花園。

她果然在那裡，穿一件白色的晨衣，望著天，他正想拿望遠鏡時，看她繞了一個彎，就進去了。

李采楓發覺他真的愛上了她。她的臉，她的動作，她的風韻，她的像蓮瓣一般的腳。

他越是意識到愛她，也越是不想讓何殊以及其他同事知道。

他覺得唯一的辦法就是寫一封信給她。花園的牆不高，他寫好信，只要包一塊石子就可以投進去的。

他先不知道該怎麼樣落筆。是說每天看見她一個人在那裡，希望同她做一個朋友呢？還是告訴她他已經在愛她呢？他自然應該先要把自己介紹一下，盼她也肯讓他知道一些關於她的種種。

他寫了幾次都不滿意，好像越寫越坦白似的，最後竟寫成了一封情書。他覺得除了這樣表達以外，其他都是虛偽的做作了。

他先是介紹他自己，告訴她在對面珠林中學教書，而就住在八層樓上。再告訴她怎麼發現她，又怎麼每天守著她，以至於夢見走進她的花園。最後他希望可以得到她的回信，而允許他可以真的進她的花園來拜訪她。

他封好信，找了一張紅紙，把信同一塊石子包在一起，就在黃昏下課時，他走出去。他到了那花園的灰色的圍牆邊，這圍牆並不高，他輕易地把信拋了進去。

他所以用一張紅紙來包，是想這也許可以容易使她看到。但當他把信投進去以後，他發覺這也許正是她在花園的時間。她也許馬上就會看到這封信了。他何不回到寓所裡用望遠鏡去探守呢？

這樣想著，他就預備回去，可是他忽然想到夢中所見的圍牆上的小門，是不是那面真有這個門呢？

他走過去，他記得門就在轉角上。

果然，真的，那裡有一個門，是一扇厚實的木門，也是灰色的，同圍牆的顏色相仿。這一瞬，他的確奇怪了，那麼他為什麼不推推試試看呢？如果門沒有鎖，他就進去，他可以說是找謝先生……

他大膽地試推那扇門，但是門是鎖著的，非常堅實，可說連敲門都無法讓人聽見的。

這時候，他又想回到學校寓所去。

他很快走進自己的房間裡，走到窗口，他發現那個女孩正躺在藤椅上，閉著眼睛躺著，地上放著收音機，也許在聽音樂吧。

他用望遠鏡找他拋進去的紅紙包著的信，他順著他投擲的地方仔細的觀望，但他怎麼也找不到。

是不是已經被她收起來？

或者竟是掩沒在草叢中了？

如果她收起來，是不是已經看過了呢？

四

這樣過了好幾天，花園裡的她還是照舊生活著。她沒有回他信，也從來沒有抬起頭來望望對面的學校。他在信中告訴她他就住在學校的八層樓上，如果她讀了信，總有點好奇心來望望這八層樓的窗口吧？但是她似乎完全沒有動靜，他想她一定沒有接到他的信，而那封信可能是在草叢中爛去了。

這樣，他決定再寫一封信，內容完全同上封信一樣，不過，他禁不住自己，語氣似乎比上封信更熱情些。他寫好信，他決定這次要確定在她在花園時拋進去。

因此，就在隔一天的下午，當他看到她從屋裡出來，到花園裡坐定時，他才跑到樓下，穿過馬路，把他包好的信投進去。這次他把信與一塊石子放在一個塑膠袋裡。從塑膠袋外面也可以看到裡面的信封，信封上他寫了兩行字，是「謝家的花園，坐在藤椅上的小姐收啟」。他在拋投的時候，細細地估計出他投擲的遠近，他想無論如何她可以看到的。

他在拋擲了以後，就回到自己的寓所。他用望遠鏡看她是否拾起他的信來讀。

他這次清清楚楚看到了他所投的信了，是在她所坐的地方不遠的地上。她坐在藤椅上，不錯，前面是塑膠的小桌，桌上是她的書——一本同以前不同顏色的書。她在看書，沒有理會那封躺在她不遠地上的信。

他真的感到非常不安。是她根本沒有看見呢？還是看見了而不理會？

就在這時候，他看見那位花匠從裡面出來，走到花園裡來理花。他曾經有好幾次看見過那位花匠，是一位個子不高，微微駝背，稍稍顯胖的五、六十歲的人，他從來沒有怎麼注意過他。這時他看到那花匠同那位小姐招呼一下，自顧自去巡視花木。他忽然想到，這花匠也正是常在學校門口斜對面的一家鋪子叫做陸記士多裡出現的。那陸記士多是賣汽水、啤酒、香煙等雜物的鋪子，李采楓也是常去的顧客。他靈機一動，覺得他應該拜訪這位花匠來傳書才對。

這樣想的時候，他看到花匠發現了地上的那封信，他很隨便的拾起來，放到她面前的桌子上去。可是那女孩子只是對花匠謝謝，再沒有去注意那封信，也沒有去拿它拆它。

現在，李采楓猜想，那女孩子一定已經看過他的前一封信了。她知道這封信也是同一個來源，所以不值一顧似的置之不理。

這給李采楓真是一個很大的打擊，好像損及了他的自尊心一樣。他發現這樣的單戀實在是太苦，也太浪費了自己的時間與精神。

他極力想忘掉她。但每當他從外面回到寓所的時候，他總禁不住向窗外望望，如果他看到她在花園時，他總感到她竟是像仙子一樣的美麗而高貴，而他仍是免不了希望他可以接近她。如果看不到她在花園裡，他又有一種空虛與寂寞的感覺，他要悵惘不安好久。

那時中秋節早已過去，天氣已經涼快一些。有一天，是星期六，李采楓到就在校門外那家陸記士多去，恰巧碰到那位花匠也在，他正在同老闆娘談話，老闆娘叫他張花王。

他們談的是麻將經。

李采楓買了一包香煙，同老闆娘招呼起來，接著又打開香煙，向那位花匠敬一支煙。

張花王開始很詫異，李采楓就笑著自我介紹說：

「你也許不認識我，我是在那邊教書的。我有好幾次看見你到那個花園裡去理花，所以我倒是認識你的。」

張花王接受了香煙就同李采楓交談起來。李采楓告訴張花王，他是從上海出來的，珠林的校長何殊是他的老朋友，所以在那裡教書。

張花王告訴李采楓，他年輕時代也在上海住過，他的妹妹就嫁給一個上海人，現在仍在上海，只是好久沒有通信了。

說了一回話，兩個人從陸記士多出來。張花王說維多利亞公園今天有一個盆景展覽，有七盆是他的出品，所以他下午要去看看。李采楓就表示很有興趣。那時正是十一時三刻，李采楓就邀張花王吃中飯，飯後可以一同去。

張花王會喝幾杯酒，就在喝酒的時候談到謝家的花園。

張花王告訴李采楓，這花園以前的主人姓鄺，他在鄺先生時候，就一直在照顧那個花園，後來這花園賣給謝先生，也就請他照顧了。

「我看花園裡每天有一個女孩子在那裡，是謝先生的女兒麼？」李采楓問。
「謝先生只有兩個孩子，都才十二、三歲。這個女孩子是他們親戚，聽說是姓梁。」
「她也不做事，也不讀書？」李采楓隨便地問。
「她也是從上海出來的，先是住在元朗一個親戚那裡，預備去歐洲讀書，先是忙著辦手續，等手續辦妥時，她忽然病倒了。聽說是心臟病，住了二十天醫院，現在從醫院出來，因為住在元朗不便，所以謝太太請她住到她家來。謝太太是她的姨媽，同她母親是姊妹。聽說醫生要她好好休養半年，等身體好些再去歐洲讀書。」
「我常常看到她，她一個人，像是很寂寞似的，也沒有朋友，好像也很少出去。」
張花王點點頭，沒再說什麼。當時他們吃了飯，就到維多利亞公園去。那天盆景的展覽約有七、八十種，張花王的七盆出品，有一盆是兩塊長著青苔的山石同一枝羅漢竹，定價是一百八十元，李采楓就訂了下來，不過花是要在展覽會結束後才可以領去。張花王說，他會在展覽會結束時替他送去的。
那天，他們就變成了朋友。

五

大概一星期以後，是一個公眾假期，張花王為李采楓送他所訂的那個盆景來，還送他兩盆菊花。李采楓請學校裡門房幫忙，搬到他的房間裡，順便請張花王在房間裡坐一會。

李采楓領他到窗口，告訴他怎麼從窗口望到花園。

那天天氣晴朗，陽光照在園中，顯得清新輝煌。那時還不到十點鐘，園中沒有一個人，只有幾隻藍尾的鳥在樹上跳躍歌唱。

「是不是？」李采楓說：「我在這裡可以看得很清楚。那位梁小姐第一天來，我就注意到她。」

「啊，是的，」張花王說：「那位梁小姐，她好像每天下午都到花園裡來看書的，是不？」

「差不多。我望著她，看她……有時候，很晚很晚她也到花園裡來。」李采楓說。

「我聽他們女工說，她晚上常常失眠。」

「她為什麼不出來走走，或者看看電影，一個人悶著，自然要失眠了。」

「大概醫生叫她靜靜地養養病吧。」張花王說。

「前些時，我寫了一封信給她。」

「寫信給她？」

「我就在外面拋進去的。」李采楓說：「我說我很想同她做個朋友。」

張花王似乎奇怪地笑了，他說：

「我看她是一個很古怪的小姐。你要她也寫信給你？」

「她沒有回我信。」李采楓說：「也許她根本沒有看到也說不定。」

張花王沒說什麼，吸起一支煙，他說：

「說實話，這個花園雖是很漂亮，養病可並不好。」說著他忽然抬起頭來，望著李采楓說：「你知道這花園以前鬧過鬼麼？所以鄺先生後來也不住那裡。」

「鬧過鬼？」

「聽說以前有一個很年輕美貌的女鬼時時在花園出現，住在他們樓上的人都看見過。」

「你是說鄺先生他們。」

「是的，所以後來鄺先生就搬走了。」張花王說。

「那麼現在住的謝家的人有沒有看見過呢？」李采楓問。

「他們倒沒有說起。」

「我想這只是一種幻覺，迷信的人常常會有的。」李采楓笑著說。

接著，他邀請張花王一齊去吃茶。不知怎麼在出門的時候，李采楓忽然想到，假如那個花園真是有鬼的話，會不會他在晚上見到的那個女人是鬼呢？而她同他白天所見到的那位小姐，根本不是一個人。這樣一想，他自己都懷疑起來了。

就在與張花王吃茶的時候，他就問到張花王一星期要去謝家花園幾次，問他下一次幾時去？

張花王說他隔天都去一次，而總是在上午去的。

李采楓想到這或者正是他不常看到張花王出入謝家花園的緣故，因為上午也正是他教書上課的時間。

「可是有幾次我在下午也看到你到花園裡去的。」李采楓說。

「有時候下午也有事，譬如要加種一點什麼花之類的。」

「那時候，往往是那位小姐在花園的時間。」

「是的。」張花王笑著說：「你真是那麼關心那位小姐麼？」

「我自己也不懂。」李采楓沉吟一會，趁勢就說：「那麼我可以求你一點事麼？」

「你要我為你送一封信去，是不？」

「你已經知道我的心意了，希望你不要怪我。」

「好的，我答應你，但是只為你送三次信。」張花王說：「如果她回答你，那就好。如果你寫了三封信，她都不理，那我看我也不能幫你忙，你也可以死心了。」

「謝謝你，謝謝你。」李采楓高興地說：「那麼我明天就交給你信，怎麼交給你呢？」

「你留在陸記士多裡好了。」

「不，」李采楓說：「我要當面交給你，你什麼時候去陸記士多？我下午三點下課，三點十分，好不好？我在陸記士多等你。」

「好，就這樣，我在陸記士多拿了信，馬上就給你送去。」

「你可要到花園裡，親自交給那位梁小姐才好，頂好不要讓別人看見。」

「好的，好的，我一定辦到，你放心。」張花王倒是很夠朋友似的答應了。

當天晚上，李采楓就寫了一封很長的信，傾訴自己傾慕之意，同時提到上次兩封從牆上投進去的信，最後請她給他一個回信，他寫好信已經深夜。第二天下午，他一下課就到陸記士多，張花王已經在那裡，他就把信交給他。以後他就回到自己的房間，探望著花園。

那天天氣很好，太陽照耀著滿園的花草，已經是深秋，正是香港最好的季節。他沒有看到她，他想一定是太早。他聽聽收音機，看看書，一直到四點半鐘的時候，還不見她出來。於是，他看到了張花王，張花王在花園裡巡閱一下花木，端了幾個花盆，又收拾了一下一個木架上的藤葉，就匆匆地回到屋裡去了。李采楓先以為張花王一定在等梁小姐出來，他自然會在她出來時再來找她。誰知道一等再等，到五點半的時候，還不見他出來，而那位梁小姐，也一直沒有出現。他想，可能是天氣涼了一些，她不到園裡來看書，那麼張花王一定是在屋裡看到她，把信交給她了。他很想去找張花王，又怕張花王還在謝家，而也許梁小姐也還會到花園裡來，所以他又不敢離開。這樣他一等再等，到六點半時，他才灰了心，他走到下面陸記士多去，看看張花王有否在那裡。

李采楓到陸記士多，老闆娘一見李采楓就告訴他，說張花王留了話，說他今天有事，要過海，李先生如果來這裡找他，請李先生明天中午十二點半來，他要請李先生吃茶。

李采楓不知道張花王究竟有沒有把信交給梁小姐，他悵然若失的獨自去外面吃飯，飯後回到寓所，那天晚上天氣轉涼，他看看書，聽聽音樂，不知不覺到了十一點半。

就在他就寢以前，他走到窗口去。雖非滿月，但是天無片雲，月色星光皎潔異常，就當他俯視謝家花園的一瞬間，他看到那位梁小姐正剛剛從房子前面兩株盆栽的鐵樹間走出來，穿一件白色的似乎隱隱約約的帶些花紋的寬大的晨衣，兩手插在衣袋裡。她循著花園的小徑走到地上，仰首望望月亮，他只能從側面看到她修長的頭髮間像閃著銀光的臉頰。他很想可以清楚地看看她的臉孔，他回身去拿他的望遠鏡。但是，當他拿了望遠鏡回到窗口的時候，他發現她已經不在。是不是走到樹叢裡去了呢？沒有。花園在月光下，很少隱蔽，靜悄悄沒有一隻鳥，一個生物。似乎有微微風，樹梢偶爾有一點搖動。

六

第二天是星期六。下午他不用上課，所以有足夠時間與張花王談談。他們到了一家酒樓去吃茶。

張花王把李釆楓的信交還給他，他說：

「那位梁小姐病了。」

「病了？」

「她進了醫院。」

「你是說昨天她已經進了醫院？」

「所以你的信沒有交給她。」張花王說：「本來我可以交給他們的女佣人林三嫂，托她轉交，可是林三嫂說，還是不要交給她了，因為她生的是心臟病，不要再去打擾她才好。」

「你是說她昨天已經進醫院了？」李采楓詫異地問。

「我難道會騙你麼？」張花王露著不高興的臉色說。

「你自然不會騙我。」李采楓低下頭，看看自己茶杯裡的影子說：「可是，昨天晚上，我親眼看見她在花園裡的。」

「哪有這事……那一定是你的眼花了。」張花王笑著，但忽然又認真地說：「也許，也許真是那個你不相信的事情出現了。」

「不可能，不可能。」李采楓說：「難道是我看書久了眼睛疲倦了？還是我心理作用？而且當我去拿望遠鏡的一瞬間，她就不見了。」

「你看到的人影，真是同你白天所見到的梁小姐是一個人麼？」

「這不會錯，不瞞你說，我有她的照片，我用遠距離的鏡頭為她照了很多相。絕對是她，決不會是別人。而且她的動作、姿勢……」

張花王沉默了好一回，他停止了吃茶點，吸起紙煙，想了一會，他說：

「梁小姐有心臟病，她要靜靜地養，聽說至少半年或九個月也不能過勞，也不能緊張，也受不起刺激，我想以後你還是不要再寫信給她了。」

李采楓沒有說什麼。張花王看看李采楓的反應，接下去說：

「我後來同林三嫂談了一會，我知道梁小姐原來是謝太太的堂姪女。梁小姐去年從大陸出來，住在上水，那在她的另外一位親姑媽家裡，預備到英國去讀書的。手續一切都辦好，本來就預備動身了，那裡曉得心臟病發了，在醫院住了三星期。以後每星期還要去看兩次醫生，所以為了看醫生方便，才住到謝家來，打算在這裡把病養好了，再去英國讀書。」

「張花王，」李采楓說：「不瞞你說，我也是預備去英國讀書的，因為等那邊學校消息，何校長是我好朋友，所以就在珠林教教書。也許這是一件巧事，如果她病好了，我也辦好手續，也許正可以同去英國。」

「真是這樣，也許是一種緣，」張花王說：「不過不知道她的病怎麼樣。我想林三嫂的話是對的，你不要再給她寫信了，如果有緣，也許陰錯陽差會聚在一起的。」

那天李采楓與張花王談了很久才走。他現在對於自己昨天所見的半信半疑起來。到底是他因為愛戀的心理而起幻覺呢？還是真的有那麼一個女鬼在花園裡，而這個女鬼，如果真是一個女鬼，又怎麼會這樣像她呢？他拿出以前所照的照片，仔細地觀看。他覺得他夜裡所見的一定就是她。是不是她已經出院回家了，她去了醫院，住了一晚，可能是檢查一下，就回到家裡；到了晚上，因為失眠，出來到花園裡散步？這自然是可能的。

張花王是昨天下午去的，他又想，她自然可能在張花王走了以後出院回家的。

李采楓有各種的假定與設想，但自己對這些設想與假定都覺得不能滿意。他覺得如果她於昨天晚上回家的，今天下午是可能到花園裡來的。

他照平常一樣，下午一直守在窗口。但是五分鐘五分鐘的過去，太陽慢慢斜過去了，她一直沒有出現，他開始失望，開始不安起來。他想，難道她又要在晚上出現麼？當時他就出來，散了一會步，吃了晚飯，八點多鐘才再回去。

到九點半，他預備了望遠鏡，決定好好地守著花園，看是否還會有昨天的經驗。但是他守到兩點鐘的時候，看看一點沒有動靜，他知道她不會出現了。

如是者三晚，他都沒有再看見她。而他自己感到一種失望，一種打擊。他開始懷疑前幾天看到的恐怕正是他的幻影，是自己心理上的夢境而已。

他不但覺得不能再等她，也感到他自己這種期待是一種可怕的單戀。為擺脫這一種誘惑與威脅，他想想還是搬開這個學校好，他可以再住何殊的家裡，他可以另外找一間房子。

而就在作這樣決定的時候，忽然英國大學已經接受了他的申請。而他在英國的一位朋友，也希望他早點去倫敦，因為那位朋友在聖誕假期中要去歐陸旅行，他在聖誕節前到那裡，他可以接待他，如果他高興，也正可一同去旅行一趟。

李采楓覺得這是一個最好的機會，而這也就可使他擺脫這種一步一步陷入癡戀的泥沼之中。

他接著就請何殊找人代他所擔任的課，而自己也積極忙於旅行的煩瑣手續。

但不管他怎麼忙碌，他還是擺脫不了對她的懷念。究竟她在醫院怎麼樣？還是她已經出院，而搬到上水的姑媽家去住了呢？他還是一直在注意對面的花園，而花園裡再沒有她的影子。晚上，所謂那個魅影也沒有再出現過。他幾次三番想訪尋張花王，想請張花王打聽打聽她的情況，但是他還是克制了。他覺得他已經可以離開這個環境，何必再去找這種牽連。他想盡快辦好手續，覺得一上飛機就可以切斷這個相思，就可以完全的擺脫了這個束縛，就可以完全把她忘去。

他於十一月初就辦好一切，飛機是第二天早晨九時起飛。那天晚上，當他把什麼都安排好了以後，他對這個環境，這間房間忽然戀念起來。

他吸了一支煙，不經意地到窗外去望望。

他看到了對面的花園，那個熟識的花園。

他發現她竟在花園裡。白色的寬大的晨衣，漆黑的修長的頭髮，瘦削而挺秀的身材。他看她伸出蓮瓣一般的手掠她的長髮，輕步的走向草地。

他的望遠鏡已經收起來了，他只能憑著肉眼細認。他一再反省自己，這是不是眼睛的錯覺，還是心理的幻影，但當時他竟明確地知道他所見到的絕對是真的。

那天月亮並不太好，有灰雲時時掩去月光，但也有足夠光亮可以讓他看清楚花園裡的一切，特別是牆外的街燈照到牆內，在靠牆那一角是很亮的，而她也正是走到了這個光照的一角。

大概有十分鐘的時間，清清楚楚地看她走回屋裡去。

——那麼，那麼她已經從醫院裡出來了？

——她已經康復了？
——她也可以去英國了？
——我會在英國碰見她麼？

七

李采楓於第二天上了飛機。

他一時真的輕鬆了一下，好像擺脫夢魅一樣，他感到他開始自由。他要到新的世界，他可以交到新的朋友，他不會再來珠林中學，也許也不會再來香港。

一切似乎都如他所想，飛機在天空裡飛的時候，他的心好像已經先到了英國。但是，不知怎麼，他忽然想到昨夜所見到的她。這是她呢？還是另一個魅影？為什麼要在我離港的前夕出現呢？

是不是真的是她？

他從手提箱檢出他以前所照的她的照相來看。

這一包有她十幾張照片，他一張一張地看，一張一張地回憶。他一面覺得昨夜所見的一定是她，一面覺得她昨夜的出現對他竟是一種諷刺。

無論她們是一個人，還是有一個是魅影，他覺得他的單戀實在是不正常的。他給她的信，她一定是收到的，她沒有回他，這就算了，他必須把她忘去，完全忘去才好。他要把這些照相拋去，如果飛機的窗戶是可以打開的，他真的想把它拋出去，而他竟捨不得拋到垃圾箱裡。他決定到英國後，從郵局寄回去，寄還給她。

是這樣，他在英國住了兩年。

這兩年中，他自然也接觸到不少的人，認識不少的中西女孩子，也有幾個是談得來的，也有對他有好感的。但是每當他接近一個女孩子時，腦子裡立刻浮起了他從香港帶來的這個影子，那個在花園裡的奇異的影子。而他往往把兩者比較起來，而這竟馬上破壞了他同對方戀愛時必有的特有的感覺。他覺得這是一個魅影，他想擺脫，但是竟不可能。正如他所藏的她的照片一樣，他多少次想把它拋在泰晤士河裡，拋在爐火裡，拋在冷僻的溝渠裡，他都沒法辦到，他還是放在自己的抽屜裡。

當他已經讀了碩士學位以後，他望著這些照相，他覺得她仍是在向他挑戰的。

究竟她具有什麼樣的魔力把他拘囚著？他難道真的是愛她麼？為什麼他竟不能對她忘懷？

他要追尋這個奇怪的情感，他要追尋這個奇怪的影子。最後，他決定在給何殊的信中，要求再到珠林去教書，要求何殊再撥那原來的兩間房子給他住。

何殊當然是歡迎他的。

李采楓再度回到香港是八月初的一個傍晚，何殊到機場去接他。當晚在何殊家吃飯，飯後也住在何殊家裡。第二天才搬到學校去。

何殊已經把那兩間他住過的房子布置得很漂亮舒適。他一進去就到窗口，窗前掛著白綾與藍呢兩層窗簾。他拉開窗簾，就看到謝家花園，一切依舊，只是似乎多了些花木。裡面沒有一個人，靜悄悄的，他覺得她應該還是住在那屋子裡，隨時會出來的。他一定要再看見她，看她到底是什麼特別的魔力。

他沒有見她出來。他理好東西，整好床桌箱篋。他特別把望遠鏡與照相機放在容易拿到的地方，他這次決定同她作長期的爭鬥。

他從容地出去，晚上是何殊請客，有李采楓以前的同事等。飯後回到學校是九點鐘。李采楓寫了幾封信給英國的朋友，在十一時左右，就在他預備洗澡就寢的當兒，他到窗口去觀望。

那是炎熱的夏天，天上亮著很多的星星，但是還沒有月亮，他注意到對面的花園。

她，她竟站在花園的草地上，是一樣的白色的，但像是綢質的晨衣，在風中飄蕩，漆黑的長髮也在風中波動。她沒有變，同以前一樣，一種令人覺得不可侵犯的風姿。她在散步，但不時停下來俯視著花草。

她是美的，真的——他想。她的魔力就是這份美麼？他用望遠鏡來觀望，這次正當她略略抬頭望著天空的一忽兒，他看到她的臉龐幾乎是閃著一種靈光，眉梢與鬢角具有高貴的美，鼻葉與嘴唇具有甜蜜的美，長長的頭髮具有飄逸的美，蓮瓣似的手與腳具有純潔的美……。他現在知道了，她不是平常的女孩子。她的照相絕對沒有呈現她的特質，他知道了她的魔力，而這魔力也許就會影響他的一生，也許會束縛他的一生。

他要了解她，要知道她，要接近她，要……要占有她。

他想到張花王，他明天第一件事要找張花王，要張花王帶他進花園去，直接去拜訪她。

她在花園裡逗留了十幾分鐘就進去了。李采楓才開始沐浴就寢。

第二天，他到陸記士多去拜訪老闆娘，並且打聽張花王。她說張花王有兩三天沒有來了，她有他電話，她為他打了電話。張花王是一個人，他的花園裡有一個夥計，那位夥計說他去了澳門，要星期一才回來。

一算，離星期一還有三天。李采楓就要老闆娘留話，要他一回來就來陸記士多。

時間就在這樣等待中過去。李采楓自然時時注意對面的花園。他以為下午四五點鐘，她會同以前一樣到花園裡來看書喝茶的，但是竟沒有。

於是，在夜裡，又是十二點左右，李采楓看到了她在花園裡。同頭一天晚上一樣，她逗留了約十五分鐘的時間。

這樣又是一天。李采楓一樣的在下午等她，她還是沒有出現，而到了晚上，又是十一點左右，他又看到她在花園裡。一連四晚，李采楓清清楚楚看到她，他知道這絕對不是他的視覺或者是心理的幻覺。

星期一中午，陸記士多打電話來。他在電話裡聽到張花王的聲音，張花王說知道他來香港非常高興，一定要請他去喝茶。

李采楓到陸記士多，同張花王到茶樓來。李采楓不願意透露自己的情感，所以故意矜持著不急於探詢謝家花園的事。他們先談到他在英國種種，又談到張花王這兩年來的情形。最後，李采楓才故作輕描淡寫的說：

「我現在仍舊住在以前那兩間房子，仍舊可以很清楚看到那花園，我也一樣可以看到那位小姐，是梁小姐是不？」

「啊，你還想念著她？」張花王說：「可惜，可惜你還是無法再見到她了！」

「為什麼？這次我無論如何要求你帶我去拜訪她。」

「你？」張花王說：「你要我帶你到那裡去找她？她，已經不在這裡了！」

「胡說，這幾天我每天晚上都看到她的，她一個人到花園來散步的。」

「你是說你看見她？」

「一點不假，」李采楓說：「我想她的失眠症還沒有好吧？」

「真的？」張花王說：「真的麼？那麼一定是，是……」

「你怎麼這樣胡說？」

「不瞞你說，李先生，」張花王抬起頭，癡望著李采楓說：「她，這位梁小姐已經於半年前死了，是心臟病！」

……

一九八〇年。

徐訏文集・小說卷19　PG2166

釀 花神

作　　者　徐　訏
責任編輯　劉亦宸
圖文排版　林宛榆
封面設計　王嵩賀

出版策劃　釀出版
製作發行　秀威資訊科技股份有限公司
114 台北市內湖區瑞光路76巷65號1樓
電話：+886-2-2796-3638　傳真：+886-2-2796-1377
服務信箱：service@showwe.com.tw
http://www.showwe.com.tw
郵政劃撥　19563868　戶名：秀威資訊科技股份有限公司
展售門市　國家書店【松江門市】
104 台北市中山區松江路209號1樓
電話：+886-2-2518-0207　傳真：+886-2-2518-0778
網路訂購　秀威網路書店：https://store.showwe.tw
國家網路書店：https://www.govbooks.com.tw
法律顧問　毛國樑　律師
總 經 銷　聯合發行股份有限公司
231新北市新店區寶橋路235巷6弄6號4F
電話：+886-2-2917-8022　傳真：+886-2-2915-6275

出版日期　2018年11月　BOD一版
定　　價　420元

Printed in Taiwan

國家圖書館出版品預行編目

花神 / 徐訏著. -- 一版. -- 臺北市 : 釀出版,
2018.11
面；　公分. -- (徐訏文集. 小說卷 ; 19)
BOD版
ISBN 978-986-445-285-9(平裝)

857.63　　107016314

讀者回函卡

感謝您購買本書，為提升服務品質，請填妥以下資料，將讀者回函卡直接寄回或傳真本公司，收到您的寶貴意見後，我們會收藏記錄及檢討，謝謝！如您需要了解本公司最新出版書目、購書優惠或企劃活動，歡迎您上網查詢或下載相關資料：http:// www.showwe.com.tw

您購買的書名：______________________________

出生日期：________年________月________日

學歷：□高中（含）以下　□大專　□研究所（含）以上

職業：□製造業　□金融業　□資訊業　□軍警　□傳播業　□自由業

□服務業　□公務員　□教職　□學生　□家管　□其它______

購書地點：□網路書店　□實體書店　□書展　□郵購　□贈閱　□其他

您從何得知本書的消息？

□網路書店　□實體書店　□網路搜尋　□電子報　□書訊　□雜誌

□傳播媒體　□親友推薦　□網站推薦　□部落格　□其他__________

您對本書的評價：（請填代號　1.非常滿意　2.滿意　3.尚可　4.再改進）

封面設計____　版面編排____　內容____　文／譯筆____　價格____

讀完書後您覺得：

□很有收穫　□有收穫　□收穫不多　□沒收穫

對我們的建議：______________________________

請貼
郵票

11466
台北市內湖區瑞光路 76 巷 65 號 1 樓
秀威資訊科技股份有限公司 收
BOD 數位出版事業部

（請沿線對折寄回，謝謝！）

姓　　名：＿＿＿＿＿＿＿＿　年齡：＿＿＿＿　性別：□女　□男

郵遞區號：□□□□□

地　　址：＿＿＿＿＿＿＿＿＿＿＿＿＿＿＿＿＿＿

聯絡電話：（日）＿＿＿＿＿＿＿＿（夜）＿＿＿＿＿＿＿＿

E-mail：＿＿＿＿＿＿＿＿＿＿＿＿＿＿＿＿＿＿